"中华元典引读丛书"出版委员会

主　任：谢清溪
副主任：纪庆芳　展文婕
委　员（以姓氏笔画为序）：

　　　　马　博　仝一帆　阮林要　李亚涛
　　　　时　海　陈建恩　郑　鑫　胡玲霞
　　　　姜　畅　高枫叶　谌洪波

文心雕龙引读

戚良德 著

河南大学出版社

郑州

图书在版编目（CIP）数据

文心雕龙引读 / 戚良德著. -- 郑州：河南大学出版社，2024.7

（中华元典引读丛书 / 李振宏主编）

ISBN 978-7-5649-5895-4

Ⅰ.①文… Ⅱ.①戚… Ⅲ.①《文心雕龙》Ⅳ.①I206.2

中国国家版本馆 CIP 数据核字（2024）第 108663 号

文心雕龙引读
WENXIN DIAOLONG YINDU

总 策 划	孔令刚
责任编辑	陈林涛
责任校对	孙增科
装帧设计	翟淼淼
出版发行	河南大学出版社
	地址：郑州市郑东新区商务外环中华大厦 2401 号
	邮编：450046　电话：0371-86059701（营销部）
	网址：hupress.henu.edu.cn
排　　版	郑州印之星数字文化产业有限公司
印　　刷	郑州印之星印务有限公司
版　　次	2024 年 7 月第 1 版
印　　次	2024 年 7 月第 1 次印刷
开　　本	889 mm×1194 mm 1/32　印　张　12.125
字　　数	228 千字　　　　　　　　　定　价　43.00 元

版权所有·侵权必究

本书如有印装质量问题，请与河南大学出版社营销部联系调换。

序

中华元典创生于春秋战国的大变革时代。自夏以来的中国早期文明社会，到周代的分封制度达到成熟阶段，这一社会形态的国家政体是贵族制。以中央王朝的国君即天子为一权力主体，以公卿士大夫即贵族为另一权力主体，世袭国君和世袭贵族通过宗亲和姻亲血缘纽带组成一个统治网络，代代相传、永恒不变地占据着国家政治生活、经济生活和文化精神生活的中心。这样一个贵族制社会从夏开始，一直延续了一千多年，到公元前770年周平王东迁，终于走向了它的衰落和蜕变。平王东迁作为一个象征性事件，标志着一个新时代的开端。春秋时期，王室衰微，礼崩乐坏，历史表面的混乱局面，掩盖着深层的历史潜流，人们往往用"春秋无义战"来描述这个时代；但历史一进入战国时期，其演变的本质便显示出来。战国时期各国变法的主流揭示，从春秋开始的这场历史大动荡，预示着一个崭新的历史时代的到来，它是一场社会形态的变革，是中国历史从贵族政治向官僚政治的过渡。

大凡历史剧烈动荡的岁月，给人们的启迪也往往更加丰富和深刻。历史的大动荡，亵渎了一切传统的神圣的东西。传统的政治体制逐渐坍塌，传统的意识形态、社会观念、思想文化遇到了前所未有的挑战。历史何以会发生这样剧烈的变革和动荡，在动荡中崩溃的社会应该以怎样的模式重新塑造等等，一系列带有世界观、历史观、社会观性质的问题，逼迫着人们去思考，去回答。于是，在思想文化领域，展开了一场长达三百年的百家争鸣。正是在这场反省历史、洞察现实、描绘未来的思想运动中，古圣先贤们为我们提供了一批支配后世民族文化发展的中华元典。这批中华元典，诸如《周易》《诗经》《尚书》《春秋》《礼记》《老子》《庄子》《论语》《墨子》《管子》《商君书》《韩非子》等等，是夏商周以来古典传统文化的积淀和结晶，又是新旧时代交替的历史启迪；它既积累了中华先民两千年文明史的卓越智慧，又是对一个新的历史进程的揭示和预见，充当了一个新时代的号角和先声。

中华元典是春秋战国这个特定时代的产物。一方面，社会历史在政治、经济上所经历的深刻变迁，给当时的思想家们以深刻的历史启迪，使其著作具有其他时代所无法比拟的深刻性；另一方面，传统社会坍塌的剧烈震撼，促使人们从历史的根本点上思考问题，从而使当时人们所提出的问题，多具有世界观、历史观和人生观的性质，具有比较广泛的普遍性价值或意义。

三十年前，冯天瑜先生在《元典文化丛书·序》中说：

> 历史的辩证法反复昭示：发展不是简单的生长和增进，它往往不一定呈直线式进步，而是通过一系列螺旋式圈层实现的。这样"回复"便不总是重复往昔，而可能是一种上升的形式，是"唤醒"事物在其开端时即已蕴蓄着的可能性的一种形式。作为由具有自觉意识的人类创造的文化，也生动地展现着螺旋式的发展轨迹，如欧洲"文艺复兴"的崇尚古希腊、"宗教改革"的服膺《圣经》，便是对"元典精神"的发扬和再造，而欧洲文化正是在这种"回复"中赢得历史性进步的。这种向"文化元典"汲取灵感，获得前进基点的现象在中国也多次出现，著名的"古文运动"便是典型事例。考之以中国近现代思想文化史，这种"返本开新""以复古为解放"，即回归元典精神以求新变的情形也俯拾即是。

冯天瑜先生所讲人类思想史上这种不断发生的"返本开新"现象，佐证了元典的不朽性。的确，中国先秦时代

所产生的文化元典,就有其不朽性。大致说,元典的不朽性主要取决于两个方面:

其一,它所提出的问题具有普遍性意义,是不同时代人们所关注的共同性问题,处在不同历史条件下的人们,都能从元典的阐述中汲取智慧,都能使自己的思考追溯到人类智慧的最初观照。譬如在元典中一再提出的如下问题:"天人之辨"(人与自然的关系)、"人性之辨"(关于人的本性善恶的思考)、"义利之辨"(社会道义与经济利益的关系)、"刑礼之辨"(刑法治理与礼制教化的关系)等等,这些问题对于两千多年的传统社会来说,无疑都是不朽的课题,像"天人之辨""人性之辨""义利之辨"等,还具有普遍的人类意义。

其二,"中华元典"的不朽性,还在于它对以上基本问题的解决,给后人的思考提供了一种具有高度抽象性的哲理性回答,从而使人们可以从各种角度受到它的启迪。在人类认识的早期时代,人们还不可能对自然界和社会进行解剖、分析,自然界和人类社会只能被作为一个整体去观察,从而得出混沌的整体性认识。这种认识,一方面有它不精确不完善的特点,而另一方面则使它有可能包含了对自然界和人类社会整体联系性的不少天才猜测。例如《老子》中的"道",《周易》中的运动观、发展观、变易观,《论语》中孔子的仁学思想体系,等等,都是对自然变化之道，人的社会属性的整体性、哲理性把握；而这种把握，则是其后人们借以展开自己思想的重要基础。"中华元典"在后世人们借以发挥自己思想创造的过程中，一再证明着自己的生命力和不朽性。

然而，从历史唯物主义的观点看问题，"中华元典"也不可避免地具有其历史局限性，世界上没有任何一种理论观点、学说体系具有超历史的价值和意义。每一时代的理论思维，"都是一种历史的产物"，都有它所适应的、能够发挥其作用的历史环境；一旦历史条件发生了根本性的变更，它的作用就将丧失或者发生相应的改变。"中华元典"作为一种理论思维的历史成果，它的基本内容，它所提出的各种命题的具体内涵，都不能不具有这种历史性质。这个历史性，既是它在其后两千多年传统社会中能够发挥重要作用的原因，也同时决定了它的局限性。解读和阐释文化元典，就是发扬或转换其不朽性，而正视其局限性，以确保在文化传承中保持清醒的头脑，秉持科学的态度。

解读元典文化精神，研究、传承和弘扬优秀传统文化的工作，已经进行了很多年，有了颇为丰硕的成果。然反省其研究状况，还是存在某些缺憾。

一是研究大多还集中在知识精英阶层，而把对元典思想的阐释变成广大社会公众的精神食粮，还有许多工作要做。

二是就社会大众的元典文化阅读来说，所做的工作多是集中在直接的普及方面，侧重对元典文献的注释或翻译，以为社会大众借助白话读本就可以进入元典精神的世界，就完成了元典文化的普及，而这是有认识上的误区的。

三是社会大众直接阅读元典译本，并不能对元典文化的历史作用有深刻的认识，而研究元典文化或者普及元典文化精神，其最终目的是帮助社会大众认识我们的文化国情，使人们知道民族精神的来龙去脉，知道今人的思想、思维、价值观念、心理观念之来源，清醒而理智地看待传统文化，继承和弘扬优秀传统文化。

河南大学出版社策划出版的这套"中华元典引读丛书"，目的就在于弥补以上缺憾。这套丛书的特色是：读者一书在手，既可窥见一部元典的思想要旨，又可明了其全方位历史影响，进入元典文化生成与发展的历史世界。这是真正地认识中华元典文化精神的导读丛书，是写给普通读者的书。

既是为社会大众提供适宜的元典导读，就必须在著作的科学性、导向性上下功夫。我们力求用充分辩证的科学理性去阐释元典文化的基本精神，对元典著作积极的或消极的文化影响，都给予尽可能全面的历史评说，使普通读者懂得如何从积极的方面对传统文化进行扬弃和取舍。因此，冷静的历史思辨色彩，成为这套丛书在著述风格上的重要特色。此外，我们还要求作者从以往学术著作引经据典、旁征博引、烦琐考证的传统文风中解脱出来，采用夹叙夹议、以议论为主的散体笔法，无论是对元典内涵的揭示，还是对其历史价值或历史影响的阐述，都尽可能结合具体生动的历史事例来展开，力求做到深入浅出，引人入胜。

现在丛书就要出版了，作者们贡献了自己的辛勤劳动、学识和智慧，但是否真的能够实现丛书的编写初衷，它的效果究竟如何，就交给亲爱的读者去判断了。

李振宏

2023 年 12 月 10 日于开封

目　录

一　刘勰和《文心雕龙》概说 / 1
　1. 刘勰传略 / 3
　2. 文苑奇书 / 27
　3. 龙学源流 / 40

二　《文心雕龙》的理论体系 / 58
　1. 文之枢纽 / 59
　2. 论文叙笔 / 78
　3. 剖情析采 / 94

三　《文心雕龙》的思想渊源 / 115
　1. 儒家之本 / 117
　2. 道家之参 / 167
　3. 玄佛之用 / 186

四 《文心雕龙》与中国文论 / 207
    1. 弥纶群言 / 208
    2. 为文用心 / 254
    3. 知音君子 / 296

五 《文心雕龙》与中国美学 / 316
    1. 心哉美矣 / 317
    2. 文章之美 / 329
    3. 语言之美 / 352

一 刘勰和《文心雕龙》概说

刘勰是中国文艺理论史上的一位奇人,《文心雕龙》则是中国文艺理论史上的一部奇书。悠悠三千年中国文艺理论史,文艺理论家灿若星辰,文艺理论著作汗牛充栋;鸿篇巨制代代而有,短笔杂说每每可见;高论鸿裁开卷可读,精思妙语俯拾即是。然而,真正称得上体大思精、能够建设一个庞大文艺理论体系的著作,除《文心雕龙》外,可以说不多见了。清人谭献在其《复堂日记》中谈到《文心雕龙》时说:"并世则《诗品》让能,后来则《史通》失隽;文苑之学,寡二少双。"其实,刘知幾的《史通》虽有不少精辟的论文之见,但其主要贡献在于史学;而作为"文苑之学",《文心雕龙》之"寡二少双"的地位确乎是不可动摇的。游国恩等五位先生主编的《中国文学史》是这样评价《文心雕龙》的:"其体大思精,在古代文学批评著作中是空前绝后的。"从这个意义上说，中国文学批评史上真正称得上"元典"的著作，也就只有《文心雕龙》了。现代文学大师鲁迅先生则从文学理论和批评的产生过程，概括了《文心雕龙》在世界文艺理论史上的地位："篇章既富，评骘遂生，东则有刘彦和之《文心》，西则有亚里士多德之《诗学》，解析神质，包举洪纤，开源发流，为世楷式。"(《集外集拾遗补编·题记一篇》)把《文心雕龙》同欧洲美学史上第一篇最重要的文献《诗学》相提并论，则其作为世界文论元典的巨大价值和意义，更是一般文论著作所难以比拟的了。

已故当代著名文艺理论家周扬先生更从现代文艺理论和美学的高度，对《文心雕龙》在中国文论史和世界文论史以及美学史上的典型意义做了极为精练的概括。他说：

> 特别是《文心雕龙》，在古文论中占有首屈一指的地位，它是中国古文论中内容最丰富、最有系统、最早的一部著作，在中国没有其他的文论著作可以与之相比……这样的著作在世界上是很稀有的。《文心雕龙》是一个典型，古代的典型，也可以说是世界各国研究文学、美学理论最早的一个典型。它是世界水平的，是一部伟大的文艺、美学理论著作。我看可以称得起伟大两字。在文论这个范围里，一千多年前能

写出这样的著作，恐怕世界上很难找出来……它确是一部划时代的书，在文学理论范围内，它是百科全书式的。（《关于建设有中国民族特点的马克思主义文艺理论问题》，《社会科学战线》1983年第4期）

应该说，这一评价是准确、恰当而全面的，也是无比崇高的。产生在一千五百年前的《文心雕龙》，正愈来愈焕发出璀璨夺目的光辉。

1. 刘勰传略

位于齐鲁大地东南部的莒县，春秋时期为莒子国；西汉时置县，属于城阳郡，东汉时属于琅邪郡。晋武帝泰始元年（公元265年），分琅邪而立东莞郡，封司马伷为东莞郡王。咸宁三年（277年），又以东莞合归琅邪。至太康十年（289年），再立东莞郡，并将莒县划归东莞。这里便是刘勰的故乡。

不过，西晋末年"永嘉之乱"以后，"百姓流亡，中原萧条，千里无烟"（《晋书·载记九》），大批士人纷纷南迁，以躲避连年的战乱和疾疫。也正是在此时，刘勰的先祖随着南迁的士人从东莞莒县移居京口（今江苏镇江市）。东晋王朝建立六七年以后，晋明帝设立南东莞郡，属于南徐州，其州治即在京口。值得一提的是，当时侨寓江苏的大批北方士人，大部分都居住在南徐州，其中属于南东莞郡者自然不在少数，而不少士人更以京口作为较理想的避难侨居之地。京口本来就是交通方便、经济发达的名都；大量的北方士人汇聚于此，更使其成为人才济济、人文荟萃之所。至少从刘勰的曾祖父开始，刘氏一族便生于京口、长于京口了。

（1）佛门俗客

刘勰，字彦和，大约生于南朝宋明帝泰始三年（467年）。其祖父刘灵真，除了《梁书·刘勰传》提到"宋司空秀之弟也"以外，不见于史传记载。刘秀之乃是宋代司空，官位仅次于丞相；如果刘灵真果真有这样一个哥哥，那刘勰的家世倒是颇为显赫的。但据几代《文心雕龙》研究者的考证，《梁书·刘勰传》的这句话实不可信。正因如此，晚出的《南史·刘勰传》就把这句话删掉了。那么，刘氏虽是东莞望族，但刘灵真这一系已属旁支远族了。据王元化先生的考证，"刘勰并不是出身于代表大地主阶级的士族，而是出身于家道中落的贫寒庶族"（见其《文心雕龙创作论·刘勰身世与士庶区别问题》）。六朝时期，士庶之别犹天壤之隔。即使你有满腹经纶，即使你才华出众，一旦出身庶族寒门，也就进身无望了；而血统高贵者，他们几乎生来就是做官的，以致平流进取、坐至公卿。这就是所谓"上品无寒门，下品无势族"（《晋书·刘毅传》），所谓"公门有公，卿门有卿"（《晋书·王沈传》），也就是左思所痛斥的"世胄蹑高位，英俊沉下僚"（《咏史诗》）。应该说，这种严酷的不平等的社会现实，确乎深深地影响到刘勰的一生。

不过，虽然整个六朝时期士庶区别的大势并未有根本性的改变，但在不同的历史阶段，还是有所不同的。刘宋的开国皇帝刘裕便以平民身份而靠军功起家，因此刘勰出生的时代应该就是士庶区别有所缓和的时期。也许正因如此，就在刘勰出生前后，他的父亲刘尚开始步入仕途。至刘勰五岁左右，也就是宋明帝泰始七年（471年）前后，刘尚升任越骑校尉一职。越骑校尉乃是汉代所设置的五校尉之一，位列七班，选中者皆以其才力超越；刘尚得以升任中级官吏，这对刘勰的童年是有影响的。另外，宋明帝于泰始六年（470年）设立总明观，"征学士以充之"，并设置"东观祭酒""访举"各一人，同时"举士二十人，分为儒、道、文、史、阴阳五部学"（《南史·宋本纪下》），这一文化史上的重要事件必会影响到刘尚对幼年刘勰的教育。

刘勰七岁之时，做了一个对其一生都产生了重要影响的美梦。他梦见了一片五彩祥云，犹如锦缎般美丽，便"攀而采之"（《序志》，本书引《文心雕龙》原文，只注篇名）。

显然，刘勰之有如此吉祥的美梦，正以上述背景作基础；同时，我们也可以想见，他所受的家庭教育，正是儒家的建功立业思想。然而，美梦总是很少会成为现实的。据牟世金先生考证，宋后废帝元徽二年（474年），刘尚在一次保卫首都建康的战斗中战死（见其《刘勰年谱汇考》），刘勰时年八岁。这一打击无疑是灾难性的。《梁书·刘勰传》说"勰早孤，笃志好学，家贫不婚娶"，可见其父亲的早逝对刘勰的一生产生了何等重要的影响。

从父亲去世到二十岁左右，刘勰在发愤读书中度过了自己从少年至青年的这段时光。479年4月，宋顺帝被迫禅位于萧道成，是为齐高帝，历史进入了齐代。萧道成十三岁受业于著名儒士雷次宗，研究《礼》及《左氏春秋》。因此他即位以后，便重用长于经礼的王俭，自此君臣唱和，儒学大振。建元四年（482年）正月，齐高帝设立国学，"精选儒官，广延国胄"（《南齐书·高帝纪下》），崇儒重学之风吹遍江左士林。是年三月，齐高帝萧道成卒，太子萧赜继位，是为齐武帝。他更是承继高帝之风，对儒学之兴推波助澜。他不仅仍重用王俭，而且优礼有加。上行下效，一时形成所谓"家寻孔教，人诵儒书，执卷欣欣"（《南齐书·刘瓛陆澄传论》）的盛况。当此之际，少年刘勰所受到的影响是可想而知的。

同样不可忽视的是，萧齐政权在弘扬儒学的同时，对佛教亦极为重视。齐武帝萧赜即位之时，皇太子萧长懋便将当时大乘佛学之名僧集中于宝地禁苑"玄圃园"安居，以"珍台绮榭，施佛及僧"（沈约《为文惠太子解讲疏》），表现了对佛教的顶礼膜拜。齐武帝即位的第二年（永明元年，483年），被封为竟陵王不久的萧子良更召集名僧，开设讲坛，"深辨真俗，洞测名相，分微靡滞，临疑若晓"，"演玄音于六霄，启法门于千载"，佛徒高僧济济一堂，形成所谓"旷代之盛事"（沈约《为齐竟陵王发讲疏》）。萧长懋还以皇太子之尊，萧子良则以竟陵王之贵，拜定林寺僧柔及僧远等人为师。其敬重佛徒，"服膺师礼"（《高僧传·僧远传》），确乎极一时之盛。这对刘勰的一生也产生了至关重要的影响。

永明四年（486年）前后，也就是在刘勰二十岁左右，他的母亲又去世了。此后，在刘勰为母亲守孝的三年时间里，齐竟陵王萧子良大开西邸，招集儒、佛和文学之士会聚鸡笼山，抄五经百家，编《四部要略》，讲梵语佛法，造经呗新声，所谓"道俗之盛，江左未有也"（《南齐书·竟陵王萧子良传》）。西邸盛会不仅把崇儒重佛之风再次推向高潮，亦使永明文学盛极一时。萧子良门下，萧衍、沈约、谢朓、王融、萧琛、范云、任昉、陆倕等"八友"，或品味山水神韵，或探讨声律对仗，或讲究用事敷陈，或推敲丽辞雅义，诗酒游宴，音声唱和，崇文之风，弥漫江左。

可以想见，居丧中的刘勰必然无时无刻不在关注时风的变化。《文心雕龙》中强调"贵乎时"（《才略》），这是刘勰从世事的浮沉、家庭的变故中所得到的深刻体验。对于他这样一个出身庶族寒门而又无依无靠的人来说，要想取得进身之阶，洞察时世、抓住机会就显得尤为重要了。离开时代的大江大河，自己的涓滴之水是很快就会干涸的。然则，时风是什么呢？可以说，佛学与文学的并行不悖正是刘勰所处的时代氛围。佛教与文学原本关系不大，然而皇亲国戚之道俗相兼，尤其是竟陵王萧子良的推波助澜，使得佛教与文学相得益彰了。

永明八年（490年）前后，刘勰来到了京师，举步踏入钟山名刹定林寺。千载悠悠，我们今天无从揣测刘勰当时的心情；但举目无亲而被逼入佛门的无奈，是可以想见的。不过，这却绝非一时的权宜之计，更不是感情冲动之举。在上述崇儒重佛的文化思想背景之下，在佛学与文学并行不悖的时代氛围之中，无所依傍的刘勰决定进入佛门，正可以视作一举多得的"贵乎时"的行为。这不仅轻而易举地解决了基本的生活问题，更重要的是为进一步学习提供了条件。同时，从此便可安居京师之地以"待时而动"（《程器》）了。

《梁书·刘勰传》是这样记载的："依沙门僧祐，与之居处，积十余年，遂博通经论，因区别部类，录而序之。

今定林寺所藏，勰所定也。"这句简单的"积十余年"，意味着刘勰几乎全部的青春时光都是在定林寺度过的；而沙门僧祐则成为这一时期刘勰生活中关系最为密切的人。僧祐俗姓俞，生于宋文帝元嘉二十二年（445年），祖籍彭城下邳（今徐州邳州市），生于建业（今南京）。幼儿时期，父母带其入建初寺礼拜，便表现出对佛教的浓厚兴趣，竟至不肯回家。父母只好从其所愿，任其出家入寺，奉僧范为师。父母本以其年幼任性，未必真心向佛，所以当他十四岁以后，便私下里为其订下婚事。谁知当他知道以后，便逃到定林寺，投靠法师法达。法达乃是定林寺创建者昙摩密多的弟子，其"戒德精严，为法门栋梁"（《高僧传·僧祐传》）。僧祐竭诚奉事法达，更加执操坚明，其家庭亦无可奈何了。年满具戒以后，僧祐又受业于律学名匠法颖，随侍尽心二十余年，"竭思钻求，无懈昏晓，遂大精律部，有迈先哲"（同上），成为佛家律学名僧。法颖去世后，正值竟陵王萧子良倡隆佛法之时，僧祐自然经常被请去讲律，听众常达七八百人之多。

显然，刘勰跟随僧祐十余年，所受影响是难以估量的。比如，《梁书·刘勰传》说刘勰"家贫不婚娶"，其实"家贫"可能只是原因之一，而僧祐的影响也是存在的。杨明照先生曾指出："然则舍人之不婚娶者，必别有故，一言以蔽之，曰信佛。"（见其《文心雕龙校注拾遗·梁书刘勰传笺注》）

多数研究者不太同意这个意见，但我觉得，这是颇有道理的。不过，从刘勰居于定林寺十余年却并未出家来看，虽其"信佛"之心固然不假，却未必仅仅因为一般的"信佛"而"不婚娶"，倒是与之朝夕相处的大德高僧僧祐的影响可能更为直接。

永明十一年（493年）之后的几年时间里，刘勰作为僧祐的得力助手，以主要精力帮助整理佛经。厘定文献，区别部类，造立经藏，撰制经录，"或专日遗餐，或通夜继烛；短力共尺波争驰，浅识与寸阴竞晷"（僧祐《法集总目序》），其中艰辛自不待言，却也使刘勰"博通经论"，成为佛学的专家。正是在这一时期，他写下了一篇重要的佛学论文《灭惑论》。

齐明帝建武五年（498年）前后，已逾而立之年的刘勰又做了一个美梦。他梦见自己手捧红色的祭器，跟随孔子向南走。梦醒以后，他感到非常高兴。遥想夫子当年，尚且慨叹："甚矣吾衰也！久矣吾不复梦见周公！"（《论语·述而》）而今，他老人家竟然托梦于自己这个无名小卒，这难道不是重任在肩吗？

（2）搦笔论文

刘勰身居佛寺而梦随孔子，这与其居于佛寺十余年却并未出家一样，既是时代风气使然，也是他个人人生理想

的必然。他在《序志》篇中,袒露了自己的心曲。他说:

> 夫宇宙绵邈,黎献纷杂,拔萃出类,智术而已。岁月飘忽,性灵不居,腾声飞实,制作而已。夫肖貌天地,禀性五才,拟耳目于日月,方声气乎风雷,其超出万物,亦已灵矣。形甚草木之脆,名逾金石之坚,是以君子处世,树德建言。岂好辩哉?不得已也。

古人说:"往古来今谓之宙,四方上下谓之宇。"(《淮南子·齐俗》)在这无始无终、无穷无尽的宇宙中,有黎民百姓,也有达官贵人;而真正能够出类拔萃者,靠的是聪明才智。可是,岁月如白驹过隙,时光一闪即逝,人的身体连同其智慧也是不能久居的。古代的隐者说:"余立于宇宙之中,冬日衣皮毛,夏日衣葛絺。春耕种,形足以劳动;秋收敛,身足以休食。日出而作,日入而息,逍遥于天地之间,而心意自得。"(《庄子·让王》)然而,相对于浩渺的宇宙而言,人又能"心意自得"几年呢?所以,要把声名永播,想让事业长存,看来只有依靠写作,将自己的作品留在世上了。刘勰说,人类的形貌取法于天地,人类的天性来自"五行"(水火木金土),人的耳目可比日月,人的声气有似风雷,人类超过了天地之间的万物,人类乃是宇宙之精灵、天地之中心。可是,人的肉体比之草木又能坚硬多少呢?"人生寄一世,奄乎若飙尘""人生非金石,岂能长寿考"(《古诗十九首》),真正可比金石而流传久远的,只有名声了。大概正是这个原因,所以古人说,君子之处世,"大上有立德,其次有立功,其次有立言;虽久不废,此之谓不朽"(《左转·襄公二十四年》)。对刘勰来说,"立功"一途遥不可及,也就只有著书立说而"树德建言"了。

所以,刘勰身居佛寺却与孔夫子心灵相通,良有以也。至于著书立说的具体方向,刘勰也有自己的考虑。《序志》有云:

> 敷赞圣旨,莫若注经,而马、郑诸儒,弘之已精,就有深解,未足立家。唯文章之用,实经典枝条。五礼资之以成,六典因之致用,君臣所以炳焕,军国所以昭明:详其本源,莫非经典。而去圣久远,文体解散。辞人爱奇,言贵浮诡,饰羽尚画,文绣鞶帨:离本弥甚,将遂讹滥。……于是搦笔和墨,乃始论文。

刘勰说,要阐明圣人的思想,最好的途径当然是给经书作注解,但是东汉的马融、郑玄等大儒已经作了精深的阐述,自己即使在某些方面仍有一些深入的见解,也难以自成一家了。然而,考察文章的作用,其作为经书的辅佐则是毫无疑问的。无论祭祀、丧吊,还是朝觐、阅军,抑或婚嫁、冠礼,各种仪节都要靠文章来完成;国家的政治、教化、礼乐、军事、刑法、经济等等一切政务,无不靠文章来实施；至于君臣之间的沟通，军国大事的阐明，当然更离不开文章了。刘勰以为，产生如此广泛而重要的作用的各类文章，无不来源于儒家经典，也就是以儒家的"五经"（《周易》《尚书》《诗经》《礼经》《春秋》）为其根本（见其《宗经》篇）。正是儒家经典为后世文章树立了最好的榜样，也为后世文章的发展开辟了广阔的道路。任凭文苑笔场百家腾跃，无论翰林华国诸子驰骛，终究跳不出儒家经典的圈子。所以，"论文"一途同样可以通向儒家经典，也就可以完成孔夫子的重托了。

其实，所谓"敷赞圣旨，莫若注经"固然不假，但刘勰不走"注经"之路，却未必真的完全因为马融、郑玄等人"弘之已精"。虽然此时仍然重视儒学，但"罢黜百家，独尊儒术"的时代早已成为历史，而儒学和佛学的交融统一、佛学和文章的相得益彰，以及文章本身的繁荣发展，才是时代的潮流。尤其是永明文学之盛给刘勰的熏陶和启迪，实在使他不能不去"论文"。更重要的是，以孔子之托而有"论文"之必要，乃属当务之急。这便是所谓"去圣久远，文体解散"，也就是近世文章的发展由于离开圣人越来越远，因此文章的体制逐渐败坏，以致有"文将不文"的危险。简而言之，那就是诗写得不像诗，赋写得不像赋……总之是失去了文章的规范。结果也就出现了刘勰所深感忧虑的文风：一味追新逐奇，崇尚浮浅怪异的语言；

过分注重词藻的修饰，就像在已经装饰过的华丽的羽毛上再加文饰，又如在本不需要修饰的腰带和佩巾上再绣以花纹，忘记了其本来的面目和用处，有似买椟还珠，仿佛秦伯嫁女；从而也就离开了文章的根本，走上文体错讹、辞采泛滥的道路。也就是说，一方面是文章写作的繁荣发达，另一方面是创作方向的误入歧途；作为"经典枝条"，如果不对其进行修整而任凭自然生长，后果何堪设想？这正是孔子之所以"乃小子之垂梦欤"（《序志》）的原因。以此而论，则所谓"论文"，不仅事出有因而势在必行，甚至比"注经"更为重要了。

根据牟世金先生比较精确的推断，从建武五年（498年）至齐和帝中兴二年（502年）三月（见其《刘勰年谱汇考》），刘勰焚膏继晷、兀兀穷年，以大约四载的光阴，全力结撰自己的论文之作。精研儒家经典之义理，深究佛门玄谈之论辩；标举文章写作之准的，探索知音赏鉴之奥秘。诗骚赋颂，有韵之文搜罗殆尽；章表奏记，无韵之笔囊括不遗。深入艺术构思之过程，辨别艺术风格之雅俗；明确文学的时代理想，概括文学的本质特征。纵观文学发展之道路，体察文学自然之关系；总结比兴夸饰之方法，规范融汇剪裁之手段。篇章字句，安排推敲精雕细刻；音韵声律，和谐流畅婉转自然。有时含笔腐毫苦虑劳情，有时援牍口诵文思泉涌；有时情饶歧路纷杂难断，有时敏在虑前应机可决。春花伴精推荣枯，秋月共细思圆缺；雨打寺门迟迟闭，雪落禅径踽踽行。星汉灿烂之永夜，常思五彩祥云之梦；赤日炎炎之长天，恒记夫子仲尼之托。暮鼓晨钟里奋笔疾书，青灯黄卷前戛戛独造；道不尽伏案抽思之苦，说不完建言寄情之乐。

呕心沥血四个春秋，刘勰在定林禅寺为中华文化增添了光辉夺目的一章，并为这一精彩的华章定下一个动听千古的美名：《文心雕龙》。

（3）逢其知音

《文心雕龙》书成之时，正值齐梁禅代之际。502年3月，齐和帝禅位；4月，萧衍即帝位，是为梁武帝，改元天监。无论谁做皇帝，定林寺的暮鼓晨钟都会照例敲响；但对刘勰而言，心情有所不同。他已身居定林十余载，却一直是白衣之身；既不愿出家为僧，则长此以往又怎能甘心呢？回首悠悠岁月，已历宋、齐、梁三朝；屈指青春年华，则近不惑之年。其人生之路通向何方，已是摆在面前的迫切问题。

可以想见，望着用心血铸成的《文心雕龙》，刘勰没有如释重负之感。他发愤写作此书，当然是秉承儒家圣人之大道，为文章的写作确立千古不易的法则，为文学的发展找到纵辔远行的通衢；然而，他同样期望这部书能够成为自己命运的新的开端，而不是像司马迁那样准备"藏之名山"（《报任安书》）。可是，以自己无名小辈，又久居寺门之内，纵有旷世惊人之作，又怎能得到时人之肯定和承认呢？刘勰想到了沈约，一个历仕宋、齐、梁三朝并成为当朝权贵而又身兼文坛领袖的人。

沈约，字休文，生于宋文帝元嘉十八年（441年），吴兴武康（今浙江德清）人。其先世乃东吴世家大族。祖父沈林子曾为刘宋开国君主刘裕的参军、征虏将军，刘裕即位后，封其为汉寿县伯，迁辅国将军。沈约的父亲沈璞，文帝时官至宣威将军、盱眙太守，并以防魏有功，转淮南太守。宋文帝死后，王朝内乱，刘骏起兵夺得政权；由于沈璞未能及时响应，被宋孝武帝刘骏所杀。时年十三岁的沈约四处潜逃，后遇大赦，幸免于难。

沈约从小便"笃志好学,昼夜不倦"（《梁书·沈约传》），他的母亲恐其劳累过度而生病，不得不经常减少其灯油或灭掉其灯烛。正是由于他的苦读，使其博览群籍,精研文史，"年二十许，便有撰述之意"（《宋书·自序》）。宋明帝泰始元年（465年），二十五岁的沈约起家奉朝请，并为尚书右仆射蔡兴宗赏识；两年后，蔡出为安西将军、郢州刺史，便引沈约为安西外兵参军兼记室。泰始五年（469年），蔡升任征西将军、荆州刺史，又以沈约为征西记室参军等职。刘宋末年，沈约入朝为尚书度之郎。

齐高帝建元元年（479年），三十九岁的沈约被任命为征虏将军、南郡王萧长懋的记室。建元四年（482年），齐武帝萧赜即位，立萧长懋为太子，沈约被任命为步兵校尉，掌管东宫书记，受到太子的特别看重。后迁太子家令，兼著作郎。永明年间，沈约还受到竟陵王萧子良的赏识，为其门下"八友"之一。永明八年（490年）以后，沈约迁中书郎、司徒右长史、黄门侍郎，以及御史中丞等职。齐郁林王隆昌元年（494年），竟陵王萧子良辅政，五十四岁的沈约升任吏部郎。萧子良不久病死，沈约出为宁朔将军、东阳太守。齐明帝即位以后，沈约进号辅国将军。建武二年（495年），五十五岁的沈约被征为五兵尚书，两年后迁国子祭酒。明帝死后，沈约以母亲年老为由辞官，改授冠军将军、司徒左长史、南清河太守。

齐和帝中兴元年（501年），曾为"竟陵八友"之一的雍州刺史萧衍带兵攻入建康，不久便召集六十一岁的西邸旧友沈约，引为骠骑将军司马、左卫将军。沈约趁机劝萧衍代齐而立，言之殷殷，深得萧衍欢心，以约为散骑常侍、吏部尚书兼右仆射，成为帮助萧衍成就帝业的功臣。梁武帝受禅，以沈约为尚书仆射，封建昌县侯。

刘勰之想到沈约，除了以其当朝勋贵的特殊地位，还因为沈约更是一代辞宗，是齐梁文坛的领袖。他重视声律在诗歌创作上的重要作用，与谢朓等人创立了永明新体诗，推动永明文学盛极一时。其五言诗清怨和谐，意境独到，骨采完备，精拔可读。更重要的是，沈约以官场浮沉数十载、阅尽人间冷与暖的通达，加之对文学本身的精通，对文坛新人奖掖有加、不吝提拔；其谦谦儒风，受到文人学子的敬重与爱戴。凡此种种，使得刘勰把希望寄托在了沈约的身上，希望自己的《文心雕龙》能得到沈约的青睐；哪怕只言片语的品评，只要略予褒奖，也就不至于使自己的半世心血付诸东流了。

但是，一个颇为简单却又十分困难的问题是，怎样使《文心雕龙》到达沈约的手中呢？《梁书·刘勰传》是这样记载的："约时贵盛，无由自达，乃负其书，候约出，干之于车前，状若货鬻者。"千载之下看来，这实在是颇富戏剧性也颇有喜剧性的一幕；然而不难想见，刘勰迈出这一步，需要多大的勇气，又要承受多少痛苦的折磨！这不禁令人想起颇为相似的一幅历史画面：三国曹魏时期，著名书法家钟繇之子钟会撰成论才性同异的《四本论》，自己颇为看重，欲取定于当时名士嵇康，于是便怀揣书稿来到嵇康宅外。徘徊有时，终于没有勇气敲门，便从门外抛至嵇康家中，急急忙忙逃走了。显然，以彦和当时之状况，尚难比钟会；以沈约当时之隆达，则远超嵇康。王公侯门深似海，即使想如钟会那样抛至其家，也是难以办到的。不过，刘勰不是叶公好龙之辈，他迈出了一般人难以迈出的一步。也许正是意识到这一历史时刻的重要性，惜墨如金的《梁书·刘勰传》（除去其中所录《文心雕龙·序志》原文，只有339字）作了较为详细而生动的上述记载。

当然，《梁书·刘勰传》之所以详细记述，也许还在于这件事情的结果。其云："约便命取读，大重之，谓为深得文理，常陈诸几案。"沈约无愧为一代文坛领袖。其"便命取读"的态度固然显示了他的贵而无骄，其"大重之"的激赏固然再次证明了他奖掖后进之无私，其"深得文理"的评价固然说明了他的目光深邃，而其"常陈诸几案"的举动则更属难能可贵。

（4）东宫之路

梁武帝天监二年（503年）前后，三十七岁左右的刘勰"起家奉朝请"（《梁书·刘勰传》）。"奉朝请"者，奉朝会请召而已，既不为官，亦无职任；但既已"奉朝请"，则正式踏上仕途便指日可待。如上所述，沈约也正是自"奉朝请"开始其漫长的仕宦生涯的。对刘勰来说，直至进入人生之中年方得"奉朝请"，其人生的青鸟确乎是姗姗来迟了。不过，以庶族寒门的身世，其父亲又战死而无功，加之久居佛门十数载，自然与出身世家大族的沈约是难以比拟的。按照梁代的官制，"甲族以二十登仕，后门以过立试吏"（《梁书·武帝纪》），势族高门年纪轻轻便可踏入仕途，庶族之人只有年过三十方得"试吏",所谓"地势使之然,由来非一朝"(左思《咏史诗》),又奈其何!以此观之,则彦和纵然年近不惑才开始步入仕途,亦算颇为幸运了。

天监三年(504年),刘勰终于正式踏上仕途。是年正月,梁武帝之弟,扬州刺史、临川王萧宏进号中军将军;其开府置佐,网罗幕僚,刘勰有幸成为他的记室。萧宏对定林寺并不陌生,他对僧祐更是"尽师资之敬"(《高僧传·僧祐传》);刘勰既已"起家奉朝请",且具文学才华,则引之为记室,可谓顺理成章。记室之位虽然不高,然其专掌文翰,职务乃是颇为重要的。正因如此,记室之人的选择相当严格。先后在萧宏幕府中任记室之职者,有王僧孺、殷芸、刘昭、丘迟、刘沼等人,或出身势族高门,根基深厚;或励精勤学,博洽群籍;或文章名世,工诗能赋;或少有奇才,为世所重,皆为一时之选。因此,刘勰一入仕途便成为萧宏府中记室而居枢要之职,亦可谓幸运之至了。

天监四年(505年)十月,梁武帝大举攻魏,命令王公以下各出租谷以助军饷,以中军将军、扬州刺史、临川王萧宏为帅,都督北伐军事。征讨北魏期间,以丘迟为咨议参军并兼记室,刘勰转为车骑将军夏侯详的仓曹参军。

夏侯详乃齐朝勋贵,入梁以后,征为侍中、车骑将军,论功封宁都县侯,邑二千户,恳辞不受。天监三年,迁使持节、散骑常侍、车骑将军、湘州刺史。其为官有道,深为湘州百姓所称颂。刘勰改任夏侯详的仓曹参军，其职位与记室略同，都是公府十八曹参军之一，职掌仓账出入等务。刘勰之改任，显然并非职务的升迁，不过以初入官场的无名小辈，不宜参加征魏之大举，亦在情理之中。而夏侯详德高望重，其车骑将军之位亦高于中军将军，这对刘勰而言，自然是值得欣慰的。

天监六年（507年）六月，夏侯详被征为侍中、右光禄大夫，刘勰亦离开仓曹之职，出为太末（今浙江龙游）令，走上治理一方的为官之路。《梁书·刘勰传》特地记载了刘勰治理太末令的结果："政有清绩。"文字可谓简略之至，但作为父母官，没有比为官的清明和清廉更重要的了。那么，刘勰之颇有治事之才也就可想而知了。

按照齐梁官制，"莅民之职，一以小满为限。其有声绩克举，厚加甄异；理务无庸，随时代黜"（《南齐书·武帝纪》）。所谓"小满"，《南史》有云："晋宋旧制，宰人之官，以六年为限，近世以六年过久，又以三周为期，谓之小满。"（《恩幸传·吕文显传》）那么，刘勰任太末令三年期满以后，或以"声绩克举"而被"厚加甄异"，或以官声平庸而被罢黜。事实是，天监十年（511年）正月，刘勰被任命为仁威南康王萧绩的记室，兼太子萧统的东宫通事舍人。

萧绩乃梁武帝第四子，天监七年（508年），封南康郡王，邑二千户；天监十年，迁使持节、都督南徐州诸军事、南徐州刺史，进号仁威将军。萧绩时年只有七岁，且其仁威将军之号位列十六班（以班多者为贵），而刘勰先后做过中军将军萧宏的记室、车骑将军夏侯详的仓曹参军（中军将军和车骑将军分别位列二十三班、二十四班），因此若论职位，似乎是谈不上升迁的。然而，萧绩乃梁武帝之子，自幼聪警异常，梁武帝爱之有加；所以简拔刘勰为其记室，乃是莫大的优渥。更为重要的是，刘勰同时成为东宫之主、太子萧统的通事舍人，则其受到梁武帝的信任，是显然可见的。若以职位而论，东宫通事舍人之职位列末班，官品固低；但东宫官属的选拔，或以出身世家大族而声名清要，或以才华出色而众望所归，其严格谨慎，是一般职位所不能比拟的。以彦和庶族寒门之身世，若无"深得文理"之名以及"政有清绩"之声，大概是不会有此殊荣的。

萧统生于齐和帝中兴元年（501年）九月，乃梁武帝长子。当时萧衍已近不惑之年，喜得贵子，甚为宠爱；登基不久，便立萧统为皇太子，其时萧统不到两岁。萧统生而聪慧，三岁开始读《孝经》和《论语》，五岁已遍读"五经"，且能够背诵。六岁时出居东宫。天监八年（509年）九月，九岁的萧统在寿安殿讲《孝经》，已完全理解全书之义。

刘勰兼任执掌呈奏案章的东宫通事舍人之时，萧统年十一岁。第二年，十二岁的萧统便开始学习判案，可以斟酌案情并签署意见，得到梁武帝的嘉许。天监十四年（515

年)正月初一,梁武帝在太极殿为十五岁的萧统举行了加冠礼。据称萧统容貌端庄,举止适度;读书数行并下,过目不忘。每遇游宴,必赋诗助兴,常至十数韵,且略加思索,便可一挥而就,无所更易。梁武帝亦有意练其治事之才,每日文武百官之奏疏,皆令萧统辨置可否;而萧统生性宽厚仁和,颇有容人之度,所以每遇奏疏谬误或有敷衍塞责者,并不严予弹劾,而是示其可否而令其改正而已。对于富有才华的文人,萧统更是赏爱有加。或讨论篇籍,或商榷古今,或谈佛论道,或著文赋诗;一时间,东宫之内可谓文士毕集,名才咸至,盛况空前。

关于刘勰和萧统的关系,《梁书·刘勰传》只有这样一句话:"昭明太子好文学,深爱接之。"刘勰以知天命之年而奉事萧统,且有"深得文理"的《文心雕龙》名世,其深得"爱接"自是情理之中的事情。但不少研究者也有这样一个疑问:所谓"昭明太子好文学"绝非虚言,不仅他为后世留下的一部《文选》可以作证,而且其"爱接"文士的种种具体情况,史书亦多有记载(牟世金先生《刘勰年谱汇考》便列举《梁书》诸多事例);何以身为他的通事舍人的刘勰,除了一句泛泛的"深爱接之",就再也找不到其他有关的记述了呢?

据笔者的揣测,萧统以对"文学"的爱好而对刘勰青眼有加,彦和本人却未必引以为幸事。文章之于刘勰,固然是立身之本，甚至可以说，没有呕心沥血的《文心雕龙》，就不会有他的仕途生涯；然而，所谓"士之登庸，以成务为用"，所谓"安有丈夫学文而不达于政事哉"（《程器》），刘勰的人生目标绝非只是一个文人；其所以跻身仕途，也绝非以一个御用文人为满足。正是在这里，萧统与刘勰就有了巨大的差异。以太子之位，天下迟早运于掌上，军国大政反而变成平常之事；对文学的爱好和重视，既是题中应有之义，更属锦上添花，自然无可非议。而对刘勰来说，如果仅仅以"文学"而受到太子的"爱接"，随其游宴雅集，随其制韵赋诗，或者为其《文选》的编纂出谋划策，从而混同东宫众多的文士，那么，离其人生目标可就相去远矣！

事实也证明，刘勰考虑的问题并非文学之事。《梁书·刘勰传》较为详细地记述了这样一件事情："时七庙飨荐已用疏果，而二郊农社犹有牺牲，勰乃表言二郊宜与七庙同改；诏付尚书议，依勰所陈。"天监十六年（517年）四月，隆佛正盛的梁武帝曾下诏，要求天子宗庙的祭祀品不能再用牺牲（家畜），因其"无益至诚，有累冥道"（《隋书·礼仪志》），与佛家不杀生之旨不合；至十月，梁武帝再次下诏，因为宗庙祭祀虽已不再用牺牲，但还有干肉一类的东西，诏书要求改用疏果。这就是所谓"时七庙飨荐已用疏果"。不过，梁武帝的两次下诏，皆引起"公卿异议，朝野喧嚣"（《南史·梁本纪上》），甚至有不服从诏命者；

而祭祀天地社稷之神的郊社之祀，仍然使用牺牲。这便是刘勰上表的用意了：他认为既然天子七庙之祭祀已经改用疏果，二郊农社之祭祀亦当与七庙相同。

显然，刘勰的表奏是符合梁武帝之意的。天监十七年（518年），五十二岁的刘勰升迁步兵校尉，仍兼东宫通事舍人。步兵校尉职掌东宫警卫，位列六品；较之属于九品的通事舍人，无疑是连升三级了。历任此职者，皆士林名流，则刘勰之迁任，既为荣升，更是殊遇。所以此时的刘勰，可谓一生中最为幸运和辉煌的时期了。

命运之神有时的确是很会捉弄人的。当刘勰苦苦奋斗、孜孜以求数十载，终于看到希望的曙光之时，这扇希望的大门却又缓缓关闭了。天监十八年（519年）四月，梁武帝于无碍殿亲受佛戒，法名冠达，从而掀起崇佛的高潮，刘勰亦接到诏令：解除步兵校尉之职，与慧震和尚一起，回定林寺编纂经藏。

其实，正值梁武帝隆佛之时，把编集经藏的任务交给刘勰，算得上信任之举。而且，此时僧祐去世不久，令刘勰回到定林寺整理佛经，也是合乎情理之事。然而，这对升任步兵校尉之职刚满一年的刘勰来说，不能不说是相当残酷的。

可以想见，回归定林之路是漫长而又无可奈何的。遥想三十年前，当刘勰初次踏上定林寺的石阶时，虽同样是无可奈何,甚至是走投无路,但并没有失去希望;他身居佛寺十几年却并未剃度出家,正是坚信总有一天会走出定林寺,走上辅时报国的人生通衢。事实也是,经过不懈的努力和奋斗,他最终走出了定林寺,以庶族孤儿的身世踏上了仕途。未曾料到的是,三十年后竟重返定林禅寺!时过境迁,物是人非,望着定林寺熟悉的僧房,刘勰又当作何感想呢?

对刘勰来说,整理、编订经藏的任务可谓轻车熟路,用不了太长的时间。但是完成任务以后呢?细思萧梁王朝对他的态度,刘勰不能不感到与其希望实在是相去甚远。太子萧统的"爱接"有加当然并非虚情,然而如上所述,在太子的眼中,刘勰似乎只是一个文人;或者说,其文士的身份更令萧统感兴趣;太子优礼以待者,正因其文才。与太子一起谈文论诗,甚至助其编辑《文选》,当然也是一些文人梦寐以求的事情,但却绝非彦和所愿。梁武帝对他的注意似乎与萧统有所不同,但也显然并未着眼军国大政而予以安排任用。也许以其庶族寒门的身世,永远难成负重的栋梁之材;也许以其居于佛寺十数载而长于佛理之名吸引了梁武帝。无论如何,在隆佛至极的梁武帝的心目中,东宫步兵校尉之职是远不如整理佛经重要的,这就是刘勰不得不面对的现实。

从熙熙攘攘的俗世再次沉潜佛国,我们难以揣度刘勰的心境发生了怎样的巨大变化，但这种变化显然是存在的。他也许终于真正理解了什么是佛，理解了人们为什么要出家，理解了那永不疲倦的暮鼓晨钟的真正含义。他也许有一种终于参透世事的大彻大悟，但不知他是否会有觉今是而昨非的痛悔？所谓"摛文必在纬军国，负重必在任栋梁；穷则独善以垂文，达则奉时以骋绩"（《程器》），看来"纬军国""任栋梁"的"奉时骋绩"之梦是不可能最终实现了，然而"独善其身"之路，却似乎不只是"垂文"一条啊！

梁武帝普通二年（521年），完成整理佛经任务之后的刘勰上表"启求出家"（《梁书·刘勰传》）。他先用火烧掉了两鬓之发，以表明自己出家之念已不可动摇。其实，梁武帝自己都能"舍身事佛"，何况他人？刘勰终于穿上缁衣，改名慧地，皈依佛门……

普通三年（522年），五十六岁的刘勰在出家不到一年后辞别人世。

2. 文苑奇书

"大江东去,浪淘尽,千古风流人物。"（苏轼《念奴娇·赤壁怀古》）历史的长河滚滚向前，多少帝王将相连同他们的烈烈功业都已成为如烟往事，多少达官豪族连同他们的富贵荣华都已成为过眼云霓；回眸六朝金粉之地，瞩目古都帝王之家，楼台亭榭今犹在，烟雨茫茫魂难觅。定林寺的经声佛号已然远去,刘彦和的栋梁之梦也已没有意义,然而一部《文心雕龙》却穿破幽远的重重迷雾,抖落历史的黄沙尘埃,积淀在中华文化的血液里,跳荡在世界文明的长河中。

(1)体大虑周

二百多年前,清代著名学者章学诚曾以钟嵘《诗品》和刘勰《文心雕龙》相比较,得出这样的结论:

> 《诗品》之于论诗,视《文心雕龙》之于论文,皆专门名家,勒为成书之初祖也。《文心》体大而虑周,《诗品》思深而意远;盖《文心》笼罩群言,而《诗品》深从六艺溯流别也。(《文史通义·诗话》)

章学诚的这段话言简意赅,历来得到研究者的肯定。笔者以为,从《诗品》和《文心雕龙》乃是中国文学理论和批评史上两部最早的专著而言,章学诚的比较是有道理的。但是,这里所谓"论诗"和"论文"的对举是并不准确的。《诗品》乃是论"诗",且只限于五言诗;而《文心雕龙》所论之"文",却绝非与"诗"相对而言的"文",而是既包括"诗"也包括各种"文"在内的。所以,所谓"皆专门名家"云云,其性质和意义是根本不同的。倒是章学诚对《文心雕龙》的评价本身,所谓"体大虑周",所谓"笼罩群言",非常准确地概括了它的特点及其在中国文论史上的地位。

《文心雕龙》全书五十篇,其结构经过精心安排而部伍严整,其理论观点之间讲究次序而回环照应、互相补充而逻辑严密,形成一个完整、精密的系统。在中国文艺理论批评史上,具有如此完整、系统而庞大的理论体系的著作,可以说是独一无二的。

按照通行本的篇次,《文心雕龙》五十篇如下:

原道第一	神思第二十六
征圣第二	体性第二十七
宗经第三	风骨第二十八
正纬第四	通变第二十九
辨骚第五	定势第三十
明诗第六	情采第三十一
乐府第七	镕裁第三十二
铨赋第八	声律第三十三
颂赞第九	章句第三十四
祝盟第十	丽辞第三十五
铭箴第十一	比兴第三十六
诔碑第十二	夸饰第三十七
哀吊第十三	事类第三十八
杂文第十四	练字第三十九

谐讔第十五	隐秀第四十
史传第十六	指瑕第四十一
诸子第十七	养气第四十二
论说第十八	附会第四十三
诏策第十九	总术第四十四
檄移第二十	时序第四十五
封禅第二十一	物色第四十六
章表第二十二	才略第四十七
奏启第二十三	知音第四十八
议对第二十四	程器第四十九
书记第二十五	序志第五十

最后一篇《序志》相当于全书"序言",对《文心雕龙》的书名含义、写作缘起、指导思想、结构体系以及著述态度等方面作了说明,是阅读和理解全书的一把钥匙。在谈到《文心雕龙》的理论结构和安排时,刘勰说:

> 盖《文心》之作也,本乎道,师乎圣,体乎经,酌乎纬,变乎骚;文之枢纽,亦云极矣。若乃论文叙笔,则囿别区分:原始以表末,释名以章义,选文以定篇,敷理以举统。上篇以上,纲领明矣。至于剖情析采,笼圈条贯:摛神、性,图风、势,苞会、通,阅声、字。崇替于《时序》,褒贬于《才略》,怊怅于《知音》,

耿介于《程器》；长怀《序志》，以驭群篇。下篇以下，毛目显矣。位理定名，彰乎"大易之数"；其为文用，四十九篇而已。

也就是说，《文心雕龙》分为上、下两篇，各包括二十五篇，合为五十篇，正好符合"大易之数"。所谓"大易之数"，范文澜先生说："大易，疑当作大衍。"（见其《文心雕龙注》下册）《周易·系辞上》有："大衍之数五十，其用四十有九。""衍"者，演也；"大衍之数"亦即天地演变之数。其实，刘勰所谓"大易之数"，亦可视为"大衍之数"的另一种说法；"易"者，变也，变化、演变之意。东汉著名经学家马融认为，"大衍之数"包括太极、两仪（天地）、日月、四时、五行（水火木金土）、十二月和二十四气，合为五十之数。古人认为，"太极"乃产生天地万物的根本，所以成为后天之用者，便是除"太极"之外的"四十有九"了。《文心雕龙》真正论文的篇章，当然不包括《序志》一篇，这便是所谓"其为文用，四十九篇而已"。刘勰以自己的著作篇目符合"大衍之数"，既表明其乃精心结撰、自成系统之作，也包含着这样的意思：一部《文心雕龙》，可以说概括了文章的千变万化，论述了写作的全部问题，所谓"按辔文雅之场，环络藻绘之府，亦几乎备矣"（《序志》）；确如清代纪昀所说，刘勰是"自负不浅"（黄叔琳注、纪昀评《文心雕龙》)的。

按照刘勰的说明,《文心雕龙》上篇又可分为两个部分。第一部分为前五篇。所谓"盖《文心》之作也,本乎道,师乎圣,体乎经,酌乎纬,变乎骚;文之枢纽,亦云极矣",包含了两层意思:一是就《文心雕龙》的理论体系而言,乃是以道为根本,以圣人为老师,以儒家经典为主体,以纬书为参考,以《离骚》为变化,从而体现出刘勰论文的基本思想;二是就文章写作而言,"为文"的根本问题,也都包含其中了。正因如此,研究者通常将这五篇称之为《文心雕龙》的总论。上篇的第二部分,刘勰称之为"论文叙笔",包括从《明诗》至《书记》的二十篇。当时有所谓有韵为"文"、无韵为"笔"的说法,刘勰便搜罗几乎所有的"文"和"笔",逐一从四个方面进行考察,所谓"原始以表末,释名以章义,选文以定篇,敷理以举统",也就是考察文体的源流演变而知本知末,解释文体的名称而明确其含义,选择各体文章的代表作品而予以评定,敷陈各体文章的写作之理而总结共同的文章之道。所以,研究者通常将这一部分称之为《文心雕龙》的文体论。需要指出的是,这里的"敷理以举统",历来被认为是指总结每种文体的写作经验,这尚未完全抓住刘勰这句话的准确含义,也并非"论文叙笔"之"敷理以举统"的实际。这里的"敷理"便是总结各种文体写作之理的意思,"敷理"

的目的则是"举统",也就是概括出共同的文章写作之道。明乎此,则《文心雕龙》的文体论既立足于每一种文体,更放眼于整个文章的写作;同时,占《文心雕龙》上篇大部分篇幅的文体论就与下篇有了天然的联系而和全书融为一体。

《文心雕龙》的下篇,除《序志》为全书序言外,也可以分成两个部分。第一部分包括从《神思》至《总术》的十九篇,刘勰谓之"剖情析采",也就是探讨具体的"为文之用心"(《序志》),因而这一部分可以说是《文心雕龙》的主体。研究者通常称之为《文心雕龙》的创作论。第二部分包括《时序》《物色》《才略》《知音》《程器》五篇;除了《物色》一篇外,刘勰对另外四篇一一作了说明。《时序》总结历代文章盛衰兴亡的规律,《才略》褒贬历代文人或高或低的才能,《知音》表达自古以来文章难于理解的怅惘,《程器》寄托刘勰对文人成就事业的希望。研究者通常将这一部分称之为批评论,我觉得是不够准确的。刘勰在这部分论述的问题,有批评论的内容,但比批评论广泛得多,更重要的是刘勰有自己的着眼点,与现代文论中的批评论是并不一致的。我认为,这一部分的中心乃是《知音》篇;或者说,"知音"乃是刘勰贯穿这几篇的一个共同的视点。《时序》对历代文章盛衰兴亡之规律的考察,固然涉及很多方面的内容,但其中心问题在于统治者能否成为作家的"知音"。《才略》对历代文人创作才能的褒贬,可以说是刘勰具体的"知音"之举;其虽云"褒贬",但实际上几乎都是"褒"而很少"贬",正体现出刘勰的一番苦心。《程器》寄托着对文人成就一番事业的殷切期望,则体现出刘勰乃是千古文人之真正的"知音"。至于《知音》一篇,当然更集中论述了"知音"之于文章的重要性;所谓"怊怅于知音",其中显然包含着"文章千古事,得失寸心知"(杜甫《偶题》)的感慨。所以,援"文之枢纽"之例,笔者将这部分称之为"文之知音"。刘勰所谓"知音",与文学欣赏和文学批评都有一定的关系,却又并不完全一致。从现代文艺理论的角度,还很难对这一部分作出像文体论和创作论那样的概括。王运熙先生曾指出,这一部分带有"附论"的性质(见其《文心雕龙探索·〈文心雕龙〉的宗旨、结构和基本思想》)。以《文心雕龙》全书的宗旨乃是"言为文之用心"(《序志》)而论,说这一部分是全书的"附论"是有道理的。

综上所述,《文心雕龙》的理论结构体系如下:

上篇:(1)文之枢纽(总论,5篇)

　　本乎道

　　师乎圣

　　体乎经

　　　　　酌乎纬

　　　　　变乎骚

　　（2）论文叙笔（文体论，20篇）

　　　　　原始以表末

　　　　　释名以章义

　　　　　选文以定篇

　　　　　敷理以举统

下篇：（1）剖情析采（创作论，19篇）

　　　　　摘神性

　　　　　图风势

　　　　　苞会通

　　　　　阅声字

　　（2）文之知音（附论，5篇）

　　　　　崇替于《时序》

　　　　　褒贬于《才略》

　　　　　怊怅于《知音》

　　　　　耿介于《程器》

　　序言　　长怀《序志》

（2）笼罩群言

　　或许是受到章学诚的影响，人们经常把《文心雕龙》和《诗品》相提并论。但如上所言，我们不能忽略这两部书的根本区别。《诗品》乃是专题性的著作,《文心雕龙》则是有意于建立庞大的理论体系。清人谭献所谓"并世则《诗品》让能",是言之不虚的。刘勰的这种理论目标、气魄和胸襟,用他自己的话说就是"弥纶群言"(《序志》),也就是章学诚所谓"笼罩群言",鲁迅先生所谓"包举洪纤",周扬先生所谓"百科全书式"。

刘勰在《序志》篇中曾说,以注释儒家经典而言,前代的马融、郑玄等大儒已经发挥至极致,因而很难超越了,自己便选择了"论文"之途。但以论文之作而言,随着魏晋以来创作风气的兴盛,研究、评论之作亦所在多有,虽并未"弘之已精"(《序志》),却也不乏出色的论著。所以,刘勰欲"弥纶群言",就不能忽视这些著作。《序志》有言:

> 详观近代之论文者,多矣。至于魏文述《典》、陈思序《书》、应玚《文论》、陆机《文赋》、仲洽《流别》、宏范《翰林》,各照隅隙,鲜观衢路。或臧否当时之才,或铨品前修之文;泛举雅俗之旨,或撮题篇章之意。魏《典》密而不周,陈《书》辩而无当,应《论》华而疏略,陆《赋》巧而碎乱,《流别》精而少功,《翰林》浅而寡要。又君山、公幹之徒,吉甫、士龙之辈,泛议文意,往往间出,并未能振叶以寻根,观澜而索源;不述先哲之诰,无益后生之虑。

显然，刘勰对"近代"的论文之作给予了充分的注意和重视。曹丕的《典论·论文》、曹植的《与杨德祖书》、陆机的《文赋》、挚虞的《文章流别论》以及李充的《翰林论》等著作，皆可谓一时之选。他们或对当时的作家进行褒贬抑扬，或对前人的作品进行衡量品评；有的指出文章或雅或俗的风格，有的则对文章的题旨加以概括和总结。刘勰认为，《典论·论文》所论问题虽然较为细密，但只是谈到了有关文章的几个问题，因而显得不够完备；《与杨德祖书》显示出论辩的才华，但其所辩却并非十分恰当；《文赋》构思巧妙，而且深入创作的内部，体会到写作的甘苦，但显然过于琐碎；《文章流别论》在文章体裁的研究上是精到的，但不能结合具体的文章写作，所以不切实用；《翰林论》比较浅显简明，但缺乏要领。总之，他们"各照隅隙，鲜观衢路"，也就是只论及文章写作的某些方面的问题，而没有着眼文章的全局，不能从总体上对文章问题进行把握。除此之外，刘勰对桓谭、刘桢、应贞以及陆云等人的"泛议文意"，也进行了考察。其结论是他们都未能从枝叶寻找根本，由波澜追溯源头，也就是局限于泛泛而谈，没有抓住文章写作的根本问题；而且他们忽视前代圣贤的教导，对后人的思考也就没有多少益处。

应该说，刘勰在《序志》篇中对"近代"文论之作的评论确乎有些苛刻，但一方面，这些评论可以说基本上是符合实际的,并非无端指责;另一方面,刘勰在这里有其具体的出发点和针对性。实际上,《文心雕龙》之作,乃是充分继承了刘勰所谈到的这些文论著作的思想成果的(详后)。刘勰之所以在这里着重指出他们的不足,乃是为了说明自己要超过前人的"弥纶群言"的志向。《文心雕龙》本身已经证明,刘勰实现了自己的理论目标。

当然,《文心雕龙》之所以能够实现对已有文论著作的全面超越,从而达到所谓"笼罩群言"的理论境界,不仅因为其非凡的理论气魄,而且还在于刘勰将这种理论气魄和胸襟具体化为高屋建瓴的理论原则和研究方法。对此,刘勰在《序志》篇中作了高度概括而又十分精确的说明:

> 及其品评成文,有同乎旧谈者,非雷同也,势自不可异也;有异乎前论者,非苟异也,理自不可同也。同之与异,不屑古今;擘肌分理,唯务折衷。

刘勰以为,自己所论与前人有相同之见实属正常,重要的是不能人云亦云、随声附和,而是应当察其情势、辨其真伪,认定其确为理之所存的不易之论,也就是不可能再有别的说法;更多的则是与前人所论不同的见解,这也绝不是有意标新立异,而是衡诸事理,不允许苟同已有的结论。无论赞同旧说还是反对前论,决不以其为古人之论还是今人之说作为判断的标准,而是通过自己认真、仔细而具体的分析，力求得出无过无不及的恰如其分的正确主张，并最终得出全面而公正的结论。

刘勰的这段话不难理解，也经常为古往今来的研究者所引用；但一方面，真正准确把握这个看似简单的"同"与"异"，真正做到"擘肌分理，唯务折衷"，实在是难乎其难；另一方面，刘勰所追求的这个"折衷"的理论境界，还并未被真正予以理解和重视。实际上，人们经常把刘勰的这一研究方法等同于一般的折衷调和，从而有意无意地忽视了其理论的创新色彩。事实恰恰相反，刘勰所谓"折衷"的境界，其实质乃是一种理论的创新。这种创新，不同于一般的标新立异，而是充分尊重已有研究成果，在全面审核和慎重衡量之后，提出一种更为精确和符合事实的结论；这一结论既包含了前人成果之正反两方面的经验和教训，又融汇了作者新的思考，从其实质上说，它已经是一种新的思想了。刘勰曾引用孟子的话而谓："岂好辩哉？不得已也！"（《序志》）但其实我们很少看到《文心雕龙》中有孟子那样咄咄逼人的滔滔雄辩，那么刘勰又何以如此说呢？此无他，乃在于刘勰那些看上去颇有调和色彩的理论，其实乃是不同于前人成说的新的见解；只不过，这与"成一家之言"的理论追求有所不同，而是一种气魄更为宏大的理论境界，那就是所谓"弥纶群言"。可是，从人类理论的发展史来看，人们往往更重视某种理论的"成一家之言"的色彩,而忽视理论的集大成的创新作用。我以为,《文心雕龙》之"唯务折衷"的理论追求,乃是使其成为"笼罩群言"之作的根本所在;这种所谓"笼罩群言",毫无疑问具有集大成的性质,而其理论实质则是创新,是一种更高层次的理论创新。作为这种创新的直接成果,就是《文心雕龙》不仅从著作规模、论述范围等方面超越了在此之前所有的文论著作,而且从总体的理论内容上也超越了在此之前所有的文论著作,从而不仅树起一座理论的丰碑,而且具有了经典意义,在许多方面成为不可企及的范本,所谓"文苑之学,寡二少双",所谓"空前绝后",等等,都是这个意思。笔者以为,《文心雕龙》的"笼罩群言",应当作如是观。

3. 龙学源流

《文心雕龙》的"体大虑周"而"笼罩群言",使得对这部书的研究形成一门独立的学科:"龙学"。据张少康等先生所著《文心雕龙研究史》,二十世纪共出版《文心雕龙》研究专著215种,发表研究论文2 900篇;而另一个事实是,《文心雕龙》全书只有三万七千余字。这一令人瞠目的数字对比已足以说明,《文心雕龙》研究之有"龙学"之称,不是个别人的一厢情愿,亦绝非随意冠以"学"字以重身价,而是学术发展的历史实际;同时,这一事实也提醒我们,"龙学"之兴旺发达既是人力所为,又绝非"人为"的,而是一种历史的选择。

(1)命运沉浮

就像刘勰坎坷不平的一生,《文心雕龙》的命运亦是起伏跌宕,历经时代的焰火,最终走出历史的尘埃,在中国文艺理论批评史上占据了独一无二的地位。

《文心雕龙》书成以后,虽"未为时流所称"(《梁书·刘勰传》),但毕竟很快就受到了沈约的重视,得到了"深得文理"的高度评价,应该说是非常幸运的。沈约对《文心雕龙》的称赏,一方面是文坛领袖对后学的奖掖;另一方面自然还有更为重要的原因,那就是刘勰文论思想在不少方面尤其是声律问题上与沈约所见略同(详后),从而得到沈约的首肯。除此之外,《文心雕龙》在梁代的影响,可以说是很有限的。萧华荣先生曾指出,齐梁文坛显然存在着"古今体之争",其实质乃是"传统的儒家文学观同趋新的文学思潮的斗争"(《齐梁文坛古今体之争与〈文心雕龙〉》,见《文心雕龙学刊》第二辑),《梁书·刘勰传》也曾说"勰撰《文心雕龙》五十篇,论古今文体",正说明刘勰对这场"古今体之争"确乎是相当重视的。有的研究者甚至认为:"《文心雕龙》当然不是仅仅论述这个问题,但一切论述,在刘勰看来最终都是为了解决这个问题……"

（李泽厚、刘纲纪主编《中国美学史》第二卷）那么,《文心雕龙》在梁代的影响,就与其对"古今体之争"的态度有着很大的关系。刘勰的态度又是怎样的呢？萧华荣先生指出："刘勰左右出击。他不仅抨击浮艳的文风,也批评复古的倾向；他既不完全同于'今体派',也不完全同于'古体派'；既'参古',又'酌今'；既重视继承,又不废新变。"（同前引萧文）可想而知,"左右出击"是不可能得到任何一方的理解和支持的,《文心雕龙》在梁代的命运也就大体可以想见了。

　　实际上,从理论实质而言,刘勰是肯定文章的新变的；但如何"变",刘勰却与"今体派"的主张有着重要的区别。刘勰乃是站在超出古今之争的高度,矫枉而不过正,折衷而不调和,企图探寻文章发展的正确道路。如上所说,这是由刘勰"弥纶群言"的理论目标和气魄所决定的。可以说,刘勰确乎关心"古今体之争",也确乎要表明自己的态度,却既不想站在争论的任何一方,也无意于在这场争论中"成一家之言",而是要揭示这一争论的实质,从根本上解决文章的"古今"问题。但一方面,这注定了他得不到古今之争任何一方的理解,另一方面,以其人微言轻之实,这种理论目标又怎能会被认同呢？我觉得,这后一方面其实是个很重要而又很容易被忽略的问题。思想史的实际往往是,惊世骇俗之论容易引起人们的注意,如刘勰这般身居定林禅寺而默默无闻者，却要"弥纶群言"，纵有高屋建瓴之气概，又怎能引起高谈阔论之世家大族的旁顾呢？

《文心雕龙》在唐代的命运，可以说几经起伏。初唐著名诗人卢照邻曾谈道："近日刘勰《文心》，钟嵘《诗评》，异议蜂起，高谈不息。"（《南阳公集序》）这一方面说明《文心雕龙》在初唐已经引起文人的广泛注意，另一方面则说明初唐文人对这部书是褒贬不一的。著名史学家刘知幾则比较具体地分析了《文心雕龙》产生的必然性。他说："词人属文，其体非一，譬甘辛殊味，丹素异彩；后来祖述，识昧圆通，家有诋诃，人相掎摭，故刘勰《文心》生焉。"（《史通·自叙》）这里，刘知幾没有很直接地评价《文心雕龙》，但实际上却评价不低。他从文章写作艺术风格的多样性谈到人们对文章认识的偏颇，说明正确而公正的文章和文学理论批评是并不容易产生的，从而说明《文心雕龙》产生的历史必然性，这就给了这部书非同一般的重要的历史地位。同时，刘知幾在指出一般的文章批评"识昧圆通"的时候，也就肯定了《文心雕龙》之"圆通"的理论特色。所谓"圆通"，乃是议论通达而不失之过激，观点全面而不失之偏颇；可以说近于刘勰所说的"折衷"之境。刘勰超出齐梁时代"古今体之争"的一个重要特点，正是理论认识上的"圆通"。按照刘知幾的意思，那就是刘勰能够理解文章的"其体非一"，也就是艺术风格的多种多样，能够体验到文章写作的"甘辛殊味",从而做到理论和批评的公正。不过,刘知幾主要的着眼点在于《文心雕龙》产生的现实针对性,也就是"家有诋诃,人相掎摭"的文学批评的混乱情形;所谓"圆通",也主要就是较之一般人的认识上的通达。所以,与沈约"深得文理"的评价相比较,刘知幾对《文心雕龙》的认识虽然更为具体,但从总体上看还不能说有大的发展,而是可以互相补充的。

时至中唐,在古文运动的大潮中,《文心雕龙》的地位可以说是颇为尴尬的。古文运动的理论旗帜是"文以明道",此"道"乃周公、孔子、孟子之道(见韩愈《原道》),看上去与刘勰"征圣""宗经"之旨是一致的;然而,不仅刘勰所原之"道"与韩愈所原之"道"大异其趣(详下),而且刘勰"征圣""宗经"的目的在于找到为文的法则,而韩愈所谓"修其辞以明其道"(韩愈《争臣论》)乃是要以文章宣扬儒家的仁义道德。如果说,尽管"道"有不同,但毕竟还可以找到"征圣""宗经"的共同之处,那么,问题还在于,古文运动的矛头直指骈文,而刘勰不仅不反对骈文之美,而且身体力行,以精致的骈文写成自己的"论文"之作。《文心雕龙》在中唐的命运,也就可想而知了。到了晚唐,古文与骈文之争趋于缓和,刘勰和他的著作才又引起文学家的重视。著名诗人和散文家陆龟蒙有一首诗说:

> 刘生吐英辩，上下穷高卑。下臻宋与齐，上指轩从羲。岂但标八索，殆将包两仪。人谣洞野老，骚怨明湘累。立本以致诘，驱宏来抵巇。清如朔雪严，缓若春烟羸。或欲开户牖，或将饰缨绥。虽非倚天剑，亦是囊中锥。（《甫里先生文集》）

对刘勰探本穷源的理论气度及《文心雕龙》对文章写作的重要作用，都有着较为清楚的认识。但陆龟蒙的评价显然有所保留，他认为《文心雕龙》有助于人们掌握文章写作的法则，从而能够在文坛上脱颖而出，也就是所谓"囊中锥"，但它还不能算是文章写作之非常有力的武器，称不上是一把"倚天剑"。

《文心雕龙》在宋代的命运，可以说尚不及唐代。唐末宋初的孙光宪说："降自屈宋，逮乎齐梁，穷诗源流，权衡辞义，曲尽商榷，则成格言，其惟刘氏之《文心》乎！后之品评，不复过此。"（《白莲集序》）应该说，这一评价还是相当高的；但其着眼于对诗文的"品评"，则难免忽略《文心雕龙》的理论价值和意义。如果说，唐末宋初的文人们对刘勰及其著作还颇有好感的话，那么随后而来的欧阳修等人继承韩愈而发动的所谓诗文革新运动，使《文心雕龙》的脱颖而出变得更为困难了。加之宋代道学家重道轻文，与刘勰对文采的重视恰成鲜明对比，其轻视这部书也就是必然的了。明代的曹学佺曾指出："'文'之一字，最为宋人所忌；加以'雕龙'之号，则目不阅此书矣。"（凌云刻本《文心雕龙序》）实际上，有着唐人对《文心雕龙》的评价，宋人大概还不至于"目不阅此书"；但其在宋代的地位不高，则可能是事实。江西诗派的领袖黄庭坚对《文心雕龙》的评价是颇有代表性的，他说："刘勰《文心雕龙》，刘子玄《史通》，此两书曾读否？所论虽未极高，然讥弹古人，大中文病，不可不知也。"（《山谷尺牍·与王立之书》）一方面，对《文心雕龙》之作的时代意义有所认识；另一方面，则明确指出刘勰所论并不如何高明，甚至连"囊中锥"也算不上了。

然而，"青山遮不住，毕竟东流去"（辛弃疾《菩萨蛮·书江西造口壁》）。明、清两代，《文心雕龙》受到了高度重视。明代的张之象评价说："至其扬榷古今，品藻得失，持独断以定群嚣，证往哲以觉来彦，盖作者之章程，艺林之准的也。"（张刻本《文心雕龙序》）可以说抛开了古文、骈文之争，认识到了《文心雕龙》作为文论的独特而巨大的价值；所谓"作者之章程，艺林之准的"，其超出一般文论著作，已是显然可见了。清人臧琳则谓："刘勰《文心雕龙》之论文章，刘劭《人物志》之论人，刘知幾《史通》之论史，可谓千古绝作，余所深嗜而快读者。"（《经义杂记》）以《文心雕龙》为"论文章"之"千古绝作"，乃是言之不虚的。清人孙梅则称："按士衡《文赋》一篇，引而不发，旨趣跃如。彦和则探幽索隐，穷神尽状；五十篇之内，百代之精华备矣！"（《四六丛话》）把《文心雕龙》和《文赋》加以比较，谓其总揽"百代之精华"，亦可谓名副其实。至于章学诚所谓"体大而虑周""笼罩群言"的评语，就更是"深识鉴奥"（《知音》）之论了。

清人对《文心雕龙》的称赏，可以说毫无保留而备加推崇，如谓："至于宏文雅裁，精理密意，美包众有，华耀九光，则刘彦和之《文心雕龙》，殆观止矣！"（刘开《刘孟途骈体文》）以及谭献所谓"文苑之学，寡二少双"等等。至如沈叔埏《文心雕龙赋》、李执中《刘彦和文心雕龙赋》等，则更以"赋"的形式赞美《文心雕龙》，亦称得上文论史上的佳话了。可以说，《文心雕龙》终于占据了中国文艺理论史之独一无二的地位。

（2）文心显学

清代对《文心雕龙》的重视确乎是空前的。这不仅表现在上述诸多赞美和称赏，而且表现在清人对这部书的扎扎实实的研究。黄叔琳的《文心雕龙辑注》、纪昀对《文心雕龙》的评语，虽还较为简略，但已是进入刘勰的理论世界而欲探幽发微了。正是在此基础上，李详写出了《文心雕龙黄注补正》（发表于1909年和1911年的《国粹学报》),近代意义上的《文心雕龙》研究就此展开。1914年至1919年,国学大师章太炎的弟子、著名学者黄侃在北京大学讲授《文心雕龙》;牟世金先生据以指出:"把《文心雕龙》作为一门学科搬上大学讲坛,这是有史以来的第一次。……这说明从黄侃开始,《文心雕龙》研究就是一门独立的学科:龙学。"(见其《雕龙后集·"龙学"七十年概观》)那么,具有现代意义的《文心雕龙》研究——"龙学",已经有了将近九十年的历史。

就中国内地而言,九十年的"龙学"史,大致上可以分为五个时期。一是初创期。从1914年至1949年的36年,可以说是"龙学"的初创时期。此期最重要的著作有两部:一部是黄侃的《文心雕龙札记》(北平文化学社1927年出版),一部是范文澜的《文心雕龙注》(北平文化学社1929年出版)。黄侃之作即由其在北大的讲义整理而成,范注实亦由作者任教南开时"口说不休,则笔之于书"(《文心雕龙讲疏·自序》)的《文心雕龙讲疏》发展而成。黄侃之作注重理论阐发,范注之书长于训诂注释,二书成为"龙学"史上划时代的著作,一直是《文心雕龙》研究者的必读之书。除此之外,"龙学"诞生时期还有上百篇文章。这些文章大多是对《文心雕龙》的一般性概述,而鲜有深入的专题研究,表现出"龙学"初创时期的特点。

二是发展期。从1950年至1964年的15年,可以说是"龙学"的发展时期。此期出版的重要著作有王利器的《文心雕龙新书》(北京汉学研究所1951年出版)、杨明照的《文心雕龙校注》(古典文学出版社1958年出版)、刘永济的《文心雕龙校释》(此书由正中书局初版于1948年,本期则作了较大的增修,由中华书局于1962年出版)、陆侃如和牟世金的《文心雕龙选译》(山东人民出版社1962年、1963年分别出版上、下册)以及《刘勰论创作》(山东人民出版社1963年出版)、郭晋稀的《文心雕龙译注十八篇》(甘肃人民出版社1963年出版)等。这些著作大致可以分为三类:一类是校注,一类是今译,一类是理论研究。无论哪个方面,较之前期都有了重要的进步和发展,而特别值得一提的是"今译"工作的开展。由于《文心雕龙》乃是以骈文写成的文论著作,较之一般的古文作品更为难懂,所以"今译"工作便显得极为重要。而且,我觉得,对古代文论著作而言,翻译本身其实乃是一种贴近原作精神的研究,是一项丝毫不得轻视的工作。此期陆侃如、牟世金两位先生以及郭晋稀先生对《文心雕龙》"今译"的尝试,可以说开辟了"龙学"的一个重要领域,并为许多青年学子涉足"龙学"提供了极大的方便。此期的研究论文有近200篇,无论数量还是质量,亦都超过了前一个时期。这些论文有三个显著特点:首先是大都注意运用新观点、新方法,使得《文心雕龙》研究呈现出新的面貌。其次是扩大了研究范围,加强了理论研究。再则是概述泛论性的文章相对减少,而专题性的研究大为增加了。

三是停滞期。从1965年至1976年的12年,可以说是"龙学"的停滞时期。

四是兴盛期。从1977年至1988年的12年,可以说是"龙学"的兴盛时期。此期出版专著40余种,发表论文千余篇。仅以数量而论,"龙学"的迅猛发展也是不言而喻的。40余种专著,大致可以分为五类:第一类是校注,如王利器的《文心雕龙校证》(上海古籍出版社1980年出版),此书乃由《文心雕龙新书》发展而成,以校为主,是《文心雕龙》之较为完备的校本;周振甫的《文心雕龙注释》(人民文学出版社1981年出版),以注为主,并对每篇进行较为详细的"说明";杨明照的《文心雕龙校注拾遗》(上海古籍出版社1982年出版),校、注相兼,并辑录历代有关《文心雕龙》的资料,被称为"龙学"的小百科全书。第二类是译释,如陆侃如和牟世金的《文心雕龙译注》(齐鲁书社1981年、1982年分别出版上、下册),此书乃《文心雕龙》第一个全译本,译文畅达,注释详明,更有长篇"引论"纵论全书,受到普遍好评;其他如郭晋稀的《文心雕龙注译》(甘肃人民出版社1982年出版)、赵仲邑的《文心雕龙译注》(漓江出版社1982年出版)、张长青和张会恩的《文心雕龙诠释》(湖南人民出版社1982年出版)、向长清的《文心雕龙浅释》(吉林人民出版社1984年出版)、祖保泉的《文心雕龙选析》(安徽教育出版社1985年出版)、周振甫的《文心雕龙今译》(中华书局1986年出版)等，或翻译全书，或逐篇阐释，皆各有特色。第三类是理论研究，如王元化的《文心雕龙创作论》(上海古籍出版社1979年第一版，1984年第二版)，此书站在现代文艺理论的高度，深入挖掘《文心雕龙》的理论意蕴，受到研究者的推重；其他如詹锳的《文心雕龙的风格学》(人民文学出版社1982年出版)、马宏山的《文心雕龙散论》(新疆人民出版社1982年出版)、牟世金的《雕龙集》(中国社会科学出版社1983年出版)、张文勋的《刘勰的文学史论》(人民文学出版社1984年出版)、蒋祖怡的《文心雕龙论丛》(上海古籍出版社1985年出版)、毕万忱和李淼的《文心雕龙论稿》(齐鲁书社1985年出版)、王运熙的《文心雕龙探索》(上海古籍出版社1986年出版)、涂光社的《文心十论》(春风文艺出版社1986年出版)、张少康的《文心雕龙新探》(齐鲁书社1987年出版)、陈思苓的《文心雕龙臆论》(巴蜀书社1988年出版)等，皆为各有所长的"龙学"专著。第四类是美学研究。这也是一种理论研究，但角度与一般的理论研究有所不同，如李泽厚和刘纲纪主编的《中国美学史》第二卷(中国社会科学出版社1987年出版)第十七章《刘勰的〈文心雕龙〉》，虽只是书中一章，但作者以十四万字的篇幅阐述刘勰的美学思想，具有许多深入而独到的见解；其他如缪俊杰的《文心雕龙美学》（文化艺术出版社1987年出版）、易中天的《〈文心雕龙〉美学思想论稿》（上海文艺出版社1988年出版）、赵盛德的《文心雕龙美学思想论稿》（漓江出版社1988年出版）等，亦都是富有创获之作。第五类是编译，即翻译介绍海外研究的成果，如王元化选编《日本研究〈文心雕龙〉论文集》（齐鲁书社1983年出版）、彭恩华编译《兴膳宏〈文心雕龙〉论文集》（齐鲁书社1984年出版）等。除此之外，牟世金的《刘勰年谱汇考》（巴蜀书社1988年出版）是一部刘勰生平研究的集大成之作，朱迎平的《文心雕龙索引》（上海古籍出版社1987年出版）则是国内出版的第一部《文心雕龙》索引。

此期发表的千余篇文章，论题涉及《文心雕龙》的各个方面；无论广度还是深度，都远远超过前两个时期。其突出特点是：其一，对前两个时期研究较多的问题进行重新审视，认识趋于深入。其二，强调实事求是的研究态度，力图还《文心雕龙》以本来面目。上述第二个时期的研究，存在着方法生硬和脱离《文心雕龙》实际的情况，本期多数研究者都致力于探讨刘勰自己的文论思想。其三，从美学的角度研究《文心雕龙》，重新审视这部书的价值和意义。其四，利用新方法研究《文心雕龙》，如运用系统论等方法，对《文心雕龙》作出新的阐释。其五，运用比较的方法研究《文心雕龙》，认识其在世界文论史上的地位。

此期"龙学"的兴盛还有一个重要的表现，那就是中国《文心雕龙学会》的成立。1982年10月，国内研究《文心雕龙》的专家、学者汇聚济南，召开了全国第一次《文心雕龙》讨论会，这是学会成立的预备会议。1983年8月，中国《文心雕龙》学会在青岛成立，并决定出版《文心雕龙学刊》。是年10月，中国社会科学院派出以王元化、章培恒和牟世金为代表的《文心雕龙》考察团访问日本，与日本学者交流"龙学"的成果。翌年11月，中日学者《文心雕龙》讨论会在上海举行。1986年4月，中国《文心雕龙》学会第二届年会在安徽屯溪召开。1988年10月，国际《文心雕龙》讨论会在广州举行，来自10多个国家和地区的"龙学"家共聚一堂，这是"龙学"史上前所未有的盛事，也标志着《文心雕龙》研究进入了它的极盛时期。

五是总结期。从1989年至2000年的12年，可以说是"龙学"的总结时期。此期出版专著近60种，发表各类文章近千篇。从论著的数量上看，此期的《文心雕龙》研究仍然是相当兴盛的，但单纯的数字有时是不能说明问题的实质的。就本时期"龙学"论著的数量而言，我觉得以下几点值得注意。一是此期的不少专著是在各种丛书中出现的，如一些译注类的丛书；二是此期的1 000篇文章，有相当一部分是被收入各种有关《文心雕龙》论文集中的；三是由于近几年学术上的急功近利，加之出版业的空前发展，一些不尽成熟或缺乏创建的论著得以面世。基于此，笔者以为本期的"龙学"较之上一时期的兴盛有所不同，实际上已不再那么热闹非凡而引人注目，而是进入了一个深化、反思和总结的阶段，这与世纪末的整个学术氛围是密切相关的。此期最为重要的"龙学"著作，大多具有总结的性质。一部是詹锳先生的《文心雕龙义证》（上海古籍出版社1989年出版）。此书乃130余万言的皇皇巨著，为中国内地规模最大的"龙学"著作，可以说是《文心雕龙》的一个会注本，也可以说是《文心雕龙》注释的集大成之作。一部是牟世金先生去世后方得面世的《文心雕龙研究》（人民文学出版社1995年出版）。此书乃作者"毕生所能雕画的一条'全龙'"（见本书自序），其为牟先生精研《文心雕龙》三十年的总结之作自不必说，也可以说是《文心雕龙》理论研究的一部总结之作，在"龙学"史上具有里程碑的意义。一部是杨明照先生领衔主编的《文心雕龙学综览》（上海书店出版社1995年出版）。此书第一次全面汇集和检阅"龙学"的成果，是一部名副其实的集大成之作。另外，周振甫先生主编的《文心雕龙辞典》（中华书局1996年出版），也是具有某种总结意义的"龙学"著作。除此之外，本期的大量专著，都从各自的角度对"龙学"有所开拓和深化。如李庆甲的《文心识隅集》(上海古籍出版社1989年出版)、穆克宏的《文心雕龙研究》(福建教育出版社1991年出版)、祖保泉的《文心雕龙解说》(安徽教育出版社1993年出版)、石家宜的《文心雕龙整体研究》(南京出版社1993年出版)、牟世金的《雕龙后集》(山东大学出版社1993年出版)、韩湖初的《文心雕龙美学思想体系初探》(暨南大学出版社1993年出版)、王明志的《文心雕龙新论》(黑龙江教育出版社1994年出版)、孙蓉蓉的《文心雕龙研究》(江苏教育出版社1994年出版)、寇效信的《文心雕龙美学范畴研究》(陕西人民出版社1997年出版)、李平的《文心雕龙综论》(中国文联出版社1999年出版)等，皆为"龙学"总结时期的重要著作。

就"龙学"本身的发展而言，在对《文心雕龙》进行了较长时间的探索以后，研究者必然考虑总结历史、深化研究并开拓未来的问题；尤其是在世纪交替的历史时刻，这种对一门学科研究历史的总结就更加自觉和必要。可以预期，《文心雕龙》研究虽不可能再出现热闹非凡的景象，但一些更为深入的研究论著将会陆续出现。在经过了一个总结性的历史时期以后，"龙学"必将迎来又一个新的历史发展时期。

中国台湾、香港地区以及海外的《文心雕龙》研究亦有重要的成果；尤其是台湾的《文心雕龙》研究，可以说成绩斐然。特别值得一提的是，当中国大陆的《文心雕龙》研究处于停滞状态（即上述第三期）的时候，台湾地区的"龙学"却正处于兴盛的历史时期。因此，海峡两岸的"龙学"史颇有不同的轨迹。从1951年至2000年的50年间，台湾地区出版"龙学"专著达60种，发表各类文章约400余篇，成绩是显然可见的。其重要著作，如王更生的《文心雕龙研究》（台北文史哲出版社1976年出版），既是台湾地区第一部较为全面而系统的"龙学"专著，也可以说是"龙学"史上第一部规模较大的系统论述《文心雕龙》的专著，其开创之功是应当受到尊重的；黄侃门人李曰刚的《文心雕龙斠诠》（台湾编译馆1982年印行），全书达190余万字，乃是作者倾二十年之功完成的一部巨著，也是"龙学"史上规模最大的著作,正如牟世金先生所言："总的来说，这是一部相当宏富的综合性论著,虽名为'斠诠'，校、注、解译、理论研究各个方面都很全备，实为博大精深之巨著。"（见其《台湾文心雕龙研究鸟瞰》）除此之外，其他如张严的《文心雕龙通识》（台湾商务印书馆1969年出版）和《文心雕龙文术论诠》（台湾商务印书馆1972年出版）、黄春贵的《文心雕龙之创作论》（台北文史哲出版社1978年出版）、沈谦的《文心雕龙之文学理论与批评》（台北华正书局1981年出版）、王金凌的《文心雕龙文论术语析论》（台北文史哲出版社1981年出版）、龚菱的《文心雕龙研究》（台湾文津出版社1982年出版）、王礼卿的《文心雕龙通解》（台湾黎明文化事业有限公司1986年出版）、彭庆环的《文心雕龙综合研究》（台湾正中书局1990年出版）、王更生的《文心雕龙新论》（台北文史哲出版社1991年出版）、王忠林的《文心雕龙析论》（台湾三民书局1998年出版）等，都是台湾地区重要的"龙学"著作。

二 《文心雕龙》的理论体系

前面已经介绍了《文心雕龙》之严密的结构体系,《文心雕龙》之精深的理论体系就是通过这种结构体系体现出来的。我们必须从《文心雕龙》的结构体系出发去探索刘勰自己的理论体系,而不能用今天的文艺理论体系框架去对号入座。实际上,理论体系与结构体系是密不可分的,后者必然体现着前者,前者必然通过后者体现出来。所不同者,结构体系较为单纯,主要体现一种顺序关系。也就是说,它对理论体系的呈现舍弃了较为复杂的细节,也舍弃了比较复杂的理论观点之间的回环照应以及相互错综。它只体现理论的一个大致框架,因而谓之"结构"体系。但这个"结构"乃是理论的结构,它毫无疑问地呈现出理论体系的基本面貌,所以这个"结构体系"严格地说乃是"理论结构体系"。《文心雕龙》的实际情况正是如此。通常所谓《文心雕龙》的理论体系，往往指《文心雕龙》各个理论观点之间所组成的一个有机整体，也就是一个观念系统。它标志着刘勰对文章问题有自己的一整套看法。有的研究者也把这个意义上的理论体系叫作内在的理论体系。为了明确起见，我们不妨说，《文心雕龙》的理论体系包括这样两个方面：一是它的理论结构体系，一是它的理论观念体系。实际上，其理论观念体系乃是通过其理论结构体系体现出来的，所谓"体大而虑周"，二者乃是交融统一在一起的。

1. 文之枢纽

《文心雕龙》前五篇为全书总论，对文章本身以及文章写作中一些带有根本性的问题进行探讨，从而形成全书的指导思想及理论体系的总纲。概括而言，《文心雕龙》的总论部分主要论述了两个问题：文的本质和创作的原则。

（1）文的本质

章学诚曾指出："古人论文，惟论文辞而已矣。刘勰氏出，本陆机氏说而昌论文心。"（《文史通义·文德》）陆机的《文赋》确曾有意探讨为文之"用心"，以此而论，谓《文心雕龙》与《文赋》有着某种继承关系，是有一定道理的。尤其是《神思》一篇与《文赋》的关系，更是一脉相承而显然可见的。但是，同是探讨"为文之用心"，刘勰和陆机的着眼点却是大不一样的。陆机所谓"余每观才士之所作，窃有以得其用心"，指的是"放言遣辞，良多变矣"，即作者如何运用语言文辞的问题；他要探讨的是"作文之利害所由"，所谓"恒患意不称物，文不逮意，盖非知之难，能之难也"，他重视的是如何具体操作的作文之"能"，因而他关心的始终是文学表现的技巧问题，也就是怎样写好一篇文章的问题。刘勰也是"论文"，甚至比陆机更详细地探讨了"作文之利害所由"，但其着眼点和所站的高度却有根本不同。刘勰不仅重视具体操作之"能"，而且同时重视理论认识上的"知"，并以这种哲学性质的"知"作为"能"的根本和出发点。刘勰首先将"文"这种人类文化现象纳入了哲学思索的范畴，而欲从哲学、美学的角度去发现它、考察它、认识它。陆机强调"非知之难"而以为"能之难也"，因而主要论述如何具体操作；刘勰不废"能"的重要性，但以"知"为根本，其区别是显然可见的。《文赋》开篇而谓："伫中区以玄览，颐情志于典坟"，谈的是具体的创作过程之始；而《文心雕龙》以"原道"开篇，要探讨"文"这种人类文化现象的根本道理是什么，其气魄和胸襟乃是不可同日而语的。正如纪昀所评："自汉以来，论文者罕能及此，彦和以此发端，所见在六朝文士之上。文以载道，明其当然；文原于道，明其本然：识其本乃不逐其末。"(黄叔琳注、纪昀评《文心雕龙》)其实,刘勰对文学现象所作形而上的哲学思考,不仅在六朝文士之上,而且在整个中国古代文论中,也是不多见的。这种思考,也不仅是"明其本然"的问题,而且表征着文艺观念的真正自觉,因而具有划时代的意义。

《原道》之"道",刘勰没有予以具体规定和说明,而是作为一个既成概念直接运用,也因此引起研究者不同的理解,形成所谓"都是道其所道"(袁枚《答友人论文第二书》)的局面。有人认为指的是儒家之道,有人认为指的是佛家之道,有人则认为指的是道家之道,等等。正如牟世金先生所说:"若不知'原道'之'道'为何物,便无'龙学'可言。"(《〈文心雕龙〉研究的回顾与展望》,《文心雕龙学刊》第二辑)之所以如此,乃因为"盖《文心》之作也,本乎道"(《序志》),"道"是《文心雕龙》的逻辑起点,是刘勰用以考察文艺现象、探讨文艺本质的理论武器,更是《文心雕龙》理论体系的根本。

其实,"道"本是一个平常的概念。《周易·履》谓:"履道坦坦,幽人贞吉。"此"道"乃是道路之意。所以许慎《说文解字》说:"道,所行道也。"可以说甚为平易。由道路之意引申为方向、道理,也是"道"的通常用法。然而,自先秦以来,"道"发展成为中国古代思想中最重要的概念之一,成为中国古代哲人用以认识世界、概括天地万物之产生及其运行规律的一个概念。在中国古代哲学思想中，"道"的含义主要有两个方面：一是世界的本原，是天地万物赖以产生的根本。老子说："有物混成，先天地生。寂兮寥兮，独立而不改，周行而不殆，可以为天下母。吾不知其名，字之曰道。"（《老子》第二十五章）又说："道生一，一生二，二生三，三生万物。"（《老子》第四十一章）在这个意义上，"道"与中国古代思想中另一个极为重要的概念"气"是一致的。所以道教著作《云笈七签》说："道即元气也。"另一部道教著作《性命圭旨》说得更为明确："道也者，果何谓也？一言以定之曰：气也。"在《周易》中，这个产生天地万物的"道"和"气"也被称为"太极"："是故易有太极，是生两仪。"（《系辞上》）"道"的另一个含义是指天地万物运行的法则和规律。《周易》说："一阴一阳之谓道。"（《系辞上》）这个"道"便是阴阳相互转化的规律。《黄帝内经》则说得更明确："阴阳者，天地之道也，万物之纲纪，变化之父母，生杀之本始……"因为这种阴阳的转换和变化是不以人的意志为转移的，是不可测度的，所以古人有时用"神"来描述"道"的特点，所谓"阴阳不测之谓神"（《周易·系辞上》）。

　　可以说，刘勰正是在上述思想背景下使用"道"这一概念的。在写《文心雕龙》之前，刘勰曾著《灭惑论》批判道教著作《三破论》；但对《三破论》所谓"道以气为宗，名为得一"之论，他是并不反对的，而且据以作出如下论断："至道宗极，理归乎一；妙法真境，本固无二。……但言万象既生，假名遂立；梵言菩提，汉语曰道。"又说："孔释教殊而道契……梵汉语隔而化通。"显然，在刘勰看来，无论道家、佛家还是儒家，其立教固然有异，但其终极之理却是一致的；看上去各有其道、道其所道，实际上不过如盲人摸象、以偏概全而已，所谓"至道虽一，歧路生迷"（《灭惑论》）。那么，刘勰的这个"至道"和"真境"，实际上就是先秦以来中国古代哲学中的"道"。在刘勰的思想中，这个"道"不属于哪一家，而是长期以来人们对天地万物之产生及其规律的概括；其借以"论文"，又有何不可呢？

《原道》开篇而谓："文之为德也，大矣！"这既是《原道》的开篇语，更是一部《文心雕龙》的开卷语。它陈述了这样一个事实：文的作用是非常大的。看上去至为平易，实际上起点很高，是对整个"文"的一种概括，它说明了"文"在当时的发展状况，也标示了"文"的长期历史积淀过程，更显示出对"文"这一人类文化现象进行哲学思考的气度。因为"文"并非从来都有如此巨大的作用，更不是人们从来都承认"文"的巨大作用。只有在文艺的自觉时代、在为艺术而艺术的时代到来时，"文"才成为"经国之大业，不朽之盛事"（曹丕《典论·论文》）；也只有在这时，探讨"为文之用心"才成为一件重要的事情；也正是在这个时候，真正的理论家开始思考这样一个看上去十分平常甚至是不成问题的问题："文"之于人类的意义是什么呢？人类为什么会有"文"、何以需要"文"呢？可以说，对这类问题的思考和回答才是真正从哲学的角度审视文艺现象，也才真正标志着文艺理论、文艺观念的自觉。"文之为德也，大矣"的开篇语，就正是这种思考的开始。所以，刘勰紧接着便提出了这样的问题："与天地并生者，何哉？"也就是说"文"与天地一同产生的原因是什么呢？这一问题正包含着上述两个问题，这也就决定了，刘勰要从哲学的高度思考人类的"文"的现象，从而对"文"的本质作出自己的回答。他之所以要借用"道"的概念来"论文"，原因也正在这里。

刘勰说："夫玄黄色杂，方圆体分。日月叠璧，以垂丽天之象；山川焕绮，以铺理地之形：此盖道之文也。"从宇宙混沌到天地分判，日圆月满，如交替出现的两块璧玉，显示出美丽的天象；山明水秀，如色彩华艳的锦缎，展现出条理清晰的地形。刘勰以为，这都是"道之文"。这个"道"，便是中国古代哲学中产生天地万物的"道"。也就是说，随着天地万物之产生，天地之"文"也就产生了，这是不以人的意志为转移的规律。这个天地之"文"，其实质乃是天地之美，是大自然的美。刘勰接着说："仰观吐曜，俯察含章；高卑定位，故两仪既生矣。惟人参之，性灵所钟，是谓三才。为五行之秀，实天地之心。心生而言立，言立而文明，自然之道也。"天上呈现出光辉的景象，地上展露出绚丽的风光，天地之间则出现了富有聪明才智的人类；人是宇宙的精灵、天地的中心，天地尚且各有其"文"，作为天地的主宰，人类之有文也就是自然而必然的了。所谓"心生而言立，言立而文明，自然之道也"，便极富逻辑地回答了"与天地并生者，何哉"的问题。值得注意的是，刘勰对人类必然有文的回答，其着眼点放在了"心"上。正因为人类有"心"亦即具有思想感情，所以才有表达内心世界之语言的产生；有了语言，也便会形成文章。刘勰认为，这同样是不以人的意志为转移的，是"自然之道"亦即自然而必然的道理。这样，刘勰不仅回答了人类何以有文的问题，而且也从哲学的高度、世界观的高度，肯定了文的自觉时代到来的历史必然性，从而形成了符合时代潮流的先进的文艺观念。

思维的行程是迂回反复的，理论家总是全面考虑、周详论证。从天地之"文"到人类之文，《原道》初步回答了文何以与天地并生的问题。紧接着，刘勰又推而广之、生发开来，进一步论证人类之文产生的合理性和必然性。他说：

> 傍及万品，动植皆文。龙凤以藻绘呈瑞，虎豹以炳蔚凝姿。云霞雕色，有逾画工之妙；草木贲华，无待锦匠之奇。夫岂外饰，盖自然耳。至于林籁结响，调如竽瑟；泉石激韵，和若球锽。故形立则章成矣，声发则文生矣。夫以无识之物，郁然有彩；有心之器，岂无文欤？

不仅天地各有其"文"，而且动植万物亦无不富有文采：龙凤以其艳丽的鳞羽表现着吉祥，虎豹以其华美的皮毛展露出雄姿；五彩云霞胜过画工的妙笔，鲜花朵朵不劳匠人的修饰。至于松涛阵阵，犹如竽瑟和鸣；泉流潺潺，仿佛磬钟齐奏。这些没有意识的东西都有浓郁的文采，作为富有智慧、充满感情的人类，怎会没有文章呢？人类所以有文的必然之理，可以说讲得很充分了。值得注意的是，刘勰这里的"文"始终与美不可分割，简直就是美的同义语；其所表现出的文艺观念，充分体现出文的自觉时代的先进性。同时，刘勰又一再说明，这个"文"，这个"美"，"夫岂外饰，盖自然耳"，也就是自然而然的美，并不是刻意雕琢、过分修饰的结果；所谓"形立则章成矣，声发则文生矣"，文章之美是必然的，又是自然的。这样，刘勰又毫无疑问地批判了创作中"爱奇""浮诡"以至"离本弥甚，将遂讹滥"（《序志》）的文风。可以看出，刘勰以"道"

的精神论文,确乎是用心良苦的。

在从哲学的高度对人类何以有文的问题进行论述之后,《原道》进入对人文之发展历程的具体考察。这一考察既是对上述逻辑论证的具体历史的落实,实际上又贯穿着上述文艺观念。如果说,刘勰用"道之文"的理论回答了文"与天地并生者,何哉"的问题,那么,刘勰对人文历史的考察,就是企图初步总结出文之"道"。也就是说,既然人类有文是必然的,而这个"文"既是美的却又应是自然而不加外饰的,那么其必然而自然的历史根据是什么呢? 其具体的面貌又是怎样的呢?

刘勰的考察是从《周易》开始的。相传伏羲首先画了八卦,孔子为了阐述其理而写了《十翼》,即《彖辞》上下、《象辞》上下、《系辞》上下、《文言》、《说卦》、《序卦》和《杂卦》,共十篇。其中《文言》乃是对《乾》《坤》二卦的解释,刘勰以此而谓:"而《乾》《坤》两位,独制文言;言之文也,天地之心哉!"这里的"天地之心",乃取《易经·复》所谓"其见天地之心乎",意为天地之本性,与"自然之道"是一致的。刘勰的意思是说,孔子特地为象征天地的《乾》《坤》二卦而作《文言》,岂不证明言之有文乃"自然之道"吗? 其实,刘勰对《文言》的解释未免牵强,但其欲为人文产生的必然之理寻找历史根据的用意是显然可见的。刘勰以为,不仅《文言》之产生体现了"自然之道"

的精神，而且传说所谓黄河中有龙献出图画而孕育了八卦的产生，洛水中有龟献出书籍而其中蕴藏着治理天下的各类大法，以及所谓玉版上刻有金字、绿简上刻有红字等人文现象，"谁其师之？亦神理而已"，仍然是"神理"亦即"自然之道"所主宰的。所以，刘勰实际上是将"道之文"的理论落实到了具体的人文产生过程，从而为之找到了历史的根据。

不过，更重要的还是通过对人文历史的考察而总结出文之"道"。刘勰从文字的产生谈到孔子对"六经"的整理，集中表达了这样一种观念：符合"自然之道"精神的表现人类思想感情的"文"，应当是文质彬彬、辞采芬芳，从而具有巨大的感染力和教育作用的。他说："逮及商、周，文胜其质；《雅》《颂》所被，英华日新。"文章发展至商周时代，其文采超过了前代；《雅》《颂》等影响所及，使得富有文采的作品日益增多。到了孔子，则"独秀前哲"："熔钧《六经》，必金声而玉振；雕琢情性，组织辞令；木铎起而千里应，席珍流而万世响；写天地之辉光，晓生民之耳目矣。"他整理"六经"，必使其文质彬彬而具有集大成的风范，其抒发思想感情，著成美妙的华章，则产生巨大的感召力，从而实现描写天地之辉光、开启世人之聪明的重要作用。可以说，刘勰既是在考察人文发展的历史，并企图通过这种考察总结出人文发展的规律，从而找到为文之道,又是在以自己"道之文"的观念来观照人文发展的历史。其结果则是他不仅找到了符合"自然之道"精神的文之"道",而且更找到了集中体现文之"道"理想的代表,那就是圣人。

所以,刘勰说:"爰自风姓,暨于孔氏,玄圣创典,素王述训,莫不原道心以敷章,研神理而设教。"从伏羲到孔子,从八卦之作到《十翼》的阐发,无不根据"自然之道"的基本精神而进行写作,亦无不遵循"自然之道"的规律而发挥文章的教育作用。从而,圣人成为从"自然之道"到人类之文、从"道之文"到文之"道"的理论中介,所谓"道沿圣以垂文,圣因文而明道",正是此意。至于圣人如何以自己的作品落实"自然之道"的精神,从而为文章写作确立具体的原则,则是《征圣》《宗经》等篇所要解决的问题了。

综上所述,从刘勰对文之"原道"的探讨,可以看出他至少从以下五个方面对文的本质作出了规定:第一,文是美的,所谓"夫以无识之物,郁然有彩;有心之器,岂无文欤",这个"文"乃是"美"的同义语。第二,文章之美在于表现人的心灵世界,所谓"心生而言立,言立而文明",所谓"有心之器,岂无文欤",人类必然有美的文是因为人类独具思想感情。第三,文章之美应当是自然而不加"外饰"的,所谓"自然之道",所谓"夫岂外饰,盖自然耳",所谓"形立则章成矣,声发则文生矣",皆为此意。第四,文章之美的理想是文质彬彬、辞采芬芳,也就是要充分把握艺术之美的"度",做到无过无不及,所谓"金声而玉振"。从而,第五,这种"文"便具有了巨大的艺术感染力和教育作用,所谓"写天地之辉光,晓生民之耳目"。应当说,刘勰对文之本质的认识既站在了时代文艺的制高点上,从而体现出文艺自觉时代先进的文艺观念,又矫正了文章写作中过分注重形式的雕琢而使得文章流于"讹滥"的倾向,为文艺的健康发展指明了正确的道路。

（2）文的原则

刘勰论文何以要"师乎圣、体乎经"呢？难道圣人及其著作真的如《原道》所说充分体现了"自然之道"的精神而成为文质彬彬的典范吗？一些研究者指出,刘勰之所以"征圣""宗经",实际上是借助圣人及其经典的威仪以重其说；所谓"道沿圣以垂文,圣因文而明道","圣"固然是一个理论中介,但其理论内容体现的乃是刘勰的思想,未必合乎儒家圣人及其经典的实际。应该说,圣人及其经典确实未必真的如刘勰所说,都达到了文质彬彬的境界；从这个意义上说,刘勰所征何"圣"、所宗何"经",确是值得认真研究的。但是,首先应当肯定,刘勰对儒家圣人及其经典的推崇是真实而发自内心的。他之所以"搦笔和墨,乃始论文"(《序志》),其直接动因便是梦见自己"执丹漆之礼器,随仲尼而南行"(同上),他是以孔子的继承者的身份而担当起"论文"重任的。更重要的是,刘勰以为"唯文章之用,实经典枝条"(同上),所有的文章都是以儒家经典为其源头的,都是儒家经典的"枝条"。因此,所谓"征圣"、所谓"宗经",绝非仅仅借重儒家圣人及其经典的权威,而是确实以之为"师"、以之为"体"(主体)的。

不过,刘勰的"征圣""宗经"又确实具有自己的特点。如上所说,无论对儒家圣人还是对儒家经典,刘勰都是推崇备至的,这是一点也不含糊的,但一部《文心雕龙》却并未着意于儒家经学的阐释或儒家之道的宣扬。这里的奥秘就在于,刘勰确是以圣人为师、以经典为主体的,但其着眼点不是经学的教义,而是"文"本身,是文章的写作。他在《序志》篇中明确说过,自己无意于"敷赞圣旨"而是要"论文","征圣""宗经"的角度是文章写作经验的总结。正如清代李家瑞所说:"刘彦和著《文心雕龙》,可谓殚心淬虑,实能道出文人甘苦疾徐之故。谓其有益于词章则可,谓其有益于经训则未能也。"(《停云阁诗话》卷一)所以,"征圣"并非"装点门面"(纪昀评语),"宗经"亦是言之不虚,而其终极目的则是总结文章写作的经验和规律。

《征圣》之"征"乃验证之意。儒家圣人之可"征",

首先在于其对"文"的重视。刘勰列举了三个方面:一是"政化贵文",即在政治教化方面重视文章的作用。孔子称赞唐尧之世"焕乎其有文章"(《论语·泰伯》),更赞美周代而谓"郁郁乎文哉,吾从周"(《论语·八佾》),都是"政化贵文之征"。二是"事迹贵文",即在事业方面重视文章的作用。刘勰举例说,郑国的子产因为善于辞令而为国立功,所谓"以文辞为功";宋国招待贵宾,因宾主谈话都富有文采,所以孔子要求弟子记录下来,所谓"以多文举礼":这都是"事迹贵文之征"。三是"修身贵文",即在个人修养方面重视文章的作用。孔子赞扬郑国的子产,谓其"言以足志,文以足言"(《左传·襄公二十五年》);谈到君子的修养,则说"情欲信,辞欲巧":这都是"修身贵文之征"。值得注意的是,刘勰所谈圣人所重视的"文",无论哪个方面,都可以说是"美"的同义语。因此,所谓"征圣",实际上首先仍然是在验证"自然之道",证明人类有美的文的合理性和必然性。其次,通过圣人重文之"征",这个美的文更为具体而成为文章写作的原则了。刘勰说:"然则志足而言文,情信而辞巧,乃含章之玉牒,秉文之金科矣。"思想内容充实,语言富有文采;感情真挚诚实,文辞巧妙华美:这便是文章写作的基本原则。所谓"圣文之雅丽,固衔华而佩实者也",雅正而又华丽,既有动人的文采又有充实的内容,那么,"自然之道"便通过圣人而确立起可以把握的为文之法则;所谓"征之周孔,则文有师矣",所谓"若征圣立言,则文其庶矣",也就确乎实而有征了。

儒家圣人之可"征",更在于其作品堪为文章写作的楷模。圣人的思想是通过经典表现出来的,圣人的作品更明白无误地体现着其创作的原则,所以,取法儒家经典乃是学习圣人的必由之路。正因如此,刘勰在《征圣》之后再写一篇《宗经》,其宗旨乃是一致的。只不过,《宗经》更深入圣人作品的内部,以总结其具体的写作特点和创作方法。

刘勰对儒家经典的推崇和赞扬应该说是无以复加了,所谓"经也者,恒久之至道,不刊之鸿教也",经典乃是永恒的真理、不变的教义。但其具体的特点又是什么呢?《宗经》说,儒家经典"洞性灵之奥区,极文章之骨髓","义既埏乎性情,辞亦匠于文理",其深入人的灵魂,从而真正体现出文章之精髓;其充分表现人的性情,从而抓住了文章写作的根本道理。那么,刘勰的着眼点就绝不是儒家之教义而是文章之写作,是表现人的心灵和性情的美的文了。所以,刘勰通过"宗经"而得出的结论,便是文章写作的原则和规律。他说:

> 故文能宗经,体有六义:一则情深而不诡,二则

风清而不杂,三则事信而不诞,四则义贞而不回,五则体约而不芜,六则文丽而不淫。

为文而能"宗经",其文章便可具备六个方面的特点:一是感情深厚而不造作,二是思想纯正而不繁乱,三是事典真实而不怪诞,四是说理切当而不邪辟,五是文体规范而不芜杂,六是辞采华美而不过分。可以说,这里所谓"六义",就是"志足而言文,情信而辞巧"以及"衔华而佩实"的展开和具体化。这样,刘勰通过"征圣""宗经",最终确立了切实可行的文章写作的原则。

但是,对以"弥纶群言"(《序志》)为目的而"论文"的刘勰来说,既然要通过"征圣""宗经"而确立文章写作的原则,那么对与儒家经典密切相关的两个问题,亦不能视而不见:一是如何看待兴于西汉而盛于东汉的纬书,二是如何评价在《诗经》之后"奇文郁起"(《辨骚》)的楚辞。于是,刘勰在《文心雕龙》的"总论"部分,又写下了《正纬》和《辨骚》两篇。

纬书问题之有"正"的必要,是因为纬书乃假托经义之作。它借用孔子之名,宣扬符瑞迷信,以致"乖道谬典"而搅乱了经书。如果不予以拨乱反正,则有可能使真正的圣人及其经典淹没其中,则所"征"何"圣"、所"宗"何"经",也就难以说得清了。不过,既然"征圣""宗经"的角度是"文"

而不是儒家教义，那么"正纬"的着眼点就更应是文章的写作了。《正纬》之成为"论文"之作的一篇而非经学著作，正因其最终目的仍然是"文"；刘勰说"酌乎纬"（《序志》），其意便是纬书固然要"正"，但"正"的目的是为文章的写作提供参考。《正纬》有云：

> 若乃牺、农、轩、皞之源，山渎、钟律之要，白鱼、赤雀之符，黄银、紫玉之瑞：事丰奇伟，辞富膏腴，无益经典而有助文章。是以后来辞人，捃摭英华。

纬书中那些关于伏羲、神农、轩辕、少皞等的传说，关于山水和音乐灵异的说法，关于周武王渡河而有白鱼跃入舟中以及武王屋上之火变为赤鸟的记载，还有深山出现黄银和紫玉等祥瑞的传说，凡此种种，固然荒诞不经，但刘勰以为，其事迹颇为奇特而辞采又相当丰富，虽然对经书无益，却有助于文章的写作，以至于后世作者经常采用其中一些精彩的部分。那么，对文章写作而言，"征圣""宗经"之外，便又有了新的内容；《正纬》之成为"总论"，其意在此。于此我们也可以更为清楚地看到，刘勰谈论一切问题的着眼点都在于"文"，在于"为文之用心"。

楚辞的代表作《离骚》之有"辨"的必要，首先是因为汉代以来对屈原及其作品的不同评价和论争。淮南王刘安以为："《国风》好色而不淫，《小雅》怨诽而不乱，若《离骚》者，可谓兼之。蝉蜕秽浊之中，浮游尘埃之外，皭然涅而不缁，虽与日月争光可也。"对屈原及其作品的评价是相当高的。班固则不以为然，他认为屈原"露才扬己，忿怼沉江"，其作品中的一些内容或与《左传》不合，或为儒家经书所未载；但又以为"其文丽雅，为词赋之宗，虽非明哲，可谓妙才"。王逸则认为"《离骚》之文，依经立义"，完全符合儒家经典。其他如汉宣帝、扬雄等人，也都认为楚辞是符合儒家学说的。

《辨骚》在列举了上述各家之说后而谓："四家举以方经，而孟坚谓不合传。褒贬任声，抑扬过实，可谓鉴而弗精，玩而未核者矣！"也就是说，各家所论皆言过其实而不得要领。那么，问题在哪里呢？刘勰通过对屈原作品的仔细分析，发现问题的症结就在于"举以方经"即依经立论上。他列举了屈原作品与经典相同的四个方面，也指出了其与经典不同的四个方面，从而得出这样的结论：

> 固知《楚辞》者，体宪于三代，而风杂于战国；乃《雅》《颂》之博徒，而词赋之英杰也。观其骨鲠所树，肌肤所附，虽取镕经旨，亦自铸伟辞。……故能气往轹古，辞来切今，惊采绝艳，难与并能矣。

刘勰认为，楚辞固然比《诗经》略逊一筹，然而却是"词赋之英杰"；其固然有"取镕经旨"的地方，但更重要的还是"自铸伟辞"。"举以方经"者,无论对其褒扬还是贬抑,之所以不得要领,就在于没有看到屈原乃是"自铸伟辞",走着与儒家经典不同的道路。值得注意的是,"论文"先欲"征圣""宗经"的刘勰不仅明确指出了屈原及其作品不能以儒家经典的标准来衡量,而且在此基础上,给了楚辞以前所未有的高度评价,谓其气势超越古人、文采横绝后世而"惊采绝艳,难与并能",认为其惊人的文采和绝妙的艺术,没有谁可以与之并驾齐驱。

刘勰对"骚"之"辨",不仅是辨别汉代以来各家的评论,更重要的是对屈原作品本身的辨别。通过这种辨别,刘勰发现了一个重要的问题,那就是楚辞的"变",所谓"变乎骚"(《序志》),正是指明了这个问题。汉代诸家对屈原及其作品的评价之所以不得要领,正在于不懂得其"变"。这个"变",当然是相对于儒家经典的"变"。刘勰不仅认识到了这一"变",而且充分肯定了变化之后的楚辞,这并非说明刘勰改变了"征圣""宗经"的宗旨,而是再一次证明,刘勰的着眼点是"文",是文章的写作。由对《离骚》之"辨"而识其"变"并予以肯定,则意味着,刘勰对文章写作原则的认识又增加了新的内容。他说:

> 若能凭轼以倚《雅》《颂》,悬辔以驭楚篇,酌奇而不失其贞,玩华而不坠其实;则顾盼可以驱辞力,

咳唾可以穷文致,亦不复乞灵于长卿,假宠于子渊矣。

这里,刘勰已经把《楚辞》和《诗经》并列而论,一个是"奇",一个是"贞"(正);一个是"华",一个是"实"。也就是说,作为儒家经典的《诗经》,其风格在于平正、实在;作为与儒家经典不同的楚辞,其风格则是奇伟、华丽。刘勰认为,如果能把这两者结合起来,既有奇伟的气势而又不失平正的格调,既有华美的词采而又不失朴实的文风,那么驰骋文坛便易如反掌,何须再向司马相如和王褒这些辞赋家借光讨教呢?

综上所述,《文心雕龙》所谓"师乎圣,体乎经,酌乎纬,变乎骚"(《序志》),实际上是确立了文章写作的法则,是刘勰的创作原则论。通过"师乎圣,体乎经",刘勰找到了所谓"六义"的基本原则;通过"酌乎纬,变乎骚",刘勰总结出"酌奇而不失其贞,玩华而不坠其实"的写作要求。合而观之,应当说刘勰创作原则论的内容是丰富而具体的。

2. 论文叙笔

从第六篇《明诗》至第二十五篇《书记》的二十篇,刘勰称之为"论文叙笔",研究者通称之为文体论。《总术》有云:"今之常言,有文有笔,以为无韵者笔也,有韵者文也。"从《明诗》至《哀吊》的八篇论述乃"有韵之文",从《史传》至《书记》的十篇论述乃"无韵之笔";介于《哀吊》和《史传》中间的《杂文》《谐隐》两篇,所论文体则兼有"文""笔"两类。从"论文叙笔"二十篇的篇名看,刘勰便论及诗、乐府、赋、颂、赞、祝、盟、铭、箴、诔、碑、哀、吊、杂文、谐、隐、史、传、诸子、论、说、诏、策、檄、移、封禅、章、表、奏、启、议、对、书、记等三十四种文体,其中一些文体还分若干子目,如《杂文》便述及"对问""七发""连珠"等多种形式,《书记》一篇则除对书牍和笺记作重点论述外,还对各类"笔札杂名"一一予以考察,达六类二十四种之多。可以说,刘勰对当时的文体搜罗殆尽而使其"论文叙笔"成为文体论的洋洋大观。

(1) 文的历史

刘勰"论文叙笔"的方式,《序志》篇有明确的说明:"原始以表末,释名以章义,选文以定篇,敷理以举统。"即追溯各种文体的起源并考察其演变,解释文体的名称和含义,评述有代表性的作家作品,概括各种文体的写作经验并总结共同的文章写作之道。以如此全面而系统的方式考察各类文体,便使《文心雕龙》的文体论首先具有了相对独立的意义,即成为一部分体文学史。

我们试以文体论之首《明诗》篇为例,一窥其分体文学史的面貌。《明诗》首先"释名以章义":"大舜云:'诗言志,歌永言。'圣谟所析,义已明矣。是以'在心为志,发言为诗',舒文载实,其在兹乎!诗者,持也,持人情性。"有些研究者以为,刘勰对诗的解释没有什么特点和创见,实乃似是而非之论。刘勰首先引用《尚书·尧典》和《毛诗序》对诗的定义,其用意甚深。作为中国古代诗论的"开山的纲领"(朱自清《诗言志辨》),《尚书·尧典》的"诗言志"较为明确地概括了诗的特征;但先秦时期所谓"诗言志"之"志",主要是指志意或抱负,与后世所谓思想感情并非完全一致。汉代的《毛诗序》则把"志"和"情"统一起来,提出"在心为志,发言为诗,情动于中而形于言",使得"诗言志"有了新的内容。刘勰既引"诗言志"之说,又引"在心为志,发言为诗"之论,正是将二者统一起来为论;所谓"舒文载实",这个"实"便是包含"志"和"情"的人的整个心灵世界,诗就是用语言文辞来表现这个"实"。正因如此,诗才能"持人情性",即影响、培养和陶冶人的性情。所以,刘勰对诗的解释可以说是高屋建瓴的,简洁而又准确,抓住了诗歌的本质特征。

"释名以章义"之后,刘勰将"原始以表末"和"选文以定篇"结合进行,对诗的发展演变进行了详细考察。谈到诗的起源,刘勰说:"人禀七情,应物斯感;感物吟志,莫非自然。"不仅明确地将情和志合而为一,而且以

"自然之道"的理论解释诗的产生，认为心有所感而发为吟咏乃自然而然的事情。同时，刘勰通过对早期诗歌的考察，又认识到其"顺美匡恶，其来久矣"，也就是诗歌从来就是兼具赞美和批判两种功能的。先秦诗歌的代表作品当然是《诗经》和《离骚》，因为《诗经》不仅是诗而且是儒家经典，刘勰在《文心雕龙》的许多地方都要提到它，而《离骚》则有专篇论述，所以这里对诗、骚的论述都较为简略。刘勰说："自商暨周，《雅》《颂》圆备；四始彪炳，六义环深。"从商代至周代，《诗经》之作已经相当成熟：《国风》《小雅》《大雅》和《颂》四个部分光辉灿烂，而"风""雅""颂""赋""比""兴"这六种表现手法的广泛运用，更使其内容精深。需要指出的是，刘勰这里所谓"六义"，研究者往往按照唐代孔颖达对《毛诗序》的解释，将"风、雅、颂"作为《诗经》的体裁，将"赋、比、兴"作为《诗经》的表现手法。实际上，将《毛诗序》作为一个整体的"六义"说，分解为体裁和表现手法，是不符合其原意的。"六义"所指其实皆为《诗经》的表现方法，刘勰乃是继承了《毛诗序》的说法，认为正是这六种表现方法的运用，使得《诗经》博大精深。很显然，刘勰对《诗经》的评价是极高的。论及《离骚》，刘勰特别指出："逮楚国讽怨，则《离骚》为刺。"认为《离骚》是讽刺怨恨之作，应该说是符合屈原作品思想内容的实际的。这也就是诗之

"顺美匡恶"中所谓"匡恶"的作用了。

对汉代诗的考察,刘勰以五言诗为重点,可以说抓住了诗歌发展的根本之处。关于五言诗的起源,刘勰通过历史的考察,认为"阅时取证,则五言久矣",是符合五言诗发展的历史实际的。对汉代五言诗的代表作《古诗十九首》,刘勰给予高度评价:"观其结体散文,直而不野;婉转附物,怊怅切情:实五言之冠冕也。"认为其文风直率而不粗野,既能婉转而真实地描写客观景物,又能哀感而深切地表达心灵世界,从而成为两汉五言诗的"冠冕"之作。刘勰之说,早已成为文学史上的不易之论。建安时期的诗歌创作,刘勰以"五言腾跃"来概括,可谓恰如其分。既有曹丕、曹植兄弟"纵辔以骋节",更有王粲、徐幹、应玚、刘桢等"望路而争驱";他们流连风花雪月,遨游清池幽苑,叙述恩宠荣耀,描摹畅饮集宴,形成"慷慨以任气,磊落以使才"的一代诗风。其写作特点则是"造怀指事,不求纤密之巧;驱辞逐貌,唯取昭晢之能",无论抒怀叙事,还是写景状物,他们不追求纤细的技巧,只图能明白畅达。刘勰对建安文学的论述,早已为文学史家们所接受。建安之后的正始文学,由于政治的黑暗而呈现出逃避现实的倾向,所谓"正始明道,诗杂仙心";而其代表作家嵇康和阮籍则各有自己的创作特点,刘勰谓之"嵇志清峻,阮旨遥深",用语简洁而又相当准确地概括了二人的诗风。

西晋的诗风，刘勰以"轻靡"二字概括，认为虽有"张、左、潘、陆，比肩诗衢"，但其"采缛于正始，力柔于建安；或析文以为妙，或流靡以自妍"，只以字句的讲究和文辞的丽靡为能事了。此评虽略嫌苛刻，但其对诗风大势的把握则是不错的。需要指出的是，这里的"张、左、潘、陆"，研究者往往等同于钟嵘所谓"三张、二陆、两潘、一左"（《诗品序》），其实不准确。刘勰所指乃是张华、左思、潘岳和陆机等四人，与钟嵘之说不完全一致。西晋既如此，东晋的诗歌则是"溺乎玄风"，玄言诗充斥了诗坛。所谓"羞笑徇务之志，崇盛忘机之谈"，玄言诗人讥笑对时务的关心，推崇忘却世情的空谈。刘勰认为，只有郭璞的《游仙诗》算是当时的佳作了。南朝宋初的诗歌，对前代诗风既有继承，也有革新，其趋势是"庄老告退而山水方滋"，即玄言诗淡出诗坛而山水诗方兴未艾。宋代诗歌的写作特点则是"俪采百字之偶，争价一句之奇；情必极貌以写物，辞必穷力而追新"，概括是极为准确的。

在对历代诗歌详细考察的基础上，刘勰进行所谓"敷理以举统"：

> 故铺观列代，而情变之数可鉴；撮举同异，而纲领之要可明矣。若夫四言正体，则雅润为本；五言流调，则清丽居宗；华实异用，惟才所安。故平子得其

雅，叔夜含其润，茂先拟其清，景阳振其丽；兼善则子建、仲宣，偏美则太冲、公幹。然诗有恒裁，思无定位；随性适分，鲜能圆通。若妙识所难，其易也将至；忽以为易，其难也方来。

因为《诗经》主要是四言诗，所以刘勰谓四言为"正体"；五言诗是发展变化后的体裁，谓之"流调"；一为源，一为流，并无明显的褒贬之意。刘勰以为，四言诗的主要风格是"雅润"，即典雅而润泽；五言诗的主要风格是"清丽"，即清纯而华丽。其主要区别在于四言诗较为质朴，而五言诗较为华丽；所谓"华实异用，惟才所安"，作者可以根据自己的特点作出选择。重要的是"随性适分"，即作者应当着眼于自己的个性特点而选择体裁，从而发挥所长，取得创作的最大成功。应该说，刘勰对诗歌文体风格及其与作家关系的认识，既是贴近实际的，也是超越前人的。

从《明诗》一篇我们可以看出，《文心雕龙》的文体论确是一部空前的分体文学史；其泽被后世文学史研究，非一代也。不过，对《文心雕龙》而言，文体论不是独立的，而是其体大思精的理论体系的重要组成部分。因此，文体论的重要理论意义，更在于它与"剖情析采"的创作论是息息相关而不可分割的。正如周振甫先生所指出："他的创作论,就是从文体论里归纳出来的;他的文学史、作家论、鉴赏论、作家品德论,也是从他的文体论中得出来的……没有文体论,就没有创作论、鉴赏论等,也没有文之枢纽,没有《文心雕龙》了,所以文体论在全书中是很重要的部分。"(见其《文心雕龙今译》)

其实,对文体论和创作论这种密不可分的关系,刘勰自己有明确的说明。《总术》有云:"昔陆氏《文赋》,号为曲尽;然泛论纤悉,而实体未该。故知九变之贯匪穷,知言之选难备矣。"陆机在谈到《文赋》的写作时说,希望自己对"作文之利害所由"的探讨,能够帮助人们"曲尽其妙";刘勰所谓"号为曲尽",即指陆机此言。但是,陆机着重论述的乃是写作的种种技巧,所谓"泛论纤悉",所谓"巧而碎乱"(《序志》),实际上难以做到"曲尽其妙"。那么,问题在哪里呢?刘勰指出,《文赋》的缺陷在于"实体未该",也就是陆机的文体论不够完备。《文赋》只论及诗、赋、碑、诔、铭、箴、颂、论、奏、说等十种文体,谓其"实体未该"可谓不诬。刘勰以为,"九变之贯匪穷,知言之选难备矣",所谓"九变之贯",正指文体的众多。陆机在《文赋》中也说过:"体有万殊,物无一量。"李善的注解是:"文章之体有万变之殊,众物之形无一定之量也。"(李善注《文选》卷十七)所谓"九变之贯",犹言"万变之殊",刘勰的意思是说,不穷尽纷纭复杂的众多的文体,就难以提出真正懂得写作的理论。《文赋》对艺术技巧的探讨纵然相当"纤悉",却也因"实体未该"而不能具备"知言之选"。《文心雕龙》之所以用二十篇的篇幅"论文叙笔",就是要穷尽"九变之贯",从而找到正确的为文之术。

刘勰说:"自非圆鉴区域,大判条例,岂能控引情源,制胜文苑哉?"(《总术》)所谓"圆鉴区域",就是全面考察各种文体;所谓"大判条例",就是明确总结写作法则。前者是后者的基础,后者是前者的总结和升华。所谓"文场笔苑,有术有门"(同上),为文之术不仅是"剖情析采"的创作论的问题,同样是"论文叙笔"的文体论的问题;所谓"文体多术"(同上),离开了"论文叙笔","术"便无从谈起。如前所述,文体论的所谓"敷理以举统",既是对各种文体之术的总结,更是在此基础上总结共同的为文之道。而整个"剖情析采"的创作论,其实正是对整个"论文叙笔"之文体论的"敷理以举统"。没有"论文叙笔"就难以"剖情析采",没有文体论就没有创作论,也就难以找到真正的为文之术,最终便难以"控引情源"而"制胜文苑"了。文体论之于《文心雕龙》理论体系的重要性,正在这里。

(2)文的现实

鲁迅先生曾指出:"用近代的文学眼光看来,曹丕的一个时代可说是'文学的自觉时代',或如近代所说是为艺术而艺术（Art for Art's Sake）的一派。"(《魏晋风度及文章与药及酒之关系》)宗白华先生也指出:"汉末魏晋六朝是中国政治上最混乱、社会上最痛苦的时代,然而却是精神史上极自由、极解放,最富于智慧、最浓于热情的一个时代。因此也就是最富有艺术精神的一个时代。"(《美学与意境·论〈世说新语〉和晋人的美》)魏晋南北朝不仅是文学艺术的自觉时代,也是文学观念的自觉时代;《文心雕龙》开宗明义提出文"与天地并生者,何哉"的问题,如上所说,正是文学观念真正自觉的标志。因此,说《文心雕龙》"同样十分鲜明地体现了魏晋以来'文'的自觉这一历史潮流"(李泽厚、刘纲纪《中国美学史》第二卷),是非常正确的。

然而,一些研究者指出,从《文心雕龙》的文体论来看,刘勰的文学观念是有问题的。二十篇"论文叙笔"把当时所能见到的文体种类搜罗殆尽,谱、籍、簿、录、方、术、占、式……无一漏遗,哪里有什么真正的文学观念呢?所以,有不少人认为,《文心雕龙》不是一部文学理论著作,而是一部文章学著作。那么,到底应当怎样认识占全书五分之二篇幅的文体论,就不仅是"论文叙笔"本身的问题,而且关乎对整个《文心雕龙》的认识和评价了。

应当说,从文体论来看,刘勰确实没有后世所谓文学的观念；以后世文学的标准衡量刘勰所论及的三四十种文体，真正属于文学范畴的只是少数。但是，同样的问题在于，刘勰显然也没有后世所谓文章学的概念。"论文叙笔"既包括诗歌这样被后世视为纯文学的体裁（而且《明诗》《乐府》被列为文体论的第一、二篇），也包括大量被后世称为一般文章的体裁。如果说《文心雕龙》不是文学理论，那么当然也不是文章学理论；因为当文艺学成为一门独立的学科以后，文章学的研究对象是不包括诗歌、小说、戏剧等文学体裁的。所以，考察《文心雕龙》的文体论，认识其理论性质，乃至认识魏晋南北朝所谓文学艺术的自觉和文学艺术观念的自觉，一个重要的问题是，必须充分认识其历史和时代的特征。

恩格斯说："每一时代的理论思维，从而我们时代的理论思维，都是一种历史的产物，在不同的时代具有非常不同的形式，并因而具有非常不同的内容。"（《自然辩证法·〈反杜林论〉旧序。论辩证法》）就刘勰而言，他之所以设二十篇"论文叙笔"，使当时文体靡不包举，当然首先在于他"弥纶群言"（《序志》）、"通古今之变"（司马迁《报任安书》）的气魄和胸襟，出于他建设庞大文艺理论体系的需要；正因如此，如上所述，文体论本身的意义是重大的。但是，所谓"今之常言，有文有笔"（《总术》），"论文叙笔"正是魏晋南北朝的文论家们普遍感兴趣的问题，这便是我们不可不察的重要的历史和时代特征。鲁迅先生特别指出曹丕的一个时代是文学的自觉时代，而正是曹丕开了"论文叙笔"的先河。曹丕的《典论·论文》很短，却也有自己的文体论。其谓："夫文本同而末异，盖奏议宜雅，书论宜理，铭诔尚实，诗赋欲丽。此四科不同，故能之者偏也，唯通才能备其体。"研究者往往强调曹丕对诗赋之"丽"的特点的认识，认为此乃文学自觉和文学观念自觉的重要表征，这当然是有道理的。但一个明显的问题是，曹丕是将"诗赋"列为其"四科"之末的，这至少可以说"诗赋"一科并不比其他三科更重要，奏议、书论、铭诔和诗赋同为曹丕所论之"文"。曹丕之后，陆机在《文赋》中列举了十种文体，其谓："诗缘情而绮靡，赋体物而浏亮；碑披文以相质，诔缠绵而凄怆；铭博约而温润，箴顿挫而清壮；颂优游以彬蔚，论精微而朗畅；奏平彻以闲雅，说炜晔而谲诳。"研究者往往强调"诗缘情"三字，认为较之曹丕的"诗赋欲丽"，陆机对诗歌本质的认识前进了一大步，这也是有道理的。但所谓"诗缘情而绮靡"，乃是说诗歌因为抒情而表现出华丽的特点，所以陆机对诗歌特点的概括重在"绮靡"，也就是华丽。其实，诗之抒情性不仅对陆机来说是自不待言的，即使在曹丕也是不成问题的，所谓"文以气为主"(《典论·论文》)，这个"气"不仅包括人的感情，而且是整个人的生命所在。表现人的感情也不仅是诗赋的问题，所谓"诔缠绵而凄怆"，其情不是更动人吗？所以，虽然陆机把诗赋摆在了十类文体的前面，实际上在其心目中它们都是值得歌颂的"文"；所谓"缘情"云云，只不过是《文赋》用词的不同，并没有什么特别的含义。挚虞的《文章流别论》对文体作了更为详细的区分和考察，惜其已成断简残篇。从现存残文看，其论及颂、赋、诗、七、箴、铭、诔、哀、碑等文体；各种文体的顺序，挚虞似是不甚注意的。至于萧统所编《文选》，范文澜先生曾指出："《文选》入选的文章却都经过严格的衡量的，可以说，萧统以前，文章的英华，基本上总结在《文选》一书里。"（见其《中国通史简编》修订本第二编）。值得注意的是，"经过严格的衡量"的《文选》，囊括赋、诗、骚、七、诏、册、令等37种文体，一些文体下面还有许多子目，其分类的繁杂曾受到苏轼、章学诚等人的批评。

显然，以今天文学的标准来衡量各家所论文体，文学体裁的诗、赋等既不占有特别突出的地位，许多非文学体裁又同样受到重视，则所谓文学的自觉抑或文学观念的自觉，从文体论而言，就似乎无从谈起。因此，考察众多文论家感兴趣的"论文叙笔"，就必须充分认识其为魏晋南北朝这一文学自觉和文学观念自觉时代的重要历史特征。当然，问题还在于，应当怎样认识和评价这一历史、时代特征？其与文学的自觉抑或文学观念的自觉是什么关系？

著名美学家莫·卡冈说："自古以来，人的意识不仅不认为艺术的样式、种类和体裁间的差别有任何重要意义，而且竟未看到艺术、手工技艺和知识间的原则性区别。"又说："自古以来人类活动的艺术的和非艺术的（生活实践的、交际的、宗教的等）领域的界限十分不确定，不明显，有时简直不可捉摸……在那里我们也看不到任何确定和清楚的体裁—种类—样式结构。语言创作尚未从音乐创作中分离出来，叙事诗的创作尚未同抒情诗创作相分离，历史—神话创作也未同表现日常生活的创作分离开来。"（《艺术形态学》，三联书店1986年版）就中国文艺的发展而言，这种情形也是相当明显的。《尚书·尧典》有："诗言志，歌永言，声依永，律和声，八音克谐，无相夺伦，神人以和。……予击石拊石，百兽率舞。"这段著名的话正说明早期"诗—乐—舞"三位一体的关系。就"文"本身而言，其体裁间的区别原本也是不明显的。《诗经》是诗，在后世看来是真正的文学作品，但在当时却未必如此。其中一些篇章曾谈到作者的写诗目的，如"维是褊心，是以为刺"（《魏风·葛屦》），意为"因为你心胸狭窄，所以写这首诗规劝你"；又如"家父作诵，以究王訩，式讹尔心，以畜万邦"（《小雅·节南山》），意为"家父写这首诗，用来讨伐周王的罪恶，希望他能改变心意，以便养育国民"；

再如"王欲玉女,是用大谏"(《大雅·民劳》),意为"国王呀,正因为我爱戴你,所以才写这首诗劝谏你";等等。这些对作诗目的的陈述,正说明这些诗在当时并未被作为文学作品看待,而是有着极强的现实功用,甚至等同于后世的一些章表奏疏。也许正因如此,汉儒说诗在后世看来往往有穿凿附会之嫌,如谓《关雎》是赞扬"后妃之德"等等,招致后人指责;其实,汉儒的有些解说未必不是符合《诗经》作者的原意的。问题可能恰恰在于,以后世所谓文学的观念来解读古代的作品,极有可能差之毫厘而谬以千里了。

当然,历史在不断发展,"文"的形态也在演进变化,人们的观念自然也随之更新。就魏晋南北朝而言,所谓"文学的自觉",一方面是意识到"文"之于人类的重要价值和意义,所谓"盖文章,经国之大业,不朽之盛事"(曹丕《典论·论文》),从而乐此不疲,所谓"才能胜衣,甫就小学,必甘心而驰骛焉"(钟嵘《诗品序》),以致理论家们也都兴致勃勃地探索"为文之用心";另一方面,人们又面对整个"文章"发展的历史现实,那就是种类繁多的"文场笔苑"。此期的文体辨析、文笔之辨等等,正是在这样的背景下发生的。理论家们感兴趣于文体的辨析,既是各类文体大量发展的必然结果,又确实表明了他们有某种较为自觉的企图或愿望,希望以某种标准对大量的文体进行分类。一些研究者便指出,此时的文体辨析就具有区分文学和非文学的意义。但事实证明,无论文体的辨析还是文笔的区分,都并未能区分开文学和非文学。当然,历史事实是一回事,理论家们的主观意图是另一回事。那么,魏晋南北朝的理论家们是否在主观上有区分文学和非文学的愿望呢?我们只要看一看所谓"无韵者笔也,有韵者文也"(《总术》)的分类方式和标准,就不难理解当时的理论家们其实远未像今天人们所希望的那样,能够对文学与非文学加以区分。因而,无论文体辨析,还是文笔之辨,其实主要是理论家们对纷纷扰扰的众多文体进行辨别、区分和归类,此乃他们研究"文"的需要和任务,而并非企图区分文学和非文学。这只要看一看上述各家的文体论就一目了然了。就刘勰而言,他除了接受"无韵者笔也,有韵者文也"的所谓"今之常言"的观点而在文体论中对"文""笔"作了归类外,并未纠缠于文笔的争辩,而是对人们所谓的"文"与"笔"进行具体的考察和全面而系统的研究。应该说,较之同时代的理论家,刘勰确乎是更为高明的。

当然,刘勰的"高明",更具体表现在二十篇"论文叙笔"之中,以及由此而体现出的站在时代制高点上的文艺美学观念。对此,本书将于《〈文心雕龙〉与中国美学》一章中予以阐明。

3. 剖情析采

从第二十六篇《神思》到第四十四篇《总术》的十九篇，是《文心雕龙》的创作论，历来受到研究者的重视。应该说，这不是偶然的。"论文叙笔"的文体论本就既着重于每种文体的写作之道，更放眼于整个文章的创作通途；而所谓"弥纶群言"，正是要在"论文叙笔"的基础上寻找文章写作的大道通衢。《总术》有云："夫不截盘根，无以验利器；不剖文奥，无以辨通才。才之能通，必资晓术。"如果不能截断弯曲交错的树根，那就无法考验刀锯是否锋利；如果不能剖析为文的精理奥义，那就算不上通达之才。刘勰认为，要想成为通才，重要的是懂得"术"，也就是文章写作的方法。所谓"文场笔苑，有术有门"（《总术》），既说明文体论之于"术"的重要，更说明整个"文场笔苑"亦即文章的写作有其"术"在；所谓"总术"正是点明这个问题，而整个"剖情析采"的创作论也正是对这个"术"的研究。王运熙先生曾指出，从《明诗》到《书记》的二十篇，"更确切地说，应称为各体文章写作指导，因为其宗旨是阐明写作各体文章的基本要求"，而从《神思》到《总术》的十九篇，"更确切地说，应称为写作方法通论，是打通各体文章，从篇章字句等一些共同性的问题来讨论写作方法的"（见其《文心雕龙探索·〈文心雕龙〉的宗旨、结构和基本思想》)。应当说,这是很有道理的。

(1)以情为本

如上所述,一些研究者从包罗无遗的文体论出发,认为《文心雕龙》是文章学;一些研究者则从刘勰屡屡言及"术"的角度,认为《文心雕龙》乃是一部"文章作法",并谓其下篇主要是修辞学。其实,所谓"文章作法",是可以有不同理解的;而如果认为《文心雕龙》谈的不是文学理论,而只是一般的"文章作法"或文章修辞学,那么刘勰自己对创作论的概括正可说明问题。他说:"万趣会文,不离情辞。"(《熔裁》)又说:"绘事图色,文辞尽情。"(《定势》)文体的种类繁多自不必说,文章的旨趣更是千变万化,然而只要是"文",就离不开"情"和"辞"两方面;绘画应当讲究设色布彩,而文章就必须充分表现感情。这就是刘勰关于"文"或"文章"的观念,正因如此,刘勰把创作论的全部问题概括为"剖情析采"(《序志》)。那么,从"情"和"采"的角度所谈的"文章作法",也就绝不是一般的文章修辞学,而所谓"文辞尽情"的这种"文",其实质更接近于后世所谓文学作品。所以,许多研究者认为《文心雕龙》的创作论乃是文学创作的理论。

创作论的第一篇是《神思》,研究艺术构思问题,研究者几乎公认其为《文心雕龙》创作论的"总纲"。之所以如此,除了因为艺术构思在创作中的重要作用外,主要是根据刘勰在本篇所谓"驭文之首术,谋篇之大端"的说明。其实,这两句话不过是说明"神思"乃是创作过程之始,并不表明《神思》一篇乃是创作论的"总纲"。创作论的理论体系可以说是《文心雕龙》理论体系的主要内容,而其"总纲"应当是体现其核心观点的篇章;作为主要研究艺术构思问题的《神思》篇,尽管十分重要,但还不能承担所谓"总纲"之任。我以为,《文心雕龙》创作论的"总纲"乃是《情采》篇。

刘勰以"剖情析采"概括《文心雕龙》的创作论,正表明他对文章写作基本问题的认识;所谓"万趣会文,不离情辞",创作理论所要研究的问题固然很多,但不出"情"和"辞"的范畴。因此,《情采》篇既是集中探讨情、采问题的专论,更体现出刘勰对文学创作基本问题的认识,正是《文心雕龙》之创作论的"总纲"。

长期以来,之所以忽视《情采》篇作为《文心雕龙》之创作论"总纲"的地位,盖因多数研究者以为本篇所论乃作品之内容与形式的关系。"情采"之"情"属于内容的范畴,"情采"之"采"属于形式的范畴,刘勰本篇所论也确实涉及了二者之关系,因而很容易让人得出本篇乃论述内容与形式之关系的结论。但实际上,《文心雕龙》是"言为文之用心"之作,即如《原道》这样充满哲学色彩的篇章，也仍然立足于"文"的历史和现实而探讨其本质；至于现代文艺理论中所谓内容与形式之关系这种一般的理论问题，刘勰大概是没有兴趣在创作论中作一专论的。作为创作论的"总纲"，《情采》一篇乃是刘勰对文章特征的把握，体现了刘勰对文章写作基本问题的认识。

《情采》开篇而谓："圣贤书辞，总称'文章'，非采而何？"这突兀的发问就表明刘勰绝非泛泛而论内容与形式之关系。《论语·公冶长》有："子贡曰：'夫子之文章，可得而闻也。'"以此而论"圣贤书辞，总称'文章'"，都是因为具有文采，显然重在表明刘勰自己的观点，那就是所谓"文章"便意味着文采，也就是意味着美。"非采而何"的有力反问，实际上肯定了魏晋南北朝所谓"为艺术而艺术"之倾向的合理性和必然性，也表明了刘勰对文章基本特点的认识。同时，从行文来说，则是刘勰经常运用的欲擒故纵的论述方式。文采之于文章的重要性是毫无疑问的，关键是重要到什么程度？"为艺术而艺术"的倾向当然有其合理性和必然性，但刘勰既以文章"离本弥甚，将遂讹滥"（《序志》）而欲"正末归本"（《宗经》），那就必须指出其所存在的弊端。所有这些，都要听刘勰慢慢道来了。

刘勰说："夫水性虚而沦漪结，木体实而花萼振：文附质也。虎豹无文，则鞹同犬羊；犀兕有皮，而色资丹漆：质待文也。"水的特性是虚柔，所以可以产生波纹；树木的特点是坚实,因而可以开放花朵:以此而论,文采必须依附于特定的实物。虎豹之皮如果没有了斑纹,便与犬羊之皮没有分别;犀兕之皮非常坚硬,但要美观就需涂以丹漆:以此而言,特定的实体也要依赖于文采的修饰。这番形象而生动的比喻,确是正确地说明了内容与形式的相互关系。但这只是铺垫,刘勰真正要说明的问题还在下文:"若乃综述性灵,敷写器象;镂心鸟迹之中,织辞鱼网之上:其为彪炳,缛采名矣。"抒发作者的思想感情,描绘事物的种种形象,运用语言文字进行文章写作,其所以能够光辉灿烂,就因为丰富的文采。也就是说,没有华美的文采,"文章"也就不存在了,正是"非采而何"!这样,刘勰在一般的文质关系的基础上,突出文采之于文章的重要性,既表明他对文章自身特点的充分注意,更表现出他对所谓"为艺术而艺术"之时代倾向的特别重视。

既然文采之于文章如此重要,那么要认识文章的特点,就必须对其作进一步的分析。所以刘勰接着说:"故立文之道,其理有三:一曰形文,五色是也;二曰声文,五音是也;三曰情文,五性是也。五色杂而成黼黻,五音比而成《韶》《夏》,五性发而为辞章,神理之数也。"这里的"立文之道"并非文章写作之道,而是说文采成立之道,是说文采有种种不同。有"形文",这是绘画的文采;有"声文",这是音乐的文采;有"情文",这才是文章的文采。

这些"文"指的都是文采,也就是美。与绘画和音乐相比较,文章写作之文采的特点在于它是"情文",是人的感情的载体,所谓"五性发而为辞章"。实际上,以现代文艺理论的观点看,不仅文学创作是"情文",绘画、音乐也同样是"情文"。但在文学艺术发展的早期,绘画和音乐首先以其突出的色彩美和声音美而吸引了人们的注意力;与之相比,文章写作之表现人的感情确是更显突出。不过,更重要的是,刘勰的着眼点在于说明文章之"文"的特点,那就是表情之文。这样,刘勰虽一再强调"采"的重要,但这个"采"却并非仅仅是艺术的形式问题,而是离不开作者之性情,且以感情为根本的。正因如此,刘勰强调"文质附乎性情",也就是文采("文质"是复词偏义)是以性情为依托的;而反对"华实过乎淫侈",也就是华丽("华实"亦是复词偏义)过分而至于泛滥。从而,文采在文章写作中的地位便明确了:

> 夫铅黛所以饰容,而盼倩生于淑姿;文采所以饰言,而辩丽本于情性。故情者,文之经;辞者,理之纬。经正而后纬成,理定而后辞畅:此立文之本源也。

红粉、青黛当然是用来修饰人的面貌的,但所谓"巧笑倩兮,美目盼兮"(《诗经·硕人》)的神采却只能来自人固有的姿容;文章也一样,文采是用来修饰语言的,但文章的出色却必须以性情为根本。这就犹如织布，性情乃是文章的经线，而文辞则是文章的纬线。只有首先确定了经线，然后才可织以纬线；只有以性情为根本，文辞才可光彩焕发。这种所谓"立文之本源"，既是文采运用的根本原理，也是文章写作之根本原理。

如前指出，《文心雕龙》之作乃着眼"为文之用心"而不发空论，作为创作论之"总纲"的《情采》篇更是有着鲜明的现实针对性。刘勰以欲擒故纵的笔法，首先肯定文采之于文章写作的重要性，然后讲出一番文采离不开性情的毋庸置疑的道理，实际上便表明了这样一种观念：文章以表现作家的思想感情为根本，文采的运用是为了更好地表达感情。可以说，这是一种"情本"论的文章观。如此，刘勰的"情采"论便又回到了其"论文"的出发点，那就是批判不良文风，使文章写作步入正确的坦途。当然，这种批判自然是从"情采"论的角度着眼的。他说：

> 昔诗人什篇，为情而造文；辞人赋颂，为文而造情。何以明其然？盖《风》《雅》之兴，志思蓄愤，而吟咏情性，以讽其上：此为情而造文也。诸子之徒，心非郁陶，苟驰夸饰，鬻声钓世：此为文而造情也。故为情者要约而写真，为文者淫丽而烦滥。而后之作者，采滥忽真，远弃《风》《雅》，近师辞赋；故体情之制

日疏，逐文之篇愈盛。故有志深轩冕，而泛咏皋壤；心缠几务，而虚述人外。真宰弗存，翩其反矣。夫桃李不言而成蹊，有实存也；男子树兰而不芳，无其情也。夫以草木之微，依情待实；况乎文章，述志为本！言与志反，文岂足征？

从"情采"的角度着眼，刘勰认为文章写作有"为情而造文"和"为文而造情"的不同。《诗经》之作，是由于作者内心充满了忧愤之情，发而为诗章；辞赋家们则相反，他们内心并无郁闷之情，却虚张声势而夸大其词，借以沽名钓誉，乃是为了写文章而无病呻吟。"为情而造文"之作，文辞精练而情感真实；"为文而造情"之作，过分华丽而文采泛滥。刘勰认为，后世的一些作者，更是抛弃《诗经》的创作传统，而以辞赋为师，结果表现真情之作愈来愈少，追逐文采之作越来越多。一些人明明志在高官厚禄，却大唱隐逸之歌；明明心系世间俗务，却歌颂世外闲情。真情实感荡然无存，文章所写与内心所想完全相反了。刘勰借用生动的比喻说，"桃李不言，下自成蹊"（《史记·李将军列传》），那是因为树上结满了果实；"男子树兰，美而不芳"（《淮南子·缪称训》），那是因为种花之人缺乏爱花之真情。刘勰饱蘸笔墨写道：微不足道的草木，尚且需要真情、依赖果实，何况原本就以表现真情为根本的文章？如果笔下所写与心中所想相反，这样的作品又有何用？一部《文心雕龙》，刘勰从不同的角度，屡次批判文章写作中的不良风气，可以说皆各有其理，而从"情采"角度的这种分析和批判则最具说服力和感染力。之所以如此，乃是因为刘勰抓住了文章写作的根本问题，准确地把握了文章表现思想感情的特征，从而立论坚实有力、击中要害而一针见血。在这里，刘勰也毫不含糊地再次表明了他的"情本"论的文章观。《情采》篇之作为《文心雕龙》创作论的"总纲"，应当说是名副其实的。

《情采》篇确乎相当全面而深刻地表达了刘勰对文章特征的认识：文采之美对文章而言不是可有可无的，而是必需的，所谓"言以文远"；然而，"联辞结采，将欲明理"，舒文布采的目的是表现作者之情，所谓"情者，文之经"，所谓"为情而造文"；否则，文采不仅是没有用的，所谓"繁采寡情，味之必厌"，而且"采滥辞诡，则心理愈翳"，文采越多反而越使作品的内容模糊不清了。在对文章特征予以正确把握的基础上，刘勰指出了文章写作的正确道路：

> 夫能设模以位理，拟地以置心；心定而后结音，理正而后摛藻。使文不灭质，博不溺心；正采耀乎朱蓝，间色屏于红紫：乃可谓雕琢其章，彬彬君子矣。

"设模"也就是设定一个模式。《定势》说："模经为式者，自入典雅之懿；效骚命篇者，必归艳逸之华。"所以这个所谓"模式"，也就是由文体之不同而形成的不同的风格倾向。"设模""拟地"二句互文足义，是说作者首先要把握住自己所用文体的风格倾向，并以此为基础，安排作品的内容，也就是作者所要表现的思想感情应与文体的风格要求相一致。如《明诗》所谓："四言正体，则雅润为本；五言流调，则清丽居宗。"这里的"清丽"和"雅润"便各为四言诗和五言诗的文体风格倾向。如果作者要表现一种典雅而润泽之情，那么就可以选择四言诗体，以此作为自己创作的基础，这就是所谓"设模以位理，拟地以置心"。只有在此基础上，才能考虑如何以丰富的文采表达自己的思想感情，也就是"心定而后结音，理正而后摛藻"。最终则要体现"情采"论的基本思想，那就是形式华美而不掩盖作品的内容，文采丰富而更能充分表现作者的思想感情，所谓"文不灭质，博不溺心"，文采与感情互为生发、相得益彰，从而达到文质彬彬、辞采芬芳的理想境界。可以说，《文心雕龙》的创作论正是围绕这一中心而展开论述的。创作论的全部问题，都是为了实现这一文章写作的最高目标。

（2）文辞尽情

刘勰曾在《序志》篇中对创作论部分作了这样的说明：

"至于剖情析采,笼圈条贯:摛神、性,图风、势,苞会、通,阅声、字。"这一概括虽然相当简略,但却不是随便的。"剖情析采"乃指明了创作论的"总纲",已如上述;而"摛神、性"等"笼圈条贯"的四个方面,则可以说基本上描绘了创作论的体系。这一体系当然是在"总纲"指导下的体系,必然贯彻"总纲"的精神;也就是说,"摛神、性"等对文章写作各个方面的考察,无不贯彻"情采"论的基本精神,那就是:以情为本,文辞尽情。

文学创作以表现作者的思想感情为根本,对此,《情采》篇已经作了极为精彩的论证,这种论证的深度、广度及其彻底性,可以说是前所未有的。但相对于文章写作中感情表现的种种复杂情形,《情采》所论还是概括性的,只是一个纲要。创作论其他各篇则是在此纲要指导下,从不同方面展开具体的探索和论证。整个《文心雕龙》的创作论,正是以感情之表现为根本和中心,对感情之产生、感情表现的原则以及感情表现的种种方法等问题进行全面、系统而翔实的阐述,从而构成一个"以情为本,文辞尽情"的"情本"论的创作论体系。下面试对这一体系作一简要描述。

文章的写作从感情的产生开始。作者之情不是凭空产生的,而是受到外物的感召,所谓"人禀七情,应物斯感;感物吟志,莫非自然"(《明诗》),这是文章写作的规律。《文心雕龙》的创作论以《神思》开篇,正是要总结这一规律。

艺术构思乃文章写作之始，所谓"驭文之首术，谋篇之大端"，这是《神思》列创作论之首的直接原因。但就艺术构思本身而言，其基本问题又是什么呢？这可能就是言人人殊的问题了。刘勰以为，"思理为妙，神与物游"，这才是《神思》为创作论之始的根本原因。作者艺术构思的突出特点，在于作家之精神与客观之物象一起活动。实际上，之所以能够"神与物游"，乃是因为作家之"神"与自然之"物"产生了共鸣，也就是外界景物引发了作者的思想感情；所谓"神居胸臆，而志气统其关键"，没有作者思想感情的激动，是不可能"神与物游"的，所谓"关键将塞，则神有遁心"。所以，艺术构思的过程必然是"登山则情满于山，观海则意溢于海；我才之多少，将与风云而并驱矣"。这样，作为创作过程之始的艺术构思，就贯穿了作者充沛的感情。

作为"情本"论的另一个重要内容，是所谓"文辞尽情"，也就是语言文采的运用，是为了充分表现作者的思想感情。实际上，"情"固然为"本"，但只有表现为语言文辞，才能形成文章，所以"情"和"辞"是难以分开的。正因如此，刘勰论述以情为本的同时，几乎都要谈到"文辞尽情"的问题。这一"文辞尽情"的过程，从艺术构思阶段就开始了。刘勰说"物沿耳目，而辞令管其枢机"，也就是外界景物诉诸人的感官，并引起人的感情，而最终要靠语言描绘出来，所谓"枢机方通，则物无隐貌"。但"枢机"之"通"并不是那么容易的，所谓"方其搦翰，气倍辞前；暨乎篇成，半折心始"，当作者提笔之时，气势充沛、文思泉涌；而一旦成篇，却与原先所想相差甚远。那么"文辞"如何"尽情"，就是一个关乎文章写作成败的极为重要的问题。这就是刘勰要在创作论中以相当大的篇幅论述语言运用的种种技巧问题的原因。

《神思》之后的《体性》是所谓艺术风格论，刘勰的研究仍然是从感情的表现入手的。他说："夫情动而言形，理发而文见；盖沿隐以至显，因内而符外者也。然才有庸俊，气有刚柔，学有浅深，习有雅郑：并情性所铄，陶染所凝，是以笔区云谲，文苑波诡者矣。"人们内心产生某种思想感情，就要用语言表达出来，这是一个从隐藏至显露、由内在到外在的表现过程。然而，人们先天的才华和气质不同，人们后天的学识和爱好也不同，这既决定于人的性情，又受制于环境的陶冶，从而便有了纷纭复杂的各种文章。所以，艺术风格问题归根结底还是感情的表现问题，不同的感情表现是形成不同艺术风格的关键。刘勰也正是这样说的："故辞理庸俊，莫能翻其才；风趣刚柔，宁或改其气；事义浅深，未闻乖其学；体式雅郑，鲜有反其习：各师成心，其异如面。"尽管文坛波诡云谲而变化万千，但具体到每一个作家，其作品文辞和内容的出色或平庸，总是同其才华之高下相一致；其作品文气和格调的刚正或柔婉，总是决定于他的血气；其作品事理及意义的浅显或深入，总是同其学识之贫富成正比；其作品文体及风格的雅正或流俗，总是以其爱好为转移。不同的作者各按自己的本性来创作，其作品的风格也就犹如各人的面孔，彼此互异。因此，无论艺术风格如何繁花似锦，只要从"情动而言形，理发而文见"的根本入手，则就可以看得清清楚楚而找到其中的规律。刘勰一方面说"笔区云谲，文苑波诡"，另一方面却又把艺术风格归结为区区八种类型，所谓"若总其归涂，则数穷八体"，正因其抓住了文章写作的根本问题。

《体性》之后是《风骨》篇。关于《风骨》的主旨，研究者有不同的看法，但"风骨"乃是刘勰对文章的某种规定和要求，则可以说是已有的共识。这种规定和要求，其对象实质上是文章所表现的感情。刘勰说："是以怊怅述情，必始乎风；沉吟铺辞，莫先于骨。"作者情动于中而欲一吐为快，必然首先具有感化的作用；展纸落墨而著成文章，也就必然体现某种力量。所以，所谓"风骨"，乃是对作品思想感情的一种规定和要求。它要求作品应当具有感人至深的艺术力量。所谓"情与气偕，辞共体并；文明以健，珪璋乃聘"，作家的思想感情与其个性气质相一致，作品的文辞则与其风格相统一；只有作品具有"风骨"之力，才能为人们所喜爱。也就是说，作者的感情决定了作品的风格倾向，也从根本上决定着语言文辞的面貌；而真正为人们所喜爱、为时代所需要的作品，应当具有"风骨"的力量。这样，刘勰就赋予了"风骨"规范感情的作用和意义。这就表明，文章写作以情为本固然毋庸置疑，但人的思想感情纷纭复杂，所谓"人禀七情"（《明诗》）；作品思想感情的表现就不应任性而为、随意所之，而是应当有所规范、有所制约。质言之，就是要有自己的艺术理想和追求。所以，"风骨"论乃是刘勰从"情本"论出发的艺术理想论。这一艺术理想论，既建立在"情本"论的基础之上，同时，又使得刘勰的"情本"论得以深化和发展，从而具有了更为丰富而深厚的内容。

《风骨》之后的《通变》，也是一个颇有争论的问题。但刘勰在本篇的"赞"词是观点明确而无可争辩的，那就是："文律运周，日新其业；变则其久，通则不乏。"文章的发展循环往复，每天都有新的成就；只有不断地创新才能持久长远，只有融会贯通才能生生不已。这种着眼"日新其业"的"通变"观，可以说是刘勰的卓见之一；而在此基础上提出的具体的"通变之术"，则同样十分精彩，那就是："凭情以会通，负气以适变；采如宛虹之奋鬐，光若长离之振翼，乃颖脱之文矣。"刘勰强调，必须根据自己的情志对古人的作品进行融会贯通，更要从作者的个性出发进行不断的创新。只有这样，才能使作品的文采犹如奋飞的彩虹，其光芒就像展翅的凤凰，从而产生出类拔萃的不朽篇章。所谓"凭情以会通，负气以适变"，正是"情本"论在"通变"观中的贯彻；而所谓"采如宛虹之奋鬐，光若长离之振翼"，既说明以情为本的原则与"文辞尽情"密不可分，同时也表示，只有真正贯彻以情为本，才算真正领会了"通变"之要义。

《通变》之后是《定势》篇，要求文章的写作必须遵循文体的特点和规范。文体的风格特点相对而言应是较为客观的，但刘勰却恰恰从作者的主观之情说起："夫情致异区，文变殊术，莫不因情立体，即体成势也。"作者的情志各有不同，因而文章的写作手法也多种多样，但无不根据自己所要表现的感情特点确立某种文体，并依据这种文体的特点形成整个作品的基调。这样，刘勰对文体风格特点的研究就不再是泛泛而谈，而是着眼作家具体创作过程的生动活泼的文体风格论了。我们一再指出，《文心雕龙》具有高屋建瓴的理论气魄，却又绝非干巴巴的"文艺学概论"，而是具有充分实践品格的活生生的理论著作；尤其是它的创作论，理论上的"深得文理"自不必说，其深入创作过程的实践精神更是有目共睹。而之所以如此，除了刘勰深谙文章写作之理，一个重要的原因就是其"情本"论的文章观在创作论中的贯彻。即如《定势》这样看似纯粹的理论问题，一旦刘勰纳入其"情本"论的体系之中，便立刻具有了源头活水而摇曳多姿。所谓"绘事图色,文辞尽情"的著名论断,正是在本篇提出的。

上述诸篇,刘勰从感情之产生,谈到文章风格的形成,以至感情表现的原则,等等,对文章写作中一些重大的理论问题进行了探索。这种探索既立足于以情为本的根本主张,又时刻注意"文辞尽情"的问题,从而使得这些论述既有相当的理论深度,又具有充分的实践品格。正是在此基础上,刘勰以《情采》篇进行归纳和总结,提出了创作论的"总纲"。《情采》之后,刘勰进入如何表现感情问题的技术探索,也就是专门研究"文辞"如何"尽情"的问题。

《镕裁》篇是这一研究的开始。本篇开宗明义而谓:"情理设位,文采行乎其中。"也就是说,作者一旦确定了适合表现自己思想感情的某种文体,那就要进入具体的舒文布采的创作过程了。这一过程千变万化,乃是相当复杂的。刘勰说:"刚柔以立本,变通以趋时。立本有体,意或偏长;趋时无方,辞或繁杂。蹊要所司,职在镕裁:櫽括情理,矫揉文采也。"他认为,首先要确立或刚或柔的作品风格基调,同时要注意适应时代的发展而进行创新。作品的风格基调虽然一定,但有时会因意绪纷纭而有所偏离;适应时代的发展进行创新是没有一定之规的,所以文辞的运用就可能繁多而杂乱。凡此种种,刘勰以为,其关键所在,就是要做好规范和剪裁的工作了,即规范作者的思想感情表达，矫正、推敲文采的运用。因此，《镕裁》篇既承接上述诸篇所论，又自然过渡到具体写作方法的探讨。可以看出，《文心雕龙》创作论的体系乃是相当精密的。

从《声律》到《练字》的七篇，一般认为就是《序志》所谓"阅声字"；但实际上，《练字》之后的《隐秀》《指瑕》和《养气》三篇，也主要是对感情表现技巧问题的探究。所谓"阅声字"，只是一个大致的说明。所以，刘勰实际上用了十余篇的篇幅来论述"文辞"如何"尽情"，可谓煞费苦心了。所谓"《文心》者，言为文之用心也"(《序志》)，真正是名不虚传的。

刘勰对种种艺术技巧的探索不仅皆各有其理而具有切实可行的指导意义，而且诸如"声律""章句""丽辞""事类""练字"等这些看上去纯属形式因素的问题，实际上既是魏晋南北朝这一"为艺术而艺术"的时代人们所普遍关注的问题，更是着眼中国古代文学创作实践的重要理论成果，其不容忽视是毫无疑问的。就创作论的理论体系而言，值得注意的是，刘勰对这些形式技巧的探索，并没有忘记以情为本的指导思想。如论"章句"，刘勰说："夫设情有宅，置言有位；宅情曰章，位言曰句。故章者，明也；句者，局也。局言者，联字以分疆；明情者，总义以包体：区畛相异，而衢路交通矣。"对作品的思想感情做出一定的安排就是"章"，对作品的语言文辞进行一定的布置就是"句",所以"章"即"明",也就是使作者的思想感情得以明确,"句"即"局",也就是使作品的语言文辞得以分界。显然,"章"和"句"所指范围是不同的,但"分句"的目的其实是"明情",则二者就有了密切的联系,所谓"衢路交通",它们是相通的。刘勰这种对"章"和"句"的解释,就完全和表现作者的思想感情联系起来了。再如论"丽辞",刘勰说:"造化赋形,支体必双;神理为用,事不孤立。夫心生文辞,运裁百虑,高下相须,自然成对。"所谓"丽辞",也就是语言的对偶,本属形式技巧问题。但刘勰以为,大自然赋予万物的形体,本来就是成双成对的,所以"事不孤立"乃是自然而必然的。这样,作品中"丽辞"的运用,也就不再是可有可无的形式技巧问题,而是顺应人的思想感情表现的必然要求,所谓"心生文辞"而"自然成对";同时,这种"自然"的要求又显然避免了刻意的人工雕琢,从而使对偶这种艺术表现手法完全服从于以情为本的基本观念。其他如论文章中典故运用及文辞征引的《事类》篇、探讨写作中如何运用文字的《练字》篇等等,刘勰亦无不贯彻其以情为本的主张;也就是说,无论事类的运用还是文字的锤炼,都是为了充分表现作者的思想感情。

在对各种艺术表现手法的运用进行了详细探索以后,刘勰以《附会》篇加以总结,所谓"总文理,统首尾,定与夺,合涯际,弥纶一篇,使杂而不越者也",也就是总括文章的条理,使首尾呼应;决定一篇的取舍,使上下贯通;把全篇组织成一个有机的整体,做到内容丰富而中心突出。刘勰说,这就像盖房子,材料已经准备好,就等筑基建造了;又如做衣服,布料已经裁好,只待细针密缝了。在这一"附辞会义"的"弥纶一篇"的过程中,作者所应遵循的原则是:"必以情志为神明,事义为骨鲠,辞采为肌肤,宫商为声气。"文章犹如人体,作品中的情志就像人的神经中枢,作品中的事理就像人的躯干,文章的辞采就像人的肌肤,文章的音韵就像人的声音。所以,一方面,种种艺术技巧的讲究乃是必需的,是不可或缺的,是作为整体文章的有机组成部分,就像人体不能缺少了"肌肤"和"声气"一样;另一方面,艺术技巧的运用又必须围绕情志的表现这一中心,"文辞"是为了"尽情",就像人体的每个部分都接受神经中枢的指挥一样。

《附会》之后的《总术》篇,既是整个创作论的总结,又放眼文体论和创作论的关系,从总体上对"论文叙笔"和"剖情析采"两个部分加以贯通。从《神思》至《总术》,从作者感情之产生到一篇文章之完成,刘勰深入具体的创作实践,全程描绘了文章产生的过程,从而也完成了创作论理论体系的建构。这一"以情为本,文辞尽情"的"情本"论的创作论体系,既立足于穷搜"文场笔苑"的文体论,具有深刻的实践品格,又着眼时代人文发展的历史事实，提出自己重要的理论主张，从而不仅在当时具有极强的现实针对性和指导意义，而且成为此后中国古代文学创作论的理论渊源。在一定意义上可以说，刘勰之后中国文学创作的理论，尤其是传统的诗文创作理论，乃是《文心雕龙》创作论体系的展开。

三 《文心雕龙》的思想渊源

作为魏晋南北朝时期的文论和文化"元典",《文心雕龙》不仅涵盖了众多的文论思想,所谓"弥纶群言"(《序志》),而且包容了儒道玄佛各家的思想精义。实际上,《文心雕龙》之所以成为中国文论史上之"空前绝后"的体大思精之作,其对中国古代各家思想的吸收借鉴乃是一个重要的原因。中国古代浩如烟海的文论著作中,实在不乏深入创作过程本身而探得文章精理奥义的成功之作和精彩之言,缺乏的乃是那些从更高的理论视野来反思文学艺术,并建构起自己理论体系的伟大作品。而这种文艺理论体系的产生,除了对艺术规律的深入理解,还有赖于文艺理论家哲学思想的形成,至少是对哲学思想的借鉴、吸收和融会贯通,并有意识地运用于文学艺术现象的思考。我以为,没有这个方面,伟大的文艺理论体系是不可能产生的,这是中国古代缺乏自成体系的文艺理论著作的一个重要原因；而《文心雕龙》之不同于一般的中国古代文论著作的独特之处，也正在于其作者刘勰对中国古代哲学思想的融会贯通，并以之作为自己思考文学艺术问题的重要借鉴，甚至直接用作自己的文艺思想资料。对此，"龙学"家们是早就看到了的。但是，对这一问题的深入探究，却一直是"龙学"的难点之一。而不搞清《文心雕龙》文艺思想产生的根源，是难以准确把握其理论体系的，更是难以认识其在中国古代文论以至中国古代文化中的重要地位和意义的。

南北朝时期，思想领域的突出特点乃是儒、道、玄、佛的大融汇。这种融汇的结果，是"儒"并非严格的孔孟思想，"道"也非纯粹的老庄之学，"佛"更非外来原样的佛，而是各家思想相互吸收而得以更为充实丰富，实际上各种思想具有了一种趋同性。应该说，这是思想解放的结果，也是人类思想发展的必然。人的思想固然各有不同，哲学主张自然可以大相径庭；但人类面对着大致相同的自然环境，其主体条件以及思想载体（大脑）也有许多相同或相似之处，这就必然决定了人类的思想看上去千差万别，而实际上又必有其共同、共通之处。同中有异，异中有同，才是人类思想的实际。所以，思想的发展必然会出现许多相互吸收、融汇的时代，南北朝就正是这样一个时代。刘勰身处其中，又有意识地为"论文"寻找某种全面、合理的思想支撑，则其吸收、融汇各家思想，就是非常自然的事情了。

1. 儒家之本

正像许多研究者所指出的，仔细解剖，刘勰思想的主导倾向，可以说是儒家思想。他之著《文心雕龙》乃是由于孔子之垂梦，是为了完成孔子交给他的历史重任。《文心雕龙》之撰也正是"征圣""宗经"，即以儒家圣人及其经典为文之准绳和根本。笔者以为，儒家思想乃是刘勰及其《文心雕龙》思想之本，而这种所谓"儒家思想"，并非单一的孔、孟思想，而是涵盖了先秦以至汉代儒家思想发展过程中的丰富内容。

（1）孔子之论

孔子处在一个大变动的时代。这种变动，学术界意见不一。一些学者认为是奴隶制向封建制的过渡，另一些学者认为是早期奴隶制向发达奴隶制的过渡。无论哪种过渡，都意味着周的统治走向瓦解，这是一个"礼崩乐坏"的时代。在这样的时代，孔子主张"从周"（见《论语·八佾》，本节下引《论语》，只注篇名），是已经走向没落的某些氏族贵族的思想代表。他对当时礼崩乐坏的情形痛心疾首，要求人们从各方面恢复或遵循"周礼"。所谓"周礼",乃是在周初确定的一整套的典章、制度和仪节,是晚期氏族统治体系的规范化和系统化。它既有上下等级、尊卑长幼等明确而严格的秩序规定,又在一定程度上保存了原始的民主性和人民性。孔子对"周礼"的态度,反映了对早期奴隶制的氏族统治体系和这种体系所保留的原始礼仪的维护。从历史发展的角度而言,这种态度是保守、落后以至反动的,但他反对残酷的剥削压榨,要求保持、恢复相对温和的远古氏族统治体制,又具有民主性和人民性。

正如李泽厚先生《中国古代思想史论》所指出,孔子大谈"周礼",但其思想的核心却不是"礼",而是"仁"。那么,什么是"仁"?《颜渊》有云:"樊迟问仁,子曰:'爱人。'"《学而》则谓:"子曰:'……泛爱众,而亲仁。'"这便是孟子所谓"仁也者,人也"(《孟子·尽心下》),以及《礼记·中庸》所谓"仁者,人也"。所以,孔子的"仁"学,在一定程度上乃是人本主义的人学,以"爱众""爱人"为旨归。而孔子之所以重"仁",与维护"礼"直接相关。他认为,只有仁人,才能推行礼治,所谓"人而不仁,如礼何?"(《八佾》)孔子强调了原始氏族体制中所具有的民主性和人道主义,同时也表现出春秋时期人的某种觉醒。这种觉醒,一是对鬼神的怀疑,所谓"子不语怪力乱神"(《述而》),所谓"敬鬼神而远之"(《雍也》);一是对猛于虎的苛政之不满,所谓"苛政猛于虎也"(见《礼记·檀弓下》),而要实行"仁政"。

从"仁"的思想出发,孔子对人的价值的重视可以说是空前的,所谓"爱人"正是这种重视的体现。孔子反对奴隶制下的人殉和人祭,《孟子·梁惠王下》曾引孔子的话说:"始作俑者,其无后乎!"对最初发明以木俑、土俑来殉葬的人,孔子甚至破口大骂,其愤怒之情可谓溢于言表。当马厩失火以后,孔子首先关心的是人:"'伤人乎?'不问马。"(《乡党》)他还说:"未能事人,焉能事鬼?"(《先进》)这种对人的重视无疑是一大历史进步。同时,孔子突出了人的相互依存的社会性。他强烈反对个体脱离群体,反对人兽同群,指出"鸟兽不可与同群"(《微子》)。他认为一个人只要能行"仁"道,即使没有兄弟,但"四海之内,皆兄弟也"(《颜渊》)。同时,孔子亦并未抹杀个体人格的主动性和独立性,甚至在一定程度上,把个体人格的发展和完成,看作实现社会和谐发展的重要条件。他说"三军可夺帅也,匹夫不可夺志也"(《子罕》),又说"志士仁人,无求生以害仁,有杀身以成仁"(《卫灵公》),这确乎是一种人的觉醒。

这种对于人的观念的变化,从根本上决定了孔子第一次对文艺现象做出深刻的、具有普遍意义和长远价值的理解。因为文学艺术归根结底是自然人向社会人生成这一漫长的历史过程中的结果和产物，一定的文学理论总是同对人的本质的认识相联系，孔子正是充分自觉和明确地从人的内在要求出发去考察文艺现象的第一人。

孔子认为，要使人们实行"仁"，最重要的是要使"仁"成为人们内在情感上的自觉要求，而不是依靠外部强制。所谓"内省不疚，夫何忧何惧"（《颜渊》）、"克己复礼为仁"（《颜渊》）、"己欲立而立人，己欲达而达人"（《雍也》）以及"己所不欲，勿施于人"（《颜渊》《卫灵公》）等等，都是这种思想的说明。那么，怎样才能使"仁"成为人们情感上的自觉要求？孔子主张"道之以德，齐之以礼"（《为政》），即用"德"去引导感化人心，用"礼"去规范人的行动。而从感化人心而言，艺术正是一种能够使人们乐于行"仁"的重要手段。孔子说："兴于诗，立于礼，成于乐。"（《泰伯》）包咸注云："兴，起也，言修身当先学诗。"要成为一个仁人君子必先学诗，乃是因为诗在古代并非单纯的艺术品，而是具有文献的性质，可以从中学到各种知识；同时，诗又具有陶冶情感的意义。《阳货》说："子谓伯鱼曰：'女为《周南》《召南》乎？人而不为《周南》《召南》，其犹正墙面而立也与！'"可见学诗之于人生具有何等重要的意义。君子修身从学诗开始，而其完成于乐，这样孔子便赋予诗乐以重要的人生修养的意义。

所谓"成于乐"，就是要通过对音乐的学习造就一个完全的人。而乐之所以有如此重要的作用，在于"乐所以成性"（孔安国注）。孔子认为乐能改变人的性情，感发人们的心灵，使人自觉地接受、实行仁道。《阳货》记载："子之武城，闻弦歌之声。夫子莞尔而笑，曰：'割鸡焉用牛刀？'子游对曰：'昔者偃也闻诸夫子曰：君子学道则爱人，小人学道则易使也。'子曰：'二三子，偃之言是也，前言戏之耳！'"乐可以使君子"爱人"、小人"易使"。孔子高度肯定了诗乐对人性具有感染、陶冶的重要作用，即在感性的愉悦中，使人成为一个在道德上完美的人。与此相联系的是，孔子还有所谓"游于艺"之论："志于道，据于德，依于仁，游于艺。"（《述而》）讲的也是君子应当如何使自己成为一个完满的人。孔子认为，首先要有志于"道"，其次要遵从于"德"，再次要归依于"仁"，最后还要游历于"艺"。"游于艺"之"艺"，指的是"六艺"，即礼、乐、书、数、射、御，包含文艺在内。所谓"游于艺"，既包括对各种"艺"的技术性掌握，也自然含有在这种掌握过程中的欣赏和愉悦。所以，"成于乐"的"成"指的是人格上的圆满、成熟和完成，主要是音乐的伦理道德作用；"游于艺"的"游"则带有一种自由感或自由愉悦的含义，也就通向艺术的创造和欣赏了。在道德仁义之外还要"游于艺"，表现了孔子对人的全面发展之要求，也说明孔子对文艺在形成理想人格中的作用是极为重视的。

当然，无论"兴于诗""成于乐"，还是"游于艺"，看上去诗乐的功能很重要，但都是着眼于"礼"而立足于"仁"的，这是孔子的一贯思想。需要注意的是，在孔子的心目中，诗乐的作用在于把外在的"礼"转化为内在的"仁"，从而"仁"的境界也就是个体人格和人生自由的境界，实际上也就是美的境界、艺术的境界。这是孔子的独特之处，与后世儒学心目中的孔子是并不完全一致的。孔子赞美最得意的弟子颜回说："一箪食，一瓢饮，在陋巷，人不堪其忧，回也不改其乐，贤哉，回也！"（《雍也》）孔子谈到自己也说："饭疏食，饮水，曲肱而枕之，乐亦在其中矣！不义而富且贵，于我如浮云。"（《述而》）这就难怪孔子要"吾与点也"了，因为曾晳（点）的志向是："暮春者，春服既成，冠者五六人，童子六七人，浴乎沂，风乎舞雩，咏而归。"（《先进》）在孔子看来，治国之道在礼乐教化，目的是要达到"仁"的理想境界，而这个境界其实是一种审美的境界。所以，孔子立足于"礼"和"仁"而又以为"成于乐""游于艺"，这种文艺观与后世所谓重视文艺的社会作用、强调文艺与政治的关系等等，是并不相同的。孔子也不同于后世所理解的那样，似乎特别重视文艺的功利目的。相反，在春秋时代，孔子的上述观点恰恰是相当迂阔的。他是一个极富艺术气质的人，这也是他在政治上难以成功的原因之一。后世对孔子的理解，尤其是后世儒学对孔子的解释，决不可等同于原始的孔子思想，理解孔子的文艺观亦当如此。

我们不能说刘勰全面接受了孔子的上述思想，但一部《文心雕龙》，确乎可以时刻感受到孔子的人生观和文艺观在其中的影响。比如，刘勰毫无疑问是历史的发展论者，所谓"文律运周，日新其业"（《通变》），从大的历史趋势上，他是肯定文章的创新和发展的。然而，在其思想的深处，我们又可以明显地体会到那种"生乎今之世而志乎古之道"（《荀子·君道》）的感情及思想倾向。据贾树新先生统计，《文心雕龙》直接论及齐梁文风弊端达十八次之多（见其《〈文心雕龙〉数据信息》，《吉林大学社会科学学报》1987年第一期），而对儒家经典的极力推崇更是随处可见。这当然首先是因为齐梁文风确有难以忽视的不良倾向，而儒家经典自有其值得肯定之处，但同时也不能不说，这种态度颇近于"郁郁乎文哉，吾从周"（《八佾》）的孔子，也就难怪其"随仲尼而南行"（《序志》）了。刘勰这种对时代不良风气的深恶痛绝以及对古代纯正之风的向往，与孔子那种对原始的民主和人道遗风的肯定和赞美，以及对人的价值和地位的重视，在精神实质上是一致的。再如，刘勰对文章当然是极为看重的，所谓"君子处世，树德建言"（《序志》）；但他同时又认为："安有丈夫学文，而不达于政事哉？"（《程器》）此论正来自孔子的如下思想："诵《诗》

三百,授之以政,不达;使于四方,不能专对,虽多,亦奚以为?"(《子路》)可以说,刘勰的基本文学观乃是从孔子的诗乐观发展而来的。

《征圣》有云:

> 先王声教,布在方册;夫子文章,溢于格言。是以远称唐世,则焕乎为盛;近褒周代,则郁哉可从。此政化贵文之征也。郑伯入陈,以立辞为功;宋置折俎,以多文举礼。此事迹贵文之征也。褒美子产,则云:"言以足志,文以足言。"泛论君子,则云:"情欲信,辞欲巧。"此修身贵文之征也。然则志足以言文,情信而辞巧,乃含章之玉牒,秉文之金科矣。

如前所述,这里的"志足以言文,情信而辞巧",乃是刘勰所提出的文章写作的原则,所谓"含章之玉牒,秉文之金科";很明显,这一原则的提出完全是以孔子之论为依据的,乃是"先王声教""夫子""格言"。所谓"政化贵文""事迹贵文"以及"修身贵文"等等,这种对孔子关于"文"之观念的概括,简直可以视为对孔子"兴于诗,立于礼,成于乐"以及"游于艺"等思想的补充,其中的"修身贵文"更是直接通于"成于乐"的思想。刘勰对诗的解释是:"诗者,持也,持人情性。"正如孔安国所说,"成于乐"乃是"乐所以成性";则所谓"持人情性",正可以视为"兴于诗""成于乐"的注脚和阐释。

关于诗的作用，孔子说过一段很有名的话："小子何莫学夫诗？诗可以兴，可以观，可以群，可以怨。迩之事父，远之事君，多识于鸟兽草木之名。"（《阳货》）这是孔子对诗的功能的系统总结。所谓"兴"，孔安国注为"引譬连类"，朱熹注为"感发志意"，两说可以互相补充。"引譬连类"可以是作诗的方法，也可以是读诗的方法。它指的是通过某一个别的、形象的譬喻，使人们通过联想作用，领会到与之相关的某种带有普遍性的关于社会人生的道理。"感发志意"则是指在思想感情上打动、启发读者。"引譬连类"指出了文艺的特征是借助于个别的、形象的东西，通过联想作用，使人领会感受一般的、普遍性的东西；"感发志意"则使这种领会感受不至于成为纯粹的说理教训，而是用艺术的形象去感染人、教育人。所以，"诗可以兴"既是诗歌的作用，也包含了孔子对艺术特征的一定程度的认识。所谓"观"，郑玄注为"观风俗之盛衰"，朱熹注为"考见得失"，大体符合孔子原意。周代有采诗观风的做法，"诗可以观"可以说正是这种做法的理论总结。不过，二者又有不相同的一面。周代的采诗观风，完全着眼于政治教化，并不注重文艺本身的特征；而孔子所谓"观"是带有情感好恶特征的，所谓"观风俗之盛衰"，其重要内容是"观"人们的精神心理状态。所谓"群"，孔安国注为"群居相切磋",朱熹注为"和而不流",指的是诗的合群作用。孔子强调人的社会性,认为人只有生活于一定的社会伦理关系中才能发展,这便是所谓"群";而真正的"群"又应当建立在人们互爱互助的基础上,即要"仁"。正因如此,学诗可以感发人们"仁"的感情,从而导致群体的和谐。所谓"怨",孔安国注为"怨刺上政"。孔子提倡"仁者"应"爱人",但也并不认为怨恨是要不得的。他认为对违反仁道者可"怨",对不良政治可"怨",仁道无法实现时亦可"怨";显然这些"怨"亦都是从"仁"发生而符合于"礼"的情感表现,因而这是正当而合理的。所以,"诗可以怨"既包含了"怨刺上政"之意,但又不止于此,而是更为广泛。"诗可以怨"的原则肯定了文艺能够也应该表现多种不满意、发牢骚的情感;同时,这种情感应该以符合"仁"为准则,其表现应当是真诚而不是虚伪的。

"兴、观、群、怨"是孔子关于诗歌作用的全面概括,其基本特点是重视文艺的情感特征,注重通过情感去感染、陶冶个体,从而达到个体与社会的和谐统一。"兴"和"怨"侧重于诗歌之个体心理感受抒发的功能,"观"和"群"则侧重于诗歌之发挥社会政治作用的功能,所谓"迩之事父""远之事君"也大体接触到这种区别;但这两个方面又是不可分割的,后者乃是通过前者而实现的。总之,"兴观群怨"说虽相当简括,但又相当全面和深刻;它对中国文艺理论批评的发展所起的奠基作用是不可估量的。实际上,"兴、观、群、怨"的基本思想可以说已经融入《文心雕龙》,成为刘勰文艺思想的基本组成部分。如上述刘勰关于"诗"的定义,所谓"持人性情",亦可以视为"兴观群怨"的概括和总结。《比兴》篇对"兴"的论述是:"'兴'者,起也。"而这个"起",乃是"起情"之意,所谓"起情,故'兴'体以立"。所以,刘勰的"兴"虽为文章的表现手段,但仍与"诗可以兴"相通。他又说:"'兴'则环譬以托讽。"则"兴"与"诗可以怨"亦有着不可分割的联系。《情采》有云:"盖《风》《雅》之兴,志思蓄愤,而吟咏情性,以讽其上:此为情而造文也。"这里更是明确地肯定了"兴"与"怨"的密切关系。《比兴》还特别指出,汉魏以来"日用乎'比',月忘乎'兴',习小而弃大,故文谢于周人也",可见刘勰对"兴"乃是格外看重的。至于"观"和"群"的思想,则可以说贯穿于刘勰对历代作品的评价之中。

孔子的文质观对刘勰也有重要的影响。《雍也》有云:"质胜文则野,文胜质则史;文质彬彬,然后君子。"所谓"文质彬彬",本是针对"君子"的个人修养而言,但其中也包含了对文艺和美的看法。"文"在《论语》中的含义相当宽泛,从君子个人修养而言,它首先是指古代的典籍,与"学"联系在一起,所谓"君子博学于文";而这些典籍中,孔子所极为看重的"诗"当然占有突出的地位,所谓"不学诗，无以言"(《季氏》)。因而，"文"的学习是包括提高艺术修养和审美能力在内的整个文化修养。与"文"相对而言的"质"指的是人内在的伦理品质。孔子认为，"君子"只有"质"还不行，还必须有"文"的形式教养；缺少包含文艺在内的文化教养，人就将是粗野的。同时，"文胜质则史"，"史"通"志""诗"，引申为虚华无实；也就是说，如果只讲求文饰而缺乏"仁"的品质，那么文饰、美就成为一种没有内容的外在的虚饰，所谓徒有其表。只有"文"与"质"两者的完美统一，才是孔子理想中的"君子"。这种"文质彬彬"的"君子"，实际上体现了孔子所理解的美，是他的美的理想。

《程器》篇论述作家的修养，正是继承了孔子的"文质彬彬"说。其云："是以君子藏器，待时而动，发挥事业。固宜蓄素以弸中，散采以彪外；梗楠其质，豫章其干。"所谓"蓄素以弸中，散采以彪外"，所谓"梗楠其质，豫章其干"，乃是要求作家内心充实丰满而外表文采斐然，要像梗木和楠木那样具有坚实的质地，又如枕木和樟木那样具有高大的材干，实际上就是要"文质彬彬"。当然，"文质彬彬"说更是深刻地影响到刘勰的文艺美学观。《征圣》所谓"衔华而佩实"，《情采》所谓"雕琢其章，彬彬君子"，都以"文质彬彬"作为文章的美学追求。

（2）孟子之说

在中国古代思想史上，孔子和孟子紧紧相连。孔子以"仁"释"礼"，将外在的社会规范化为内在的自觉意识；孟子则发扬这一主题，明确地提出了"仁政"说，为后来中国封建社会的儒家奠定了政治思想基础。孟子"仁政"思想的哲学基础则是所谓"不忍人之心"即"仁心"及其著名的"性善"论。

孟子认为，"仁政"之所以可能，并不在于任何外在条件，而是在于"人皆有不忍人之心"。他说："先王有不忍人之心，斯有不忍人之政矣。以不忍人之心，行不忍人之政，治天下可运之掌上。"(《孟子·公孙丑上》，本节下引《孟子》，只注篇名)孟子把孔子的推己及人的"忠恕之道"扩展开来，使其成为"治国平天下"的基础。他不但极大地突出了"不忍人之心"的情感心理，而且还赋予它形而上的先验性质。他认为，人之所以区别于禽兽，在于人先验地具有"仁、义、礼、智"这四种内在的道德素质和品德，即所谓"恻隐之心""善恶之心""辞让之心""是非之心"(《公孙丑上》)。但实际上，这种道德的先验的普遍性、绝对性又与现实世界的人的情感直接相联系，并以这种心理情感为基础。比如"恻隐之心"也就是人的同情心，"仁"的先验道德本体实际上即是通过现实人的"恻隐之心"

这种情感被确认、被证实的。所以，孟子虽然强调先验的"善"，同时又认为如果不加后天的培育，先验的"善"仍然会失去，所以他又强调经验的"学"。只不过，在"性善"的基础上强调"学"，就不像荀子那样认为"学"是为了改造人性之恶，而是以"学"来保存并扩展人性之"善"，所谓"存其心，养其性"（《尽心上》）。因此，孟子实际上强调了道德之自律，从而极大地突出了个体的人格价值及其所肩负的道德责任和历史使命。诸如"富贵不能淫，贫贱不能移，威武不能屈，此之谓大丈夫"（《滕文公下》）、"故天将降大任于斯人也，必先苦其心志，劳其筋骨，饿其体肤，空乏其身……"（《告子下》）以及"舍生而取义"（《告子上》），等等，都是对道德人格主体性的高扬。

正是为了树立这种伟大的道德品格和独立的个体人格，孟子提出了他的"养气"说。《公孙丑上》说："'敢问夫子恶乎长？'曰：'我知言，我善养吾浩然之气。'"研究者一般将其概括为"知言养气"说，其实这是不确切的。"知言""养气"是孟子所谈个人的两种修养，不能概括为一个"知言养气"说。那么，什么是所谓"浩然之气"呢？其云：

> 难言也。其为气也，至大至刚，以直养而无害，则塞于天地之间。其为气也，配义与道；无是，馁也。

是集义所生者,非义袭而取之也。行有不慊于心,则馁矣。

朱熹对这段话的解释是:"言人能养成此气,则其气合乎道义而为之助,使其行之勇决,无所疑惮。若无此气,则其一时所为虽未必不出于道义,然其体有所不充,则亦不免于疑惧,而不足以有为矣。"(《孟子集注》)实际上仍然是要求把固有的善性"扩而充之"的问题,也就是要求保持一种为实现"善"而无所畏惧的奋发的精神状态。这种原本纯属伦理学上的道德修养问题的"养气"说,之所以深深地影响到文学批评,是因为"浩然之气"的状态或境界,实际上具有审美的性质。所谓"浩然之气",乃是孟子的先验的伦理道德目标与个体的情感意志相互交融、达到统一而产生出来的一种精神状态,它渗透着深刻的理性内容,合乎"天理之自然"(朱熹语),同时又符合个体内在的情感意志的要求,而且这种个体的精神上升到了一种"至大至刚"、无所畏惧的状态,也就是一种个体的自由状态。因此,这种"浩然之气"已不只是对人格善的评价,而是具有了个体人格美的特征,同时又是个体人格进入审美状态的一种境界。正是在这里,它同文艺便有了不可分割的联系。对于真正的文艺家而言,创作既要进入一种审美状态,同时自己的人格也必须是美的,此乃文艺创作的关键，所以曹丕说"文以气为主"(《典论·论文》)。

《文心雕龙》的《养气》篇与孟子所谓"养气"并不完全相同，但也并非毫无关系。孟子所谓"是集义所生者，非义袭而取之也"，是说"浩然之气"的产生，乃是善心充盈、自然而然的结果，并非刻意为之而能够达到的，也就是所谓"行有不慊于心，则馁矣"，违反自然的过分的追求，反而是不可能培养出"浩然之气"的。刘勰的"养气"之论，就正是反对创作过程中的"钻砺过分"而强调"率志委和"，强调"从容率情，优柔适会"，这与孟子之论显然是极为符合的。

孟子所谓"知言"又是什么意思呢？孟子的解释是："诐辞知其所蔽，淫辞知其所陷，邪辞知其所离，遁辞知其所穷。生于其心，害于其政；发于其政，害于其事。圣人复起，必从吾言矣。"(《公孙丑上》)从这种解释看，"知言"是说懂得什么是错误的言论，知道它错在什么地方。但实际上，"知言"远不止于此。公孙丑在听了孟子的解释后赞叹道："宰我、子贡善为说辞，冉牛、闵子、颜渊善言德行。孔子兼之，曰：'我于辞命，则不能也。'然则夫子既圣矣乎？"(同上)公孙丑的理解正道出了孟子"知言""养气"的来源。孟子实际上是继承了孔子的思想，把人的修养分为"德行"和"言语"两方面，"养气"属于"德行"的修养，而"知言"属于"言语"的修养。他认为自己在这两方面都有所长,即在"德行"方面,自己善于"养气",而在"言语"方面,自己善于"知言"。也就是说,"养气"是属于"德行"方面的,但不是"德行"的全部;"知言"是属于"言语"方面的,但也并非全部。不过毫无疑问,"养气"和"知言"是孟子所认为的"德行"和"言语"修养的中心问题;或者说,孟子对孔子所要求的"德行"和"言语"的修养做出了自己的解释,赋予了它们新的含义。

孔子所要求的"言语"修养,实际上几乎包括了全部的文化修养,其中当然有文艺。而在"言语"修养中,孔子也曾强调"知言"的重要性。他说:"不知言,无以知人也。"(《论语·尧曰》)孟子特别重视"知言",与孔子的这种思想是有关的。在孟子看来,无论"诐辞""淫辞""邪辞""遁辞",都是"生于其心"的,是一个人人格的反映,因而能够做到"知言",也便能够看透一个人的人品,能够抓住其根本的思想,能够了解其内心。而孟子特别强调抓住那些片面的、过分的、歪曲的、闪烁的言辞的实质,乃以其"害于其政""害于其事",是说这些言辞从人们思想中产生,必然危害政治以至具体工作,因而必须揭示它们的实质,对它们加以批判。所以,孟子强调"知言"的重要性,宣称自己将要承担起"正人心,息邪说,距诐行,放淫辞"(《滕文公下》)的历史重任。《孟子》一书,论辩色彩强烈,除了与许行之徒的农家展开长篇论战外,对墨翟、杨朱学说更进行了猛烈的抨击，孟子自谓"知言"，亦可谓言之不虚。

"知言"之说，对后世文学批评产生了重要影响。孟子关于"诐辞""淫辞""邪辞""遁辞"皆"生于其心""发于其政"的论述，实际上赋予了"德行"和"言语"密切的联系。这也就意味着：语言文辞表现着人们的内心世界，反映出人们的道德风貌。《文心雕龙·体性》论述文章风格而谓"各师成心，其异如面"，这与孟子之论是有一定关系的。至于维护语言的纯正性，反对文章写作中不正当的言辞，乃是刘勰一贯的文学主张。

在中国文学批评史上，孟子首次提出了分析、理解诗歌的方法论，即著名的"以意逆志"说和"知人论世"说。所谓"以意逆志"说，乃是孟子在批评其弟子咸丘蒙对《小雅·北山》一诗的错误理解时提出来的。《北山》中有这样的诗句："普天之下，莫非王土；率土之滨，莫非王臣。"据此，咸丘蒙提出，当舜成了天子的时候，他的父亲却并非他的臣子，又当如何呢？孟子指出，这样理解诗是不对的。这首诗是诗人有感于王事繁杂以致难以奉养父母，其意是说：普天之下，都是"王臣"，为何只有我特别劳苦呢？所以，不能拘泥于个别诗句，而是应从全诗内容出发，去正确领会诗之含义。他说："故说诗者，不以文害辞，不以辞害志；以意逆志，是为得之。如以辞而已矣，《云汉》

之诗曰:'周余黎民,靡有孑遗。'信斯言也,是周无遗民也。"(《万章上》)显然,如何读诗,孟子有着深刻的理解;他对咸丘蒙的批评,是完全正确的。

"不以文害辞"之"文",指诗之"文章"或"文采",实际上包括了诗人表情达意所运用的各种艺术手段,如比兴、夸饰等。"辞"则是指诗歌的言辞,即诗歌所运用的语言。"不以文害辞"就是说要懂得诗歌所具有的比兴、夸饰等艺术特征,不要作机械、刻板的理解。"不以文害辞""不以辞害志"是说读诗者不要因诗歌华丽的文采而妨害对其语言本身的理解,不要因诗歌的语言而妨害对诗人之"志"的把握。也就是说,读诗的真正目的在于理解诗人的思想感情,而不应拘泥于诗的字面意思,也不能被诗的华丽的文采所迷惑。读者应透过诗人所运用的种种艺术手法,透过诗歌的语言,抓住诗人所要表达的真实思想感情,以求完整、准确的理解。孟子这种"文""辞""志"的区分,是孔子"文""言""志"区分的继续。不过,孔子所谓"言以足志,文以足言"(《左传·襄公二十五年》),涉及一切语言表达问题;而孟子是专门就诗而谈,表现了对诗歌艺术特征的某种把握。

那么,正确理解诗歌的方法是什么呢?孟子提出"以意逆志,是为得之"。"逆",迎也,求得之意。这里较难理解的是这个"意"字。朱熹说:"当以己意迎取作者之志,乃可得之。"(《孟子集注》)就一般的文学欣赏而言，读者以自己的心情和意向去理解、感受作家作品，这是无可非议的，但孟子的"以意逆志"说却未必谈的是这个问题。孟子强调的是不要拘泥于诗歌的字面意思，而是应完整地理解诗人所要表达的思想感情。比如《大雅·云汉》"周余黎民，靡有孑遗"之句，若拘泥于其字面意思，那么就只好相信周朝真的没有一个人存留下来了。该怎样理解？当然就要明白此乃诗人的"夸饰"之语，诗人并不是真的说周朝无一人存留。所以，"以意逆志"的读诗方法，从整体上可以肯定，它是要求完整、准确地理解诗意的一种方法；而如果以读者之意去"逆"诗人之"志"，不仅难以达到这个要求，甚至可能会适得其反。所以，"以意逆志"与"不以文害辞，不以辞害志"的总体要求是一致的，或者可以用"不以文害辞，不以辞害志"来解释"以意逆志"。那么，这个"意"大致是指诗歌、诗人的"意向"，即其整体诗意。"以意逆志"是说要从诗人、诗歌所表现出的总的意向出发，去探求作者所要表达的真正的思想感情；要从整首诗的诗意出发，去认识、理解诗中的具体诗句，以求准确地把握诗人所要表达的本意、原意，亦即诗人之"志"。

"以意逆志"说的意义在于，它对春秋列国公卿大夫那种"断章取义"的实用主义用《诗》做法是一种有力的批判，因而具有较强的针对性和现实意义；同时，它也在一定程度上注意到了诗歌本身的艺术特征，如夸饰，强调要从诗歌本身的特点出发去理解诗歌。这两点又是密切联系在一起的。"断章取义"的行为是不理解诗歌艺术特征的表现，不尊重诗歌的艺术特征才导致了"断章取义"行为的产生。因此，"以意逆志"说不仅提出了一种读诗的方法，而且也表现着文艺观念的某种进步。

孟子在谈到"士"的修养时，又提出了著名的"知人论世"说："颂其诗，读其书，不知其人，可乎？是以论其世也，是尚友也。"（《万章下》）也就是说，今人要上友古人，只有通过"颂其诗，读其书"；要正确地理解古人的作品，就必须"知其人"；而真正了解作者的思想感情，就必须"论其世"。孟子并非专门论述文学，但确实提出了文学批评的一条重要原则——"知人论世"。这在当时是极为难能可贵的，对那种"断章取义"的解诗方法，无疑也是一种有力的纠正。但值得注意的是，孟子自己在引用《诗经》之时，实际上也经常产生牵强附会、断章取义的情形，其根本原因就在于孟子也并没有把诗作为真正的艺术作品来对待，他的"说诗"方法原本并非真正意义上的文学批评方法论。

然而，这却并不妨碍后世文论家把"以意逆志""知人论世"作为重要的文学批评的方法和原则。如刘勰论"夸

饰",其云:

> 是以言峻则"嵩高极天",论狭则"河不容舠";说多则"子孙千亿",称少则"民靡孑遗";襄陵举"滔天"之目,倒戈立"漂杵"之论:辞虽已甚,其义无害也。……孟轲所云:"说《诗》者不以文害辞,不以辞害意"也。

刘勰所举,乃是《诗经》和《尚书》中运用夸张的例子:描写山岳高峻就说"高大的山峰直达天庭",叙述河道狭窄则谓"河里容不下一条小船";形容人口繁盛就说"子孙有千亿",陈说人烟稀少则谓"百姓一个也没有剩下";谈到洪水包围山丘而谓"淹没天空",讲到战场上军队倒戈而说"血流漂起舂米之杵",等等。刘勰说,这些虽不免夸大其词,但对作品的意义是没有害处的。这确乎是孟子"以意逆志"说的正确运用。再如,在《孟子》书中,"以意逆志"和"知人论世"是在不同地方讲的,孟子并没有把二者联系起来,后世则有人主张二者相互补充、不可分割。清人顾镇《虞东学诗》就说:"夫不论其世,欲知其人,不得也;不知其人,欲逆其志,亦不得也。……故必论世知人,而后逆志之说可用之。"实际上,"以意逆志""知人论世"可以说已被完整而深刻地运用于《文心雕龙》中了。穆克宏先生便曾指出:"刘勰对《诗经》、建安、正始文学的特色和对曹丕、曹植等人的分析评价,正是运用'知人论世'和'以意逆志'的方法,显然,这和孟子的影响是分不开的。"(《论〈文心雕龙〉与儒家思想的关系》,《古代文学理论研究》第六辑)刘勰不仅在对作家作品的分析评价中,自觉地运用"以意逆志"和"知人论世"的文学批评方法,而且在此基础上,进一步总结出一些重要的规律。如《时序》篇所谓"歌谣文理,与世推移""文变染乎世情,兴废系乎时序"等等,都可以说是对"知人论世"说的重要发展。又如《知音》篇说"世远莫见其面,觇文辄见其心",也显然是对孟子之论的继承和发展。

（3）荀子之理

荀子生活在战国七雄争霸的时代。一方面,他仍然遵循孔孟的路线,强调"生乎今之世而志乎古之道"(《荀子·君道》,本节下引《荀子》,只注篇名)推崇一种氏族民主和人道遗风,并主张以修身为本；另一方面,时代毕竟大不相同了,荀子的思想已有了极为深刻的变化。他有意对各家思想进行批判地总结和综合,他不但批判墨子、庄子,而且也批判孟子,认为包括孟子在内的各家思想均有所"蔽"(《解蔽》),即都有片面性；他企图清除这种片面性,建立一种较为正确而全面的思想,以贯彻孔子的基本主张。

孔孟都高谈仁义道德,对功利欲望的追求采取鄙视、否定的态度。荀子则不同,他认为好利恶害、好逸恶劳、好多恶寡等乃是人的自然本性，是难以避免的；只要合乎礼义，人们欲望的充分满足便是合理的、应该的。所以，孟子之"仁义"偏重内在心理的发掘，而荀子则强调了外在规范的约束，即"礼"。孔子是以"仁"释"礼"，企图为"礼"这种古老的外在规范寻求某种心理根据；孟子加以发展而成为内在论的人性哲学，而不大重视礼乐的规范功能；荀子则恰恰批评了孟子的这一方面，指责其忽视"礼"对社会人群以及个体修养所具有的纲纪统领作用。于是，"礼"便成了荀学的核心观念；而这种"礼"，也就不可能等同于孔子的"礼"了。它不再是僵硬的形式规定和传统观念，而被认为是清醒理智的历史产物。荀子把"礼"归结为人群维持生存所必需，即人必须生存于群体之中，如果没有一定的规矩尺度来确定各种等级制度，这个群体便难以维持。所以，"礼"是"贵贱有等，长幼有差，贫富轻重皆有称者"的"度量分界"，从而它是"百王之所同，古今之所一也"（《礼论》），也就是人类历史的成果，而不只是圣人的独创。显然，这种认识确乎更加清醒、理智而富有历史意识。

从"礼"的核心观念出发，荀子有著名的"性恶"论。孟子讲"性善"，是指人先验地具有善的道德理性。荀子讲"性恶"，是说人生来就追求各种欲望之满足，人必须自觉地用现实社会的秩序规范来努力改造自己；仁义道德只不过是为了约束人们的欲望，使社会不致陷于混乱而制订出来的东西，是完全出于人为的，所谓"其善者，伪也"（《性恶》）。所以，"性善""性恶"之争，来源于对社会秩序规范之根源的不同理解：孟子归结为心理之先验，荀子则归结于现实和历史；孟子以此着重于主观意识的内省修养，荀子则着重于客观现实的人为改造。于是，孟子重视"养气"，荀子则要求"明于天人之分"（《天论》），强调"学"的重要性，《荀子》第一篇便是《劝学》。这个"学"已不限于"修身"，而是关乎人类的生存问题，也就具有某种本体的高度。荀子的逻辑是：人类社会要维持自己的生存发展，就必须联合在一起而与自然奋斗，这便产生了"礼"；"礼"是使群体能够存在、延续而建立起的规范秩序，它克制、改造、约束人的自然欲求；而要维系这种社会秩序和节制自然欲求，就必须"学"、必须"伪"。所以，荀子的"学"从"木受绳则直"的外在规范，可达到"天见其明，地见其光"（《劝学》）的宇宙本体。也正是在这个基础上，出现了"天人之分"的观念。所谓"君子敬其在己者，而不慕其在天者"（《天论》），所谓"从天而颂之，孰与制天命而用之"（同上），所谓"天有其时，地有其财，人有其治，夫是之谓能参"（同上），所谓"故天地生君子，君子理天地；君子者，天地之参也"（《王制》），等等。正如李泽厚先生所指出："如果说，孟子在中国思想史上最先树立了伟大的个体人格观念；那么，荀子便在中国思想史上最先树立了伟大的人类族类的整体气概。"（见其《中国古代思想史论》）所以，就对孔子思想的发扬而言，孟子主要在"内圣"，而荀子则着眼于"外王"。后者比前者显然具有更为现实的实践品格，从而荀子之学成为封建统治思想的重要基础。荀子的名言是："骐骥一跃，不能十步；驽马十驾，功在不舍。锲而舍之，朽木不折；锲而不舍，金石可镂。"（《劝学》）这种坚韧不拔的精神，早已成为中华民族的传统品德。所以，孟子的"养吾浩然之气"，导向一种审美的境界；而荀子的"制天命而用之"则导向人类征服自然的伟大实践。荀子的文艺观，也正是从此出发的。

为了解决"性恶"，也为了"制天命而用之"，从而达到人定胜天之目的，如上所说，荀子十分强调"学"的重要性。学什么？荀子说："学恶乎始？恶乎终？曰：其数则始乎诵经，终乎读礼。"（《劝学》）要学习儒家经典，包括"五经"之一的"诗"。于是，荀子继承孔子的文艺思想，十分重视文艺的意义和作用。他说："人之于文学也，犹玉之于琢磨也。"（《大略》）这里的"文学"，泛指文化学术，也包括诗歌、音乐等文艺在内。学习"文学"，是使人由质朴而美善、由普通民众（鄙人）而士大夫（列士）的必经之途，犹玉不琢不成器一样，"文学"也起一种"琢磨"的作用。

荀子经常用到"言""辞""辨说"等词，"言""辞"即言论、辞说，其义相通，"辨说"则是辨别、辩论之词，它们略有区别而无本质不同，都非后世所谓文学而与文学相通。他说："辨说也者，心之象道也。心也者，道之工（主）宰也。道也者，治之经理也。心合于道，说合于心，辞合于说……"（《正名》）人们的言辞辨说是发之于心的，而心要合于道，所以言辞辨说就成了"心之象道"，即心对道的反映和表现。所以，荀子之说被认为是中国古代文论中"文以明道"说的先声。应当说，这是有道理的，但荀子所论与后世的"文以明道"说还有着重要区别。一方面，荀子虽强调"心合于道"，但同时又说"心"乃"道之主宰"，这与荀子强调"天人之分"、强调"制天命而用之"是有密切联系的；另一方面，荀子的"道"也不同于后世"文以明道"之"道"。比如韩愈所谓"文以明道"之"道"，乃是周公、孔子、孟子之道（见其《原道》），而荀子之"道"的内容则更为宽广和丰富，它既是"治之经理"，是一种社会政治之道，又是一种自然之道；既是"天下之道"，又是"百王之道"（《儒效》）。所以荀子说："夫道者，体常而尽变，一隅不足以举之。"（《解蔽》）他的"道"既有其固定不变的方向，又是不断发展、变化的，有着丰富的内容。

"心"是道之主宰，圣人之心当然更是如此。荀子说：

"圣人也者，道之管也。天下之道管是矣，百王之道一是矣，故诗、书、礼、乐之归是矣。"（《儒效》）圣人乃"道"的关键、枢纽和主宰，文艺当然亦"归是"矣。所以，他说："凡言不合先王、不顺礼义，谓之奸言；虽辩，君子不听。"（《非相》）又说："故凡言议期命，是非以圣王为师。"（《正论》）也就是说，要以儒家经典为准则，要以圣人为老师。对儒家圣人及其经典作如此崇高的评价，应该说是前所未有的。不过对崇尚"体常而尽变"的荀子来说，又并不认为死读经籍便可解决一切问题，他实际上是反对教条的。但无论如何，荀子已经明确表示："言辞""辨说"乃是"心之象道"，是对"道"的反映；圣人是"道"的枢纽和总汇，因而应"以圣王为师"；"诗、书、礼、乐"等"五经"则集中而具体地反映了"道"、表现了"道"。如此，"道—圣—经"便无可辩驳地具有了三位一体的关系。

如果说，荀子的"心之象道"说与后世的"文以明道"论实际上有着重大的区别，那么，《文心雕龙》的"原道"之"道"却更接近于荀子所说的"道"。所谓"体常而尽变，一隅不足以举之"，所谓"观于道之一隅而未之能识也"（《解蔽》），都说明荀子之"道"并非定于一尊的，这与刘勰广泛吸收各家之论而形成的涵盖众有之"道"，可以说颇有精神相通之处。当然，刘勰的"原道"论与荀子的"心之象道"说并不一样，前者是寻找"论文"的根据，而后者则是对文辞的直接说明。更明显的还在于，荀子理论中所包含的"道—圣—经"三位一体的关系，直接启发了《文心雕龙》"原道""征圣""宗经"的理论体系。《原道》所谓"道沿圣以垂文，圣因文而明道"，这个"道—圣—文"的体系结构显然是以荀子之"道—圣—经"的结构为蓝本的。《征圣》所谓"征之周孔，则文有师矣"，与荀子所谓"是非以圣王为师"，观点是极为一致的；《宗经》所谓"经也者，恒久之至道，不刊之鸿教也"，与荀子所谓"圣人者，道之极也"（《礼论》），意思也是完全相同的。所以，如果说"原道"论与"心之象道"说尚有明显区别的话，那么刘勰的"征圣""宗经"论则可以说与荀子之论有着直接的渊源关系。

在先秦诸子中，荀子从"礼"的观点和要求出发，突出地重视人的感情和欲望的满足。他用"欲"来解释"礼"产生的根源，认为"礼者，养也"，所谓"以养人之欲，给人之求"（《礼论》），也就是为了实现"礼"的等级秩序，必须首先满足人的各种正当而合理的自然欲望。他说："性者，天之就也；情也，性之质也；欲者，情之应也。"（《正名》）他认为情感、欲望乃人所固有，"饥而欲食，寒而欲暖，劳而欲息"等等，皆"人之所生而有也"（《荣辱》），满足人的欲望也就成了"人情之所必不免也"（《王霸》）；而文章、音乐等就都属于"人之欲"，所以他说"雕琢刻镂黼黻文章，所以养目也"（《礼论》），又说："夫乐者，乐也，人情之所必不免也，故人不能无乐。乐则必发于声音，形于动静；而人之道，声音动静，性术之变尽是矣。"(《乐论》)音乐乃是人们内心感情的自然流露，是人之所乐，因而也是"人情之所必不免也"。人不能没有快乐之时，快乐则发于声音、形于动静，便产生了音乐；荀子认为，人之为人，从外在的声音、动作到内在的情感变化（"性术之变"），都表现在音乐上了。那么，音乐之于人类的必要性是显然可见了。所以，荀子认为墨子"非乐"的主张，是违反人的自然感情需要的，所谓"夫民有好恶之情，而无喜怒之应，则乱"（同上）。应该说，荀子这种对感情的突出强调和重视，对刘勰"以情为本，文辞尽情"之基本文学观的形成是有重要启发作用的。《明诗》篇所谓"人禀七情，应物斯感，感物吟志，莫非自然"，《情采》篇所谓"五性发而为辞章"，等等，与荀子所论皆有一脉相承的联系。

除此之外，荀子的"虚壹而静"说对《文心雕龙》也有重要的影响。他说：

> 人何以知道？曰：心。心何以知？曰虚壹而静。心未尝不臧也，然而有所谓虚；心未尝不两也，然而有所谓一；心未尝不动也，然而有所谓静。人生而有知，知而有志，志也者，臧也；然而有所谓虚，不以所已臧害所将受，谓之虚。心生而有知，知而有异，异也

者,同时兼知之;同时兼知之,两也;然而有所谓一,不以夫一害此一,谓之壹。心卧则梦,偷则自行,使之则谋,故心未尝不动也;然而有所谓静,不以梦剧乱知,谓之静。未得道而求道者,谓之虚壹而静……虚壹而静,谓之大清明。(《解蔽》)

荀子是从"心"和"形"的虚实特点出发而立论的。其云:"心者,形之君也,而神明之主也。"(同上)"心"乃人之"形"的统帅和主宰,而心是虚的,形是实的,所谓"心居中虚,以治五官,夫是之为天君"(《天论》)。虚的却能统帅实的,成为"天之君",所以荀子强调"虚壹而静"的重要性。从荀子的论述可以看出,其所谓"虚壹而静"不同于老庄所讲的"虚静",荀子是在"臧(藏)、两、动"的基础上谈"虚、壹、静"的,或者说他是在二者相互对应之关系的基础上谈论"虚静"问题的。他认为,"人生而有知",从而便有各种思想感情,所以心中原本是有所藏的;可是人的思想感情是在不断产生的,应当"不以所已臧害所将受",也就是说心中原有的思想感情不能影响人的思想感情的继续产生,要有永不满足的"虚"的状态。然而,人心"所已臧"加之"所将受",也就意味着"同时兼知之",也就是说新旧思想感情会有互相冲突的可能,这当然是影响"静"的,所以要做到"不以夫一害此一",

也就是不能让原有的思想感情妨害新的思想感情，实质上是要暂时抛开"夫一"而进入"此一"之境，这也就是"壹"了。不过这还不能达到"静"的境界，因为还有所谓"梦剧乱知"的问题，也就是世间的种种喧嚣必然使人产生各种各样的梦，仍然使心有所动而难以入静，所以应当"不以梦剧乱知"，也就是不要让那些梦境扰乱了"此一"之境，从而最后进入所谓"大清明"的境界。一方面，荀子的"虚壹而静"其实一直伴随着"藏、两、动"，也就是仍然以现实的思想感情为背景，并没有真正放弃已有的存在；另一方面，所谓"虚壹而静"的目的，则是"虚则入""壹则尽""静则察"（《解蔽》），也就是更多地容纳各种思想感情，以至穷尽万事万物之理，从而做到全面的观察和把握而不致有所"蔽"，最终实现所谓"坐于室而见四海，处于今而论久远，疏观万物而知其情，参稽治乱而通其度"（同上）的宏伟目标。所以，荀子的"虚静"看上去颇为复杂，实际上具有更为切实的可行性，具有较强的实践品格。陆机和刘勰的艺术构思论，可以说都在不同程度上受到了荀子"虚壹而静"说的影响。尤其是刘勰所讲的艺术构思的种种准备，所谓"积学以储宝，酌理以富才，研阅以穷照，驯致以绎辞"（《神思》），可谓深得荀子之论的精髓。但我以为，刘勰所谓"陶钧文思，贵在虚静"（同上）之论，则更多地受到老庄思想的影响（详后），与荀子所谓"虚壹而静"之境是不同的。

实际上，荀子对刘勰的影响非止文学观一端。荀子那种"与天地参"的襟怀和气度，可以说给了刘勰人生和哲学的多方面的滋养，这从《文心雕龙》的字里行间是可以感受得到的。如荀子说："水火有气而无生，草木有生而无知，禽兽有知而无义，人有气有生有知亦且有义，故最为天下贵也。"（《王制》）这种对人的切实的重视，我们在《文心雕龙》中也可以看到。《序志》有云："夫肖貌天地，禀性五才，拟耳目于日月，方声气乎风雷；其超出万物，亦已灵矣。"其与荀子所论是完全一致的。王元化先生曾指出："荀况、孟轲本有齐名之誉，自汉文帝列孟于学官，扬孟抑荀，轩轾始判。刘勰生于汉季以后，他在《诸子篇》中丝毫不受这种偏见的影响，仍以荀、孟并举，宣称：'研夫孟、荀所述，理懿而辞雅'，予以极高的评价，足见他对荀子是备加推崇的。"（王元化《文心雕龙创作论·释〈神思篇〉杼轴献功说》）这是非常正确的。

（4）周易之学

我以为，先秦时期对《文心雕龙》影响最大的有两部书，一是《荀子》，一是《周易》。前者主要影响刘勰的基本文学观，后者则通过影响刘勰的世界观，并进而影响刘勰的文学思想；尤其是《周易》一书，对《文心雕龙》的影响不是枝节性的,而是全方位的。可以说,离开《周易》,我们是很难准确认识和把握《文心雕龙》的。

众所周知,《周易》包括《易经》和《易传》两个部分,前者乃是古代占筮之书,而后者虽为前者最古的注解,但如高亨先生所说,"《易传》是借旧瓶装新酒",早已"超出筮书的范畴"(《周易大传今注·自序》,齐鲁书社1979年版),而成为"整个儒家最基本和最高的哲学典籍"(李泽厚《中国古代思想史论》)。对《文心雕龙》产生重要影响的主要是《易传》;但《易传》既为《易经》之注,则其联系是无论如何也割不断的,《易传》影响于《文心雕龙》的同时,其实也意味着《易经》对《文心雕龙》必然会产生一定程度的影响。而且,如任继愈等先生所指出,由于《易经》本身"体现了一种数学上的变化规律,形式上严整而有秩序,对思维材料还是起了一定的组织作用",它"蕴含着一种形式上的条理性"(见任继愈主编《中国哲学发展史》先秦卷)。应该说,这种"形式上的条理性"对《文心雕龙》所谓"位理定名,彰乎'大易'之数"(《序志》)的严整的组织结构也是有影响的。当然,对《文心雕龙》产生全方位影响的还是《易传》哲学。

《易传》利用《易经》的形式框架,建构起一个天、地、人相统一的完整的哲学思想体系,所谓"《易》与天地准,故能弥纶天地之道"(《周易·系辞上》,本节下引《周易》,

只注篇名),所谓"夫《易》广矣大矣,以言乎远则不御,以言乎迩则静而正,以言乎天地之间则备矣"(同上),所谓"《易》之为书也,广大悉备,有天道焉,有人道焉,有地道焉"(同上),等等,都在说明其着眼世界万物而欲建立一个庞大的思想系统。任继愈等先生曾指出:"中国《易传》哲学并不着重讨论世界是由什么构成的问题,而一直是把世界如何生成的问题作为思考的中心。……世界构成的问题着重讨论的是实体问题,而世界生成的问题着重讨论的是规律问题。"(见任继愈主编《中国哲学发展史》先秦卷)也就是说,《易传》作者更感兴趣的不是世界的本体是什么,而是丰富多彩的大千世界本身,其欲探寻的正是人们所生活的现实世界之运动变化的规律。其云:"有天地,然后万物生焉,盈天地之间者唯万物。"(《序卦》)又说"生生之谓易"(《系辞上》)、"天地之大德曰生"(《系辞下》)。这种充满感情的对天地万物之生生不已的现象描述,实际上早已承认了其自然而必然,确乎把世界的构成问题抛在了一边。当然,对天地万物的生成过程,《易传》有着详尽的叙述:

> 大哉乾元,万物资始,乃统天。(《乾·彖》)
> 至哉坤元,万物资生,乃顺承天。(《坤·彖》)
> 天地交而万物通也。(《泰·彖》)

> 天地不交而万物不通也。(《否·彖》)
>
> 日月丽乎天,百谷草木丽乎土。(《离·彖》)
>
> 天地感而万物化生。(《咸·彖》)
>
> 天地解而雷雨作,雷雨作而百果草木皆甲坼。(《解·彖》)
>
> 天地相遇,品物咸章也。(《姤·彖》)
>
> 天地节而四时成。(《节·彖》)
>
> 日月运行,一寒一暑。乾道成男,坤道成女。(《系辞上》)
>
> 日往则月来,月往则日来,日月相推而明生焉。寒往则暑来,暑往则寒来,寒暑相推而岁成焉。(《系辞下》)
>
> 天地絪缊,万物化醇。男女构精,万物化生。(《系辞下》)

这些叙述已经蕴含着对天地万物之运行规律的探索和概括,但看上去颇有些漫不经心,以至于人们感受最为突出的还是现象描述的本身。毋宁说,它们都不过是"天地之大德曰生"的注脚。但不应忽视的是,这种对现象世界的充分而又满含深情的描述,不仅是中国古代哲学的特点,我以为也是中国古代哲学的优点。古希腊哲学把生动活泼的自然世界归结为一种单纯普遍的本质(或水,或火,或原子），固然有其值得重视之处，但中国古代哲学中这种贴近自然和人生的思维却更易为人们所接受，从而产生激动人心的力量。所谓"天行健，君子以自强不息"（《乾·象》），既是《易传》哲学的必然结论，更是一幅现实世界人生的波澜壮阔的生动画卷。更重要的是，这种详尽的现象描绘实际上为规律的总结做好了充分的准备，从而使得那些看上去极为简略，甚至颇不引人注意的几点规律的概括，成为千古不易的法则而具有永恒的魅力，这就是中国哲学。

正是《易传》的这一思维特点，给了刘勰"论文"以重要的启发。《文心雕龙》开篇而谓："文之为德也，大矣！"正是对生动文学现象的一种现实描摹和肯定，而所谓"与天地并生者，何哉"，并非对"文"之起源的追问，而是对文章规律的探寻。在刘勰的观念中，"人文之元，肇自太极"（《原道》），其与天地一同产生，这是毋庸置疑的事实，他无意于探究。而人类何以会有丰富多彩的"文"，其意义是什么，其运行发展的规律又是什么，这才是他感兴趣的问题。实际上，"文"何以与天地一同产生，这个问题本身并非不可以导向"文"之起源的研究。然而，刘勰的回答是：天有天之"文"，地有地之"文"，人自然也有人之"文"，所谓"心生而言立，言立而文明，自然之道也"（同上），这是自然而必然的，是不以人的意志为转移的客观规律。从而,"文是什么"不再成为问题,"文应当如何"才是中心所在。本书第二章曾经指出,刘勰对"文"的思考起点很高,具有哲学家的气度和胸襟。这里则必须指出,这种哲学乃是中国哲学。刘勰的思维模式与《易传》可谓如出一辙。也正因如此,《易传》的一系列范畴和命题,对《文心雕龙》产生了全方位的影响。

首先是"道"和"神"等一系列范畴。《易传》当然不会满足于上述现象的描述,而是要探寻其中的规律。也就是说,天地万物是如何产生的呢?《易传》认为,天地之间存在着"阴""阳"二气,天地万物的产生就是"阴""阳"二气交互作用的结果,所谓"阴阳相薄"(《说卦》);而阳性事物的特点在于刚健,阴性事物的特点在于柔顺,所以阴阳的对立也就具体化为"柔""刚"的对立,所谓"柔上而刚下,二气感应以相与"(《咸·彖》)。类似的说法在《易传》中随处可见:

> 大哉乾乎!刚健中正,纯粹精也。(《乾·文言》)
> 坤至柔而动也刚,至静而德方。(《坤·文言》)
> 刚柔相摩,八卦相荡。(《系辞上》)
> 刚柔相推,而生变化。(同上)
> 刚柔相推,变在其中矣。(《系辞下》)
> 刚柔者,立本者也。(同上)

乾，阳物也；坤，阴物也。阴阳合德，而刚柔有体。(同上)

观变于阴阳而立卦，发挥于刚柔而生爻。(《说卦》)

乾，健也；坤，顺也。(同上)

乾刚坤柔。(《杂卦》)

从而，阴阳刚柔的对立、转化和统一也就成为大千世界的规律，所谓"立天之道曰阴与阳，立地之道曰柔与刚"(《说卦》)，最终概括为"一阴一阳之谓道"(《系辞上》)的总的原则和规律。那么，阴阳之"相摩""相荡""相推"的具体变化特点又是怎样的呢？《易传》用一个"神"字来概括，所谓"阴阳不测之谓神"(同上)，"神也者，妙万物而为言也"(《说卦》)。这里的"神"并无神秘的色彩，不过是对万事万物之变化特点的一种概括和描述。这种描述首先承认了事物变化之"不测"的特点，其实也就是其颇难认识之处，这自然是与科学发展的程度以及人们的认识水平相联系的。但更重要的是，这种描述并没有推向有神论或不可知论，而是认定事物之阴阳的转化乃是复杂而多变的，所谓"神无方而易无体"(《系辞上》)，这种认识水平未必非常之高，却既是实事求是的，更是抓住了事物发展和变化的某种要害之处。所以所谓"神也者，妙万物而为言也"，更多的是一种自信，认为用"神"字来概括阴阳刚柔之"相摩相荡"的特点乃是非常合适的。这种自信,还不仅在于"神无方而易无体"的概括本身,更在于进一步地要求人们主动适应事物的多变,所谓"变通者,趋时者也",所谓"唯变所适"(《系辞下》)。也就是说,尽管"阴阳不测",尽管"无方""无体",人却并不是被动的,而是仍然可以适应其变,仍然可以"自强不息"。所以,"阴阳不测之谓神"实际上一点也不神秘,所谓"知变化之道者,其知神之所为乎"(《系辞上》),所谓"精义入神,以致用也"(《系辞下》),通其"变"也就知其"神",而致于"用"才是最终的目的。

可以说,刘勰正是通其"变"且致于"用"之人。《夸饰》有云:"夫形而上者谓之'道',形而下者谓之'器'。神道难摹,精言不能追其极;形器易写,壮辞可得喻其真。"这里的"形而上者谓之道,形而下者谓之器",乃是《周易·系辞下》之语,这说明刘勰的所谓"道",与《周易》是有着一脉相承的关系的。这种关系的最明显之处,是刘勰经常用"神"的概念来说明"道"的特点。这里所谓"神道难摹",正是用"神"来表现"道"的"阴阳不测"的特点。《原道》篇既用"自然之道"来说明"文"之自然而必然,又数次用"神理"一词说明"道"的特点,认为"道心惟微,神理设教",其与《周易》的思想是极为一致的。《征圣》篇说:"天道难闻,且或钻仰;文章可见,宁曰勿思?"

此类与《周易》相通的论述,在《文心雕龙》中随处可见。《宗经》篇说:"夫《易》惟谈天,入神致用。"可见刘勰确乎是深通《周易》言"道""神"之三昧的。至于上述刚柔、通变等思想,更为刘勰借以"论文",而成为《文心雕龙》之重要的文学观念。《风骨》篇所谓"刚健既实,辉光乃新""文明以健"等,其与《周易》的联系是显然可见的。《通变》一篇则从篇名至内容,无不渗透着《周易》所谓"通其变"(《系辞上》)的思想(详后)。

其次是"文"和"章"等一系列范畴。在《周易》的思想体系中,"文"乃是天地万物的一个重要特点,《姤·彖》说:"天地相遇,品物咸章也。"天地相合而万物产生,所谓"品物咸章","章"即是明,也就是《周易》所谓"文"。《贲·彖》有云:

> 贲亨,柔来而文刚,故亨。分,刚上而文柔,故小利有攸往。刚柔交错,天文也;文明以止,人文也。观乎天文,以察时变;观乎人文,以化成天下。

《序卦》说:"贲者,饰也。""贲"卦是讲文饰的,所以就和"文"有着密切的关系。除去其中对卦象的一些牵强附会的解释,这里值得我们注意的是其对"文"本身的观点。"刚柔交错"形成天之"文",也就意味着所谓"天文",乃是自然之文,是不以人的意志为转移的;所谓"文明以止"

而形成人之"文",则是说"人文"的特点在于使人有所节制,也就是能够遵守礼仪(这里便孕育着后世所谓"文明"一词的含义)。所以,上观"天文"可以察知自然时节之变化,下观"人文"则可以教化天下百姓。

从而,《周易》所谓"文",也就蕴含着五个方面的重要思想:一是"文"乃是"美",所谓"饰",所谓"章",都含有"美"的意思。《革·象》说:"大人虎变,其文炳也。"又说:"君子豹变,其文蔚也。"这里的"文"乃是虎豹皮毛之美丽,就是"美"的同义语。二是"文"乃自然之美,天有天之文,地有地之文,人有人之文,动植万物亦无不有其文,这是自然而必然的。《系辞上》所谓"仰以观于天文,俯以察于地理",《系辞下》所谓"仰则观象于天,俯则观法于地,观鸟兽之文与地之宜",等等,正说明了天地万物无不各有其"文",也就是各有其美。三是"文"有其"度",所谓"柔来而文刚""刚上而文柔"等,除去其中神秘的占卜说明,就"文"而言,其实乃是一个或柔或刚的"度"的问题。《系辞下》说:"物相杂故曰文,文不当,故吉凶生焉。""文"固然是"美",固然是修饰,但却有"当"与"不当"之别,也就是修饰要恰当,这也就是柔刚有度的意思。四是"文"与"变"有着密切的关系,"文"乃是"变"的结果。所谓刚柔之"度"的问题,正体现在变化的过程中,这也就是"观乎天文"而可"以察时变"的道理。《系辞下》有云：

> 《易》之为书也不可远，为道也屡迁。变动不居，周流六虚；上下无常，刚柔相易。不可为典要，唯变所适。其出入以度……苟非其人，道不虚行。

所以，"变"是绝对的，"通其变，遂成天下之文"（《系辞上》），没有"变"也就没有"文"，不懂得"变"也就不懂得"文"了。同时，"变"又是有原则的，所谓"出入以度"，"度"的掌握也就成了"变"的关键。五是作为人类之"文"，有着重要的教化作用，所谓"文明以止"，所谓"化成天下"，都是这个意思。任继愈等先生曾指出："《易传》站在儒家的立场，强调教化的作用。"（见任继愈主编《中国哲学发展史》先秦卷）"文"就是实现这一教化作用的重要手段之一。

关于"文"的这五个方面的含义，都被纳入了《文心雕龙》的理论体系之中。本书第二章已经指出，"文心雕龙"之"文"，在很多地方就是"美"的同义语；《原道》所谓"道之文"，所谓"形立则章成矣，声发则文生矣"，所谓"夫以无识之物，郁然有彩，有心之器，岂无文欤"，等等，其所谓"文"就是"美"之意。这个"文"和"美"的自然而必然，则是《原道》以至《文心雕龙》一以贯之的观点，所谓"心生而言立，言立而文明，自然之道也"。至于文之"度"的问题,乃是刘勰之欲"论文"的直接原因。《文心雕龙》之作,乃因文章"去圣久远,文体解散",也就是所谓"辞人爱奇,言贵浮诡;饰羽尚画,文绣鞶帨:离本弥甚,将遂讹滥"(《序志》),实际上也就是要解决文之"度"的问题。与"度"的问题密切相关的"变"的问题,当然也是《文心雕龙》最为关注的问题之一。所谓"文律运周,日新其业;变则其久,通则不乏"(《通变》),刘勰既要求把握文章之"度",同时又极力倡导文章之发展和变化,其理论之源正来自《周易》。最后,所谓文之"化成天下"的作用,也是刘勰所一再强调的。《原道》所谓"观天文以极变,察人文以成化",直接化用了《周易》的文句自不必说;刘勰对文章"晓生民之耳目"作用的重视,乃是贯穿《文心雕龙》全书的。

再则是"象""辞"和"意"等一系列范畴。《周易》之"象"指的是卦象,而这种卦象乃是对天地自然的模仿。《系辞上》说:"圣人有以见天下之赜,而拟诸其形容,象其物宜,是故谓之象。""赜"乃"杂乱"之意,"象"就是对纷纷扰扰的大千世界之模拟。《系辞下》说得更为明确:"八卦成列,象在其中矣。……爻也者,效此者也;象也者,像此者也。"不仅八卦乃是对天地万物的模仿,而且爻辞也不例外,所谓"效"也正是模仿之意;只不过八卦本身就是一种形象,所以称为"象",而爻辞则是用文辞的形式来模仿大千世界的。正因如此,所以《系辞下》说:"《易》者,象也;象也者,像也。"整个《周易》都是对世界自然的模仿。其具体的情形则是:

> 古者包牺氏之王天下也,仰则观象于天,俯则观法于地,观鸟兽之文与地之宜,近取诸身,远取诸物,于是始作八卦,以通神明之德,以类万物之情。(《系辞下》)

"八卦"之作,乃是对天地自然万物进行模仿的产物,而其所模仿者,乃是天之"象"、地之"形",所谓"在天成象,在地成形"(《系辞上》),这正是《周易》所谓天地万物之"文",也就是天地万物之"美"。

《周易》之"辞",主要是指卦爻辞,所以其与"象"便密不可分,所谓"圣人设卦观象,系辞焉而明吉凶"(《系辞上》),"辞"乃是对卦象的进一步说明。其云:

> 是故君子所居而安者,《易》之象也;所乐而玩者,爻之辞也。是故君子居则观其象而玩其辞,动则观其变而玩其占,是以自天祐之,吉无不利。(《系辞上》)

既要"观其象",又要"玩其辞","象"和"辞"确是相依相伴的。这种相依相伴的关系,对《周易》而言,当然是指占卜,是卦象和卦爻辞的统一,但这个"象"和"辞"

却是通向语言文学的。就"象"而言,如上所说,其所模仿的对象乃是天地万物之"文",而其对现实的模仿而创为八卦,则是为了"以通神明之德,以类万物之情",所以这种模仿就必然具有感性而具体的形象特征。就"辞"而言,其本身即为言辞的一种自不必说,而且它必须尽可能地对"象"予以说明或阐发。在很大程度上,"象"之目的和意义都要靠它来发挥,所谓"辩吉凶者存乎辞",所谓"辞也者,各指其所之",所谓"鼓天下之动者存乎辞"(同上),所谓"圣人之情见乎辞"(《系辞下》),等等,这个"辞"之通向、同于文章之"辞"乃是显然可见的。

当然,无论"象"还是"辞",它们都是用以表达某种思想感情即"意"的,所以"象""辞""意"三者乃是紧密相连而不可分割的。《系辞上》有云:

> 子曰:"书不尽言,言不尽意。"然则圣人之意,其不可见乎?子曰:"圣人立象以尽意,设卦以尽情伪,系辞焉以尽其言,变而通之以尽其利,鼓之舞之以尽神。"

值得注意的是,除了"象""意""辞"三个概念,这里还有"言"的概念。这段话认为,语言是不能完全表达人的思想感情亦即"意"的,但人的"意"又并非"不可见",这就要借助语言以外的手段了,那就是"象"和"辞"。

也就是说，卦象是可以"尽意"的，是可以表现出事物的虚虚实实（情伪）的；但这种以形象而表现的虚实之情又毕竟是不确定的，所以仍然要用"辞"来说明，以充分表达所要表现的内容。这段话认为，在卦象之下系之以"辞"乃是一种变通的做法，是为了"尽其利"，也就是把卦象的内涵完全表达出来，从而能够使人受到鼓舞而充分把握"道"的特点和规律，也就是所谓"以尽神"。这就意味着，"象"是第一位的，是最能"尽意"的，而"辞"只是一种补充手段，至于"言"则是不能"尽意"的。但在现实中，"言"乃是表达思想感情的普遍形式，要使一般人体会并把握"道"的特点（"尽神"），往往首先通过语言，而不是直接诉诸"象"，所以要在卦象之下"系辞"，所谓"以言者尚其辞"（《系辞上》），所谓"系辞焉以尽其言"，把语言中不能表现的东西表达出来，最终充分体会"象"所蕴含的丰富的"意"。所以，这是一个从"言"到"辞"再到"象"，最后到"意"并"尽神"的过程；无论"言""辞"还是"象"，都是"尽意"并"尽神"的手段。

显然，所有这些都并非讲文章写作，却又和文章息息相通。如果把人们口头说的称为"言"，则形诸文章的就是"辞"；人们不仅正是以文章来"尽其言"的，而且更是在文章中以形象来表情达意的,正所谓"立象以尽意"了。实际上，《周易》关于"象""辞"和"意"的思想，可以说给了刘勰以无尽的思想资源。《神思》所谓"窥意象而运斤",所谓"神用象通",乃是关于文学创作的重要思想;作为《文心雕龙》最为重要的概念之一,"意象"一词的创造,不能不说是受到《周易》之重要启发的。至于"辞",刘勰更有不少说法直接来自《周易》。如《原道》说:"《易》曰:'鼓天下之动者,存乎辞。'辞之所以能鼓天下者,乃道之文也。"直接化用了《系辞上》的论述。又如《征圣》有这样一段:

> 《易》称"辨物正言,断辞则备",《书》云"辞尚体要,不唯好异"。故知正言所以立辨,体要所以成辞;辞成则无好异之尤,辨立则有断辞之美。虽精义曲隐,无伤其正言;微辞婉晦,不害其体要。体要与微辞偕通,正言共精义并用;圣人之文章,亦可见也。

刘勰不仅化用了《系辞下》所谓"开而当名辨物,正言断辞,则备矣"的论断,而且据以进行发挥,并结合《尚书》之论,提出了自己关于文章语言的重要观点。他认为,运用正确的语言是为了辨明事理,而突出中心才算用好了文辞。文辞运用得当,便无标新立异之嫌;事理阐释确切,则有文辞明快之功。他说,虽然有时文章义理精深而曲折,但不应妨碍语言之正确。文辞也可以委婉含蓄,却不应伤害要点之突出。突出主体应与委婉曲折相通,语言正确应与义理精深并用。显然,刘勰这种发挥,既以《周易》的论述作为基础,却又完全着眼文章语言运用的问题,而有了自己的创造。再如《系辞下》有云:"将叛者,其辞惭。中心疑者,其辞枝。吉人之辞寡。躁人之辞多。诬善之人,其辞游。失其守者,其辞屈。"这段话论述人的文辞与其内心思想感情的联系,认为不同的文辞反映着不同的内心状况,可谓非常准确。应该说,《文心雕龙》论述艺术风格而谓"各师成心,其异如面"(《体性》),很可能便有着《周易》这段话的启发。

由此也可以看出,《周易》对《文心雕龙》的影响是毋庸置疑的,但却不是简单的、一般的引用,而是往往经过了刘勰重要的转化。这种转化,有的是直接把《周易》对天地自然之理的论述改造成"论文"之语,如《镕裁》篇开始所谓"情理设位,文采行乎其中",便直接化用了《系辞上》所谓"天地设位,而《易》行乎其中"的语句;如《原道》篇赞颂孔子而谓"木铎起而千里应",便化用了《系辞下》所谓"君子居其室,出其言善,则千里之外应之"的语句;再如《祝盟》篇所谓"修辞立诚",便来自《乾·文言》"修辞立其诚"之句;又如《比兴》篇有"观夫兴之托谕,婉而成章;称名也小,取类也大"之论,则来自《系辞下》所谓"夫《易》彰往而察来……其称名也小,其取类也大"之句;等等。但更重要的则是整个思想的借用、转化或改造，情况是颇为复杂的。如《系辞上》有这样一段话：

> 是故《易》有太极，是生两仪，两仪生四象，四象生八卦，八卦定吉凶，吉凶生大业。是故法象莫大乎天地，变通莫大乎四时，县象著名莫大乎日月……是故天生神物，圣人则之；天地变化，圣人效之；天垂象，见吉凶，圣人象之；河出图，洛出书，圣人则之。《易》有四象，所以示也；系辞焉，所以告也；定之以吉凶，所以断也。

这段话主要说明《周易》卦象以及卦爻辞之产生过程，主旨是相当明确的；但其中所表现出的思想，却被刘勰化用到了《文心雕龙》的许多地方，既不能说与《周易》的本意相去甚远，却又和卦象及卦爻辞没有多少关系。如《原道》所谓"仰观吐曜，俯察含章，高卑定位，故两仪既生矣"，"人文之元，肇自太极"，"河图孕乎八卦，洛书韫乎九畴"，等等，都来源于《周易》的这段话，却又被融入了刘勰"论文"的思想体系。

综上所述，在一定程度上可以说，没有《周易》，便没有《文心雕龙》。

2. 道家之参

与儒家思想对《文心雕龙》的重要影响相比，道家思想的影响不占特别突出的地位。这主要是因为刘勰写《文心雕龙》之时正值盛年，"奉时骋绩"（《程器》）的人生理想乃是其主导思想，对老庄思想也就可能没有很深的体验。但作为中国思想史上足以与儒家思想相抗衡的道家思想，对中国古代的知识分子向来有着深刻的影响，所谓"儒道互补"（见李泽厚《美的历程》），确乎是一条重要的规律，刘勰自然也不例外。更何况，魏晋以来乃是老庄思想极为流行的时期，所谓"三日不读《道德经》，便觉舌本间强"（《世说新语·文学》），刘勰也难免自觉或不自觉地受到影响。实际上，道家思想乃是《文心雕龙》之重要的思想参照。

（1）老子之道

孔子曾经肯定了奴隶制社会产生以后文化的发展，毫不掩饰地宣称："郁郁乎文哉！吾从周。"（《论语·八佾》）老子则不同，他毫不留情地鞭挞进入奴隶制社会之后所产生的种种虚伪和丑恶现象，认为孔子提倡的所谓仁义道德不仅无益，反而有害。他认为人类的物质和文化活动乃是一种违反自然的活动，从根本上破坏了原始社会那种天然合理的朴素状态；人类所取得的物质和精神文明的成果，给社会带来的乃是前所未有的灾难。所以，要消除文明所带来的种种祸害，就要停止对物质和精神文明的一切追求和努力，所谓"绝圣弃智""绝仁弃义""绝巧弃利"(《老子》第十九章，本节下引《老子》，只注章次)，也就是要"无为"，事事纯任自然；而这种"无为"，恰恰能够成就一切，能给人民带来好处，能使国家永远安宁，所谓"民利百倍""民复孝慈""盗贼无有"(同上)，这就是所谓"无为而无不为"(第四十八章)，也就是所谓"道"，此乃老子哲学的核心范畴。

"道"是什么？《老子》开篇而谓："道可道，非常道。"据马王堆汉墓帛书《老子》，此"常"本为"恒"，也就是说作为永恒之"道"，是难以言说的。不仅难以言说，而且"视之不见""听之不闻""搏之不得"(第十四章)，所谓"惟恍惟惚"(第二十一章)，颇有扑朔迷离、难以捉摸之势。但另一方面，它又是"无状之状，无物之象"(第十四章)，也就是说仍有其"状"，仍有其"象"，那就仍然是可以认识的。《第二十五章》说：

> 有物混成，先天地生。寂兮寥兮，独立不改，周行而不殆，可以为天下母。吾不知其名，字之曰"道"，强为之名曰"大"。大曰逝，逝曰远，远曰反。故道大，天大，地大，人亦大。域中有四大，而人居其一焉。人法地，地法天，天法道，道法自然。

所以,"道"并不神秘,它是作为哲学家的老子的世界观。老子认为,天地自然是从"道"开始的,"道"乃天下之"母",所谓"天下有始,以为天下母"(第五十二章);有"道"然后有"天""地""人",这也就是所谓"四大"了。"四大"之中,人生于天、地之后,所以便有了"人法地,地法天,天法道,道法自然"的顺序。显然,老子既是在探讨世界的本原,又是在总结天地万物运行的规律;"道"是最真实的存在,又是最高的真理,同时也是天地自然运行的规律。所以,老子之"道"乃是实体、存在与规律、功能的统一体。一方面,它具有无所不在、产生万物的伟大力量;另一方面,它的运行变化,又完全是无意识、无目的的。但实际上,老子之"道"并没有或者无意于解决世界的本原问题,而是着力于探索世界产生和形成的特征及其规律。从而,老子之"道"给人印象最深,也是最为出色之处,就在于它的"自然",所谓"道法自然",所谓"莫之命而常自然"(第五十一章),这是"道"的特征,也是"道"的运行规律。"自然"的具体含义,便是所谓"道常无为而无不为"(第三十七章);"自然"与"无为而无不为"乃是二而一、一而二的东西,它们说明"道"的运行乃是不以人的意志为转移的一个相反相成的过程,这就是所谓"反者道之动"(第四十章)的含义了。

显然,老子对"道"的特征及其运行规律的描述,对刘勰"原道"之"道"是有重要启发的。《原道》叙述"文"之产生，一则曰"道之文也"，再则曰"自然之道也"，三则曰"夫岂外饰,盖自然耳"，这种对"自然"的肯定和重视，与老子所谓"道法自然"的观点可以说是一脉相承的。不仅《原道》一篇，而且刘勰在许多篇章都表现出对"自然"的重视和强调。《明诗》说："人禀七情，应物斯感，感物吟志，莫非自然。"这是用"自然"来说明文章必然具备抒情言志的特征。《体性》谈到艺术风格与作家个性的关系而谓："触类以推，表里必符，岂非自然之恒资，才气之大略哉？"这里则用"自然"说明，作家之个性必然表现于文章之中。《定势》论述文章之"势"说："势者，乘利而为制也。如机发矢直，涧曲湍回，自然之趣也。"这是用"自然"说明文章写作必须顺应文体的特点，也就是文章之"势"。《丽辞》谈到对偶的运用而谓："夫心生文辞，运裁百虑，高下相须，自然成对。"这是用"自然"说明，文章之有对偶，乃是自然形成的，是符合人的思维特点的。《隐秀》论述文章中的"秀句"说："故自然会妙，譬卉木之耀英华;润色取美,譬缯帛之染朱绿。"这里则是用"自然"强调说明，文章中的"秀句"必须自然形成，而不是刻意雕琢的。这些"自然"，都是关键之处的关键之语，其含义则都是自然而必然之意。这说明强调自然而然,乃是《文心雕龙》之基本的文学观念之一。

李泽厚、刘纲纪主编《中国美学史》第一卷曾指出："老子看到了大自然中一切事物的产生变化都是无意识、无目的的，但其结果却又都是合乎某种目的的。自然并没有有意识地要去追求什么，达到什么，但它却在无形中达到了一切，成就了一切。"从而，老子所谓"道"，所谓"无为而无不为"，也就包含了对必然与自由之关系的认识和理解。老子在此基础上而建立的许多并非文艺的命题，也就具有了文艺和审美的意义。也就是说，从本质上看，老子的"道"乃是必然与自由的统一，它"莫之命而常自然"，它"无为而无不为"，进入一种无目的而又合目的、合目的而又无目的的境界，也就是一种超越人为和功利的审美的境界。正因如此，老子关于"道"以及人如何把握"道"的种种描述和说明，虽非针对文艺和审美而言，却又显示出与文艺相通或相同的特征。老子谈论"道"的同时，实际上也就进入了审美和艺术的自由王国。其影响于文学艺术，也就是自然而必然的了。

从老子对"道"的描绘，我们确乎可以进入一种艺术的境界。"道之为物，惟恍惟惚。惚兮恍兮，其中有象；恍兮惚兮，其中有物；窈兮冥兮，其中有精"（第二十一章），"道"是恍恍惚惚，难以名状、难以把握的，然而"其中有象""其中有物"，它是"无状之状、无物之象"（第十四章）。也就是说，"道"是无形无象、不可名状的，其中却又包含着无穷的有形的万事万物；虽然人们感到深远幽眇而难以看清，但它们确实存在于无形的"道"之中。老子对"道"的这番描摹，把它看作对艺术境界以及审美心理的描述，则既极为朴素而又相当精彩。实际上，它深深地启发了后世对艺术意境的认识。晚唐司空图说："戴容州云：'诗家之景，如蓝田日暖，良玉生烟，可望而不可置于眉睫之前也。'象外之象，景外之景，岂容易可谈哉！"(《与极浦书》)所谓"诗家之景"，也就是诗歌的艺术意境。它就像"蓝田日暖，良玉生烟"的美景，远望十分清晰而美不胜收，近看却什么也没有。司空图把它概括为"象外之象，景外之景"。也就是说，它是一种形象、一种景色，因而是"可望"的。但这种形象、这种景色是第二层的，是在现实可感的形象、景物之上产生的虚的形象、景色，因而它又是"不可置于眉睫之前"的。这两个"象"、两个"景"密不可分，又并不相同：第一个"象"和"景"可以说是诗中的具体形象、景物，第二个"象"和"景"则是诗的意境。诗的意境要靠诗所描绘的具体形象、景物而产生，但诗中所描绘的形象、景物却未必可以产生意境，关键在于这种描绘是否能引发审美者的想象和联想，从而使其审美过程不再局限于作品所描写的具体的景色，而是在此之上产生丰富的意象群，即为作品所描写的具体之景所不能包括、不能涵盖的种种情调、情思、意象、韵味,有许多令你一时难以说出却又令你为之感动的东西,它们如此生动、鲜明而让你觉得呼之欲出,又是那样的朦朦胧胧、恍恍惚惚而让你觉得"视之不见""听之不闻""搏之不得",最终则陶醉于其中。所以,所谓艺术意境,从诗人、诗歌的角度而言,它是所谓"象外之象,景外之景",从审美者、读者的角度而言,这种审美的感觉,司空图用一个"味"字加以概括。他说:"愚以为辨于'味'而后可以言诗也。"(《与李生论诗书》)怎样才可"辨于味"呢?司空图说:"近而不浮,远而不尽,然后可以言韵外之致耳。"又说:"倘复以全美为工,即知味外之旨矣。"(同上)那么,所谓"辨于味",也就是能够体会"韵外之致""味外之旨",即在作品本身所提供的语言形式之外,能够发现、体味、领悟到更深一层的意蕴。

实际上,从老子对"道"的描摹,到司空图对艺术意境的概括,有不少中间环节,《文心雕龙》便是其中重要的一环。老子之"道"之所以能够通向艺术境界,除了上述所谓其实质乃是自由与必然的统一这一根本原因以外,更具体的原因则是"道"与大自然的亲近。从根本上说,老子的"道"属于生生不息的大自然,是人与自然的和谐统一,是一种返璞归真、"见素抱朴"(第十九章)的浑然天成之境。中国古代所谓艺术意境的实质,也正在于人与自然、情与景的和谐交融、完美统一。所谓"象外之象,景外之景",所谓"韵外之致""味外之旨",其产生的重要基础都是情和景的交融。在中国古代文论史上,《文心雕龙》以南朝山水文学为背景,第一次完整地阐述了情景交融的理论,从而上继老子、庄子对大自然的亲近之情,为司空图意境理论的形成奠定了重要的基础。《物色》所谓"岁有其物,物有其容,情以物迁,辞以情发",所谓"写气图貌,既随物以宛转;属采附声,亦与心而徘徊",所谓"目既往还,心亦吐纳……情往似赠,兴来如答",等等,都是对情景交融的明确要求。正是在此基础上,刘勰提出"物色尽而情有余"的写景要求,可以说为意境理论的产生做出了关键性的贡献。《隐秀》篇更有所谓"文外之重旨""义主文外"之说,也就是要求在作品语言之外具有某种含义和韵味,既与"物色尽而情有余"的要求相一致,更与司空图所谓"韵外之致"相统一。

老子哲学最为突出之处,乃是其丰富的辩证法思想,因此有些学者干脆称之为"老子辩证法"。老子辩证法的中心当然是"道",而如上所言,"道"的境界乃是通向美的境界、通向艺术的境界,因而老子辩证法的许多命题,给了后世文艺创作和理论以不尽的思想资源。

如《第二章》有云:

> 天下皆知美之为美,斯恶矣;皆知善之为善,斯

> 不善矣。故有无相生，难易相成，长短相形，高下相倾，音声相和，前后相随。是以圣人处无为之事，行不言之教。万物作焉而不为始，生而不有，为而不恃，功成而弗居。夫唯弗居，是以不去。

当天下人都知道什么是美的时候，"恶"也就显露出来了，也就知道什么是"恶"了；当天下人都知道什么是善的时候，当然也就知道什么是"不善"了。同样的道理，"有"和"无"，"难"和"易"，"长"和"短"，"高"和"下"，"音"和"声"，"前"和"后"，等等，都是相伴相随，在相互对立中而存在的；缺少了一方，另一方也就不存在了。如"有"和"无"，老子曾举过一连串的例子。他说："三十辐共一毂，当其无，有车之用。埏埴以为器，当其无，有器之用。凿户牖以为室，当其无，有室之用。故有之以为利，无之以为用。"（《第十一章》）这些说法未免有点过分，但器物能发挥作用，既有赖于其实体部分的存在，又确乎离不开其空无的部分；所以"无"并非绝对的虚无，而是孕育着"有"的因素，二者乃是不可分割的，这就是所谓"有无相生"了。一般人往往重视"有"却忽略"无"，因此老子特别强调"处无为之事，行不言之教"，实际上就是强调"无"之于"有"的重要性。这就像大自然的生生不已，"生而不有，为而不恃"；而惟其功成而不自居，其功绩才可以长久留存。这种充满生活智慧和哲理的辩证法，自然是可以通向文艺的。如刘勰在谈到诗歌的创作时说："然诗有恒裁，思无定位；随性适分，鲜能圆通。若妙识所难，其易也将至；忽以为易，其难也方来。"(《明诗》)这显然就是老子所谓"难易相成"之辩证法的运用。又如《神思》论述艺术构思而谓："夫神思方运，万涂竞萌；规矩虚位，刻镂无形。"这里便包含着化无形为有形的"有无相生"的艺术辩证法。再如《物色》总结《诗经》对自然景色的描绘，曾提出一条重要的原则："以少总多，情貌无遗"，以最为精练的语言概括丰富多彩的内容，从而表现出事物的完整情状。这种见解，可以说是深得老子所谓"少则得，多则惑"(《第二十二章》)之"少"与"多"的辩证法精髓的。

至于《文心雕龙》对《老子》一书的征引，亦并不鲜见。如《情采》说："老子疾伪，故称'美言不信'；而五千精妙，则非弃美矣。"不仅征引老子之语，且予以很高的评价。《总术》篇则两次征引老子之语，一则曰："落落之玉，或乱乎石；碌碌之石，时似乎玉。"这是化用《第三十九章》所谓"不欲琭琭如玉，珞珞如石"之句，用以说明文章之技巧的运用有时是很难分辨的。再则曰："所以列在一篇，备总情变；譬三十之辐，共成一毂。"这是化用上述《第十一章》之句，用以说明《总术》篇之重要性。又如《知音》篇论述文章的鉴赏而谓："夫唯深识鉴奥，必欢然内怿；譬春台之熙众人，乐饵之止过客。"这里则征引了《第二十章》所谓"众人熙熙，如享太牢，如登春台"以及《第三十五章》所谓"乐与饵，过客止"之句，用以说明文章鉴赏只有深入作品的内部并把握其独特之点，才能真正得到美的享受。这一引用不仅是确切的，也是非常重要的。

（2）庄子之化

生活于孔子死后一百五十多年的庄子，比孔子、老子更加清楚地看到了当时社会的种种虚伪和残暴，看到了孔子所鼓吹的那套仁义之道，其实是行不通的。不但行不通，而且恰好被统治者所窃取，成为其营私利己的工具。所谓"彼窃钩者诛，窃国者为诸侯，诸侯之门而仁义存焉，则是非窃仁义圣知邪？"（《庄子·胠箧》，本节下引《庄子》，只注篇名）这种对当时社会深切而清醒的认识，是先秦各派难以比拟的。庄子还发人深省地提出："意仁义其非人情乎？彼仁人何其多忧也？"（《骈拇》）孔子不是说"仁"是人的本性吗？那么为什么那些真正行仁义者却并无好结果呢？庄子认为，人们之所以要相互救助、实行所谓仁义之道，其实是不得已的，是不自由的结果。他用一个寓言来说明这个道理："泉涸，鱼相与处于陆，相呴以湿，相濡以沫，不如相忘于江湖。"（《大宗师》）"相呴以湿，相濡以沫"看上去悲壮而令人感动，却不如顺其天性，在大江大湖中自由自在地生活，这便是所谓"大仁不仁"（《齐物论》）、"至仁无亲"（《天运》）的道理。于是，反对人的异化、追求人的自由，便成为庄子思想的核心。这一核心乃是通过对"道"的论证来展开并达到的，"道"仍然是庄子哲学的中心范畴。

庄子之"道"紧承老子。庄子论"道"的语言可以说更为清楚明白而彻底，但其所谓"道"却更为复杂而迷离恍惚。《大宗师》说："夫道，有情有信，无为无形；可传而不可受，可得而不可见；自本自根，未有天地，自古以固存；神鬼神帝，生天生地；在太极之先而不为高，在六极之下而不为深，先天地生而不为长久，长于上古而不为老。""道"是真实的存在，在没有天地之前，它已经有了，它产生了鬼神上帝，产生了天地，它在一切之上又在一切之中；然而它又没有作为也没有痕迹，可以心传而不能口授，可以体会而无法看见，所谓"道不可闻，闻而非也；道不可见，见而非也;道不可言，言而非也！"（《知北游》）实际上，"道"的特征仍然在于自然无为，它表现为万物的自生自化，而其自身也就在这万物之中。所谓"天不得不高，地不得不广，日月不得不行，万物不得不昌，此其道与"（同上）。所以，"道"是一切，一切就是"道"。而这一切，正如李泽厚先生所指出，"都只是为了要突出地树立一种理想人格的标本","'道'并不是自然本体,而是人的本体",庄子提出的是"人的本体存在与宇宙自然存在的同一性"问题(见其《中国古代思想史论》)。所以,庄子强调人要与整个自然、宇宙合而为一,所谓"天地与我并生,而万物与我为一"(《齐物论》),最终则达到泯物我、超利害、同生死、一寿夭的境界,成为理想中的所谓"至人""真人""神人"。实际上,庄子是在力求消除人类社会越来越严重的"异化",通过回归自然而达到个体的自由和无限;而人的异化之消除,个体自由和无限之实现正是美的本质所在,所谓"美是自由的象征"。所以,李泽厚先生说:"就实质说,庄子哲学即美学。"(见其《中国古代思想史论》)也正因如此,庄子的许多命题与文学艺术精神是息息相通的;较之老子,庄子思想对中国文艺理论产生了更为普遍、重要而深远的影响。

第一是所谓"天地之美"。庄子宣称"天地有大美而不言"(《知北游》),实际上是说美存在于大自然之中,所以"圣人者,原天地之美而达万物之理"(同上),也就是必须以"天地之美"为根本,方能深入"万物之理",与其融合为一。这里的"原"既有以之为本的意思,又有完整、还原之意,也就是不能破坏"天地之美"。所以庄子反对"判天地之美,析万物之理",以至"寡能备于天地之美,称神明之容"(《天下》),也就是破坏了天地之美以及事物之理的完整性，以至不能"原天地之美"并与其相称了。"天地"之所以有"大美"，是因为它体现了"道"的自然无为的根本特性；剖开、肢解（"判"）这种美，当然也就违反了"无为而无不为"的原则，也就破坏了这种美的完整性，它就不再是"大美"了。所以，庄子之"大美"，既与一般所谓"美"相通，又并不完全相同。它强调的是客观世界原始自然的完整和和谐。《庄子》一书中，到处可见这种对天地之自然无为的热烈歌颂，所谓"刻雕众形而不为巧"（《大宗师》），所谓"莫之为而常自然"（《缮性》），等等。这种对"天地之美"的空前肯定和发掘，对中国古代文学艺术的发展产生了不可估量的影响。刘勰不仅在《原道》篇中充分肯定了自然之美，所谓"道之文"，而且更以《物色》篇探讨了自然之美对文章的重要意义。所谓"春秋代序，阴阳惨舒；物色之动，心亦摇焉"，所谓"岁有其物，物有其容；情以物迁，辞以情发"，对文章与自然关系的论述使《物色》成为《文心雕龙》最为出色的篇章之一。刘勰说："若乃山林皋壤，实文思之奥府。"又说："屈平所以能洞监'风''骚'之情者，抑亦江山之助乎！"所谓"山林皋壤"之说，正来自《知北游》："山林与，皋壤与，使我欣欣然而乐与！"文章得"江山之助"，成为中国古代文学创作的一条重要规律。

第二是所谓"素朴之美"。天地之所以有"大美"，乃因其"莫之为而常自然",也就是杜绝了一切的人为和造作,庄子谓之"法天贵真"(《渔父》);所谓"天",所谓"真",也即是一种原始的素朴,即事物的本来面目,是从未加以修饰的东西。所谓"明白入素,无为复朴"(《天地》),这个"朴"显然就是与"道"密不可分的东西,或者说它就是"道"的异名,也就与"美""真"完全一致了。所以庄子说"素朴而天下莫能与之争美"(《天道》)、"澹然无极而众美从之"(《刻意》),也就是说"素朴""澹然"之美乃是美的极境。庄子明白地说:"素也者,谓其无所与杂也;纯也者,谓其不亏其神也。能体纯素,谓之真人。"所以,自然、纯真、朴素,其意一也。不过,庄子也认为雕琢与朴素是可以统一起来的,他曾说:"既雕既琢,复归于朴。"(《山木》)并非不要雕琢,但雕琢的结果应当重新回归素朴。庄子这种对天然之美、素朴之美、平淡之美的推崇,深深地影响到中国古代美学和文艺理论。《文心雕龙》既以"雕龙"命名,认为"古来文章,皆以雕缛成体"(《序志》),但又坚决反对过分的雕琢,而强调"自然"之美。刘勰在《情采》篇中说:

> 庄周云"辩雕万物",谓藻饰也。……藻饰以"辩雕",文辞之变,于斯极矣。……则见华实过乎淫侈。若择源于泾渭之流,按辔于邪正之路,亦可以驭文采矣。

刘勰这里所引庄子的原话是："辩虽雕万物，不自说也。"(《天道》)其意与"既雕既琢，复归于朴"相同，都是说无论怎样加以雕琢，最终仍要归于素朴之境。应该说，刘勰并没有完全按照庄子的原意去理解，但其强调不能过分地雕琢，则是符合庄子之论的精神实质的。《情采》又说：

是以联辞结采，将欲明理；采滥辞诡，则心理愈翳。固知翠纶桂饵，反所以失鱼。"言隐荣华"，殆谓此也。

刘勰认为，运用文采的目的，在于表现作者的思想感情；如果文采泛滥而怪异，那么作者的内心世界反而更加模糊不清。这就像钓鱼一样，华丽的钓绳和名贵的鱼饵，反而将鱼吓跑了。刘勰进而引用庄子"言隐于荣华"(《齐物论》)之论，以佐证自己的观点。《情采》还说："《贲》象穷白，贵乎反本。"《周易》之"贲卦"本来是讲文饰的，但其最后说"白贲无咎"，所以王弼注云："处饰之终，饰终反素，故在其质素，不劳文饰而无咎也。"无论如何修饰，最终仍然以不事雕琢为根本，也就是刘勰所谓"贵乎反本"之意了。这与庄子所谓"明白入素""复归于朴"等等，是颇为一致的。

第三是所谓"身与物化"。"道"在自然无为，"天地有大美而不言"，所以庄子强调"法天贵真"，崇尚素朴之美；而要求"身与物化"，达到物我两忘，使主体与客体

融合为一,则可以说是"法天贵真"的具体化。什么是"物化"?《齐物论》用一则寓言加以说明:

> 昔者庄周梦为蝴蝶,栩栩然蝴蝶也,自喻适志与,不知周也。俄然觉,则蘧蘧然周也。不知周之梦为蝴蝶与,蝴蝶之梦为周与?周与蝴蝶则必有分也。此之谓物化。

谁梦为谁,本来是很清楚的,但所谓"不知周之梦为蝴蝶与,蝴蝶之梦为周与",却绝非明知故问,更不是痴人说梦。有此一问,方不至于有物、我之分而真正臻于"物化"之境,所谓"天地与我并生,而万物与我为一"(《齐物论》),所谓"不知所以生,不知所以死,不知就先,不知就后,若化为物"(《大宗师》)。所以,庄子所谓"物化",重在"一",重在"化",要求主体、客体完全融合为一而无所分别。这种"身与物化"之说,对刘勰的艺术构思论有重要的影响和启发。《神思》概括艺术构思的特点是"神与物游",我觉得,这一概括与《庄子》一书可能是有关系的。庄子不仅有"物化"之说,而且不止一次地提到"心与物游"的问题,如"乘物以游心"(《人间世》)、"游乎天地之一气"(《大宗师》)、"以游无极之野"(《在宥》)、"出入六合,游乎九州"(同上)、"游乎万物之所终始"(《达生》),等等。这些"游",都不是一般的游历、游观之意,而主要是一种精神的想象活动,在想象中人的精神与大自然融为一体了。刘勰所谓"思接千载""视通万里"(《神思》)的超越时空的艺术构思活动,与庄子之所谓"游"是颇有相同之处的。当然,刘勰之后,"物化"思想更被直接引入文艺理论。如苏东坡诗云:"与可画竹时,见竹不见人。岂独不见人,嗒然遗其身。其身与竹化,无穷出清新。庄周世无有,谁知此疑神。"(《书晁补之所藏与可画竹三首》)苏东坡确乎比较准确地领悟了庄子之"身与物化"的境界,但刘勰应该是较早受到庄子启发的文艺理论家。

第四是所谓"虚静"。怎样才能达到"身与物化"、物我合一之境呢?庄子继承老子"致虚极,守静笃"(《老子》第十六章)以及"涤除玄览"(同上第十章)等思想,认为"虚静"乃是泯物我、同生死、超利害的具体途径或手段,即只有心灵上达到"虚静",才能做到物我合一,才能达到"道"的境界。庄子说:"水静犹明,而况精神!圣人之心静乎!天地之鉴也,万物之镜也。夫虚静恬淡寂寞无为者,天地之平而道德之至也。……夫虚静恬淡寂寞无为者,万物之本也。"(《天道》)静止的水可以照见人形,水静而明;人要察于天地万物,与物合一,当然更需要精神上的"静"。而"静"便引向"虚",所谓"静则明,明则虚,虚则无为而无不为也。"(《庚桑楚》)所以,"虚静"乃是通向自然无为之途的必由之路。那么,什么是"虚"呢?庄子说:

"若一志,无听之以耳而听之以心,无听之以心而听之以气。听止于耳,心止于符。气也者,虚而待物者也。唯道集虚。虚者,心斋也。"(《人间世》)也就是说,要摒弃所有的耳目心知等感觉器官,排除任何外界的干扰,用无声无息的"气"来"虚而待物"。所以"虚"便是"心斋",犹如心灵的"斋戒",所谓"疏瀹而心,澡雪而精神"(《知北游》),乃是精神的彻底洗礼和净化。刘勰论述艺术构思时明确指出:"陶钧文思,贵在虚静;疏瀹五脏,澡雪精神。"(《神思》)用语直本庄子,其所谓"虚静",与庄子之论是一脉相承的。宋代的苏轼亦云:"欲令诗语妙,无厌空且静。静故了群动,空故纳万境。"(《送参寥师》)艺术构思时要有空明的心境,成为艺术创作的一条重要规律。

第五是所谓"言不尽意"。庄子谈论言、意关系,乃是为了充分说明"道"的特点。其云:"道不可闻,闻而非也;道不可见,见而非也;道不可言,言而非也。"(《知北游》)庄子明确地讲"道"是"不可言"的,然而他的整个哲学即以"道"为核心,无时无刻不在谈"道";不仅要"言",而且要从各个方面把"道"讲深、讲透、讲清楚。这是不是自相矛盾?其实,庄子之谓"道不可言",谈的是"道"的特点,而绝不是说"道"用不着去说。"道"是普遍、无限、绝对,不是一个有形有色的东西,不能作为一个具体事物加以描述和规定。庄子说:"可以言论者,物之粗也;

可以意致者，物之精也；言之所不能论，意之所不能察致者，不期精粗焉。"(《秋水》)所以，庄子并未否定语言的表达功能，但他认为言、意是有差别的，言只能论"物之粗"，而意则可以达到"物之精"。这也就意味着，言是用来表达意的，所谓"语之所贵者，意也"(《天道》)，但语言又是不能尽意的。庄子的这一思想引发了魏晋玄学中的所谓"言意之辨"，并进而引起文论家们的注意。陆机就说，文章写作中"恒患意不称物，文不逮意"(《文赋》)，言、意矛盾成为文学创作所要解决的一个根本问题。刘勰则进一步指出："方其搦翰，气倍辞前；暨乎篇成，半折心始。何则？意翻空而易奇，言征实而难巧也。"(《神思》)刘勰以为，"言不尽意"的原因在于言实而意虚，以实逐虚便有很大的困难。这些认识，与庄子关于言意关系的论述是有某种内在联系的。

3. 玄佛之用

如前所述，魏晋南北朝时期思想领域的突出特点乃是儒道玄佛思想的大融合，身处其中的刘勰自然不可能不受到影响。事实正是，刘勰既以儒家思想为根本，复以道家思想为重要的参照，同时又充分吸收和运用玄学、佛学的思想成果。

（1）玄学之辨

《论说》有云："迄至正始，务欲守文；何晏之徒，始盛玄论。于是聃、周当路，与尼父争涂矣。……迄江左群谈，惟玄是务；虽有日新，而多抽前绪矣。"刘勰不仅指出玄学盛于正始年间，且说明其主要内容乃是老庄思想。而所谓"与尼父争涂"，则既说明玄学之盛，亦揭示出儒学与玄学之并行不悖的时代思潮。同时，刘勰还指出东晋以后虽"惟玄是务"，且亦有一些新的内容，但主要还是延续前代的话题。可以看出，刘勰对玄学的发展过程及其特点是了然于心的。

不少学者已经指出，《文心雕龙》受到玄学的重要影响。如王运熙先生说："《文心雕龙·原道》强调文源于道，强调自然，这种思想实际受到当时玄学的影响。"（见其《文心雕龙探索·〈文心雕龙·原道〉和玄学思想的关系》）不仅《原道》，《文心雕龙》的许多思想实际上都留下了玄学影响的痕迹。正如李泽厚、刘纲纪主编《中国美学史》第二卷所说："虽然在齐梁之后，玄学论辩之风渐趋消歇，但它对美学的影响，在看来是标榜儒学的刘勰的《文心雕龙》中也仍然留下了很深的印痕。"有的学者甚至认为："刘勰思想虽倾向儒家，而在理论上则多接受玄学影响，否则是不能形成他的博大的文论体系的。"（见任继愈主编《中国哲学发展史》魏晋南北朝卷）此论虽觉尚有明而未融之处，但《文心雕龙》博大精深之理论体系的形成，与玄学思维方式的影响确是有关系的。

考察玄学对《文心雕龙》的影响，首先需要明确的一个问题是，玄学虽以老庄思想为本，所谓"聃、周当路"，但玄学却不等于老庄思想。南北朝人多称玄学为"三玄"，即《周易》《老子》和《庄子》，正说明玄学非止老庄之学；更重要的则是，时代不同了，玄学之谈老庄，肯定有着自己的理解和特点，否则也就不成其为"玄学"了。正如牟世金先生所说："魏晋玄学是在特定的历史条件下产生的特定思想。当时是儒而非儒，无道而有道的复杂情形，是复杂的魏晋现实决定的。因此，必须看到这时的老庄思想具有浓厚的时代特点，它不再是先秦老庄思想的原貌了，而是魏晋玄学。"（见其《雕龙后集·玄学与文学》）魏晋玄学的许多重要命题，确乎都带有这种"是儒而非儒，无道而有道"的特点。其于《文心雕龙》的影响，也就与儒家思想、道家思想的影响结合在一起，情形是颇为复杂的。

譬如，《原道》论述人文之产生而谓："心生而言立，言立而文明，自然之道也。"其中"自然之道"一词在玄学中是经常可见的。如王弼《老子注》云："夫晦以理物则得明，浊以静物则得清，安以动物则得生，此自然之道也。"又说："夫御体失性，则疾病生；辅物失真则疵衅作；

信不足焉,则有不信,此自然之道也。"又如阮籍《达庄论》说:"夫山静而谷深者,自然之道也。"那么,刘勰所谓"自然之道"是否就取自玄学呢?我觉得,二者在理论内容上有一致之处,但刘勰的"自然之道"却未必取法玄学。从《原道》篇的论述思路来看,刘勰从天地之文讲起,认为天有天之文、地有地之文,动植万物亦无不各有其文,从而得出人类有文乃是自然而必然的结论。这种所谓"自然之道",就更靠近老子的"人法地,地法天,天法道,道法自然"(《老子》第二十五章),而又以《周易》关于天、地、人的学说为基础。所以,尽管字面上其与玄学并无二致,但其精神实质却是各异其趣的。

实际上,玄学的自然观并非对刘勰没有影响,但这个影响主要不在"自然之道"上,其中的道理就在于玄学之所谓"自然",与老庄的"自然"既有其联系,更有着重要的区别。玄学之"自然",乃是与"名教"相对应以至对立的特殊概念。这种对应和对立,则是汉末之后儒学衰微而思想解放的结果。其与老庄思想有着不可分割的联系,乃在于道家尤其是庄子原本就有着对儒家仁义之道的批判,这是"自然"与"名教"相对立的思想基础。但道家之批判仁义之道,最终是要回归"无为而无不为"的小国寡民的状态。而玄学家们之于"名教",最终则是要彻底地超越,所谓"越名教而任自然"(嵇康《释弘论》)。这里的"自然"也就与先秦道家之"自然"大异其趣了。虽然嵇康也说:"洪荒之世,大朴未亏,君无文于上,民无竞于下,物全理顺,莫不自得;饱则安寝,饥则求食,怡然鼓腹,不知为至德之世也。"(《难自然好学论》)与老庄所描述的远古洪荒之世颇为相近,但嵇康却并非要回到小国寡民的远古社会。他的着眼点在于批判儒家"名教",认为其"造立仁义以婴其心,制其名分以检其外,劝学讲文以神其教"(同上),完全违背了人的自然本性,是对人性的束缚和压抑,所谓"六经以抑引为主,人性以从容为欢;抑引则违其愿,从欲则得自然"(同上)。所以,这个"自然"乃是人的自然本性,是人性的自由。所谓"越名教而任自然",乃是追求人性的解放和自由,使人回到人本身。魏晋之人经常可见的那种任性放达、不拘于俗、率性而为的种种举动,正是这种"自然"思想的具体体现。魏晋时代被认为是"人的自觉"的时代,这种"越名教而任自然"的思想和行动正是最为集中的体现。

"人的自觉"也带来了"文的自觉",而所谓"文的自觉",最为重要的一点应是"文"之抒情性。对"情"之重视正是玄学之"自然"观的题中应有之义,所谓"有生则有情,称情则自然得"(向秀《难养生论》),所谓"情之所钟,正在我辈"(王戎语,见《世说新语·伤逝》),已经成了时代的共识。从而,人性人情、至性真情的充分展现，也就成了文章写作的必然要求。正是在这里，《文心雕龙》与玄学之"自然"观便有着重要的内在联系。《明诗》篇所谓"人禀七情，应物斯感；感物吟志，莫非自然"，这里的"自然"就确乎有了玄学的影子。更重要的是，《文心雕龙》之"以情为本，文辞尽情"的创作论体系，与"情之所钟，正在我辈"的思想是极为吻合的。《情采》篇所痛斥的那种"志深轩冕，而泛咏皋壤；心缠几务，而虚述人外；真宰弗存，翱其反矣"的创作弊端，也正是玄学中人所极力反对的。所谓"心缠几务"，也正来自嵇康所谓"机务缠其心，世故烦其虑"（《与山巨源绝交书》）。刘勰对阮籍和嵇康的评价是："嵇康师心以遣论，阮籍使气以命诗，殊声而合响，异翮而同飞。"所谓"师心以遣论"，所谓"使气以命诗"，都是对其作品充分表现个性、表现真情的肯定和赞扬。《体性》篇论述艺术风格而谓"各师成心，其异如面"，此语既本于庄子所谓"随其成心而师之"（《庄子·齐物论》），更以玄学之"自然"观为背景，不仅是对艺术风格多样化的肯定，更是对发扬作家之个性的大力提倡；其与玄学对人之个性和性情的充分重视，可以说是一脉相承的。

魏晋玄学对人性、人情的重视，不仅表现在一般地肯定人之性情自然，而且更深入人的性情内部，进行细致的剖析。所谓性情之辨、才性之辨等等，都是盛极一时的论题。

刘劭《人物志》说:"盖人物之本,出乎情性;情性之理,甚微而玄。"(《九征》)正是在以性情为人之本的思想前提下,人们对种种"微而玄"的"情性之理"进行细致而深入的剖析。如曹魏时的钟会便有所谓"才性四本论",《世说新语·文学》刘孝标注引《魏志》说:"四本者,言才性同、才性异、才性合、才性离也。"其具体内容虽已不得而知,但其对才性辨析之精是可以想见的。其他如魏代的傅嘏、西晋的袁准亦都有《才性论》,自然也是对人的才性进行论辨之作。刘劭《人物志》有云:"夫人材不同,能各有异。"又说:"夫能出于材,材不同量。"(《材能》)所以,无论才性之辨的具体内容如何,其实质乃是承认人的才能有大小、个性有不同,从而充分重视人的个性,尊重人的个性差异。也正是这一点,得到了文论家们的普遍认同。正如任继愈等先生所说:"此种才性论运用于文学,将创作风格与作家才性相联系,从而提高了文学批评的理论水平。"(见任继愈主编《中国哲学发展史》魏晋南北朝卷)

就《文心雕龙》而言,刘勰实际上已经不仅仅是运用"才性论"的理论成果的问题,而是对才性之于文章的种种关系有着自己相当深入的研究了。毋宁说,刘勰其实也是"才性论"的重要一员。从对具体作家的评论,到艺术风格的研究;从文章体裁的风格,到历代文章的发展变化;从文章的写作到文章的欣赏:刘勰无不着眼作家个性的不同而进行具体的评论和研究，以至于建立起自己的"风格学"（詹锳先生有《文心雕龙的风格学》一书）。如《明诗》说：

> 若夫四言正体，则雅润为本；五言流调，则清丽居宗：华实异用，惟才所安。故平子得其雅，叔夜含其润，茂先拟其清，景阳振其丽；兼善则子建、仲宣，偏美则太冲、公幹。然诗有恒裁，思无定位；随性适分，鲜能圆通。

这里研究的是作家的才性与文体的风格问题。刘勰认为，应当根据作家才性的不同，选择适合自己的诗歌体裁，所谓"惟才所安""随性适分"。再如《神思》说：

> 人之禀才，迟速异分；文之制体，大小殊功。……若夫骏发之士，心总要术，敏在虑前，应机立断。覃思之人，情饶歧路，鉴在疑后，研虑方定。机敏故造次而成功，虑疑故愈久而致绩。

这里研究的既有作家才性与文章体制的关系问题，更分析了作家才性与艺术构思以及整个创作的关系问题。刘勰认为，人的才能不同，文章写作自然快慢有别。但他强调"难易虽殊，并资博练；若学浅而空迟，才疏而徒速，以斯成器，未之前闻"。这就不仅充分重视了作家之个性和才能，而且摆正了其在创作中的正确地位。可以说，刘勰的作家才性论是颇有自己的创造性的。又如《知音》说：

> 夫篇章杂沓，质文交加；知多偏好，人莫圆该。慷慨者逆声而击节，酝藉者见密而高蹈，浮慧者观绮而跃心，爱奇者闻诡而惊听。会己则嗟讽，异我则沮弃；各执一隅之解，欲拟万端之变。所谓"东向而望，不见西墙"也。

这是研究人的个性与作品欣赏的关系问题。刘勰认为，人的个性不同，爱好便有差异，从而对作品的欣赏便有种种复杂的情况。这里，刘勰仍然没有迁就于人的个性，而提醒人们不要由于个性的不同而产生对作品的偏见；应当说，这不仅是正确的，而且是深刻的。至于《体性》《才略》等篇，则无论篇题还是内容，都表现出对作家才性与作品关系之充分重视和深入研究。所以，刘勰关于作家才性与文章之关系的研究，实际上已经构成了六朝时期"才性论"的一道独特的风景。

魏晋玄学对《文心雕龙》的影响，除了许多具体论题的内容以外，更重要的还在于思维方式。玄学对许多问题的种种辨别、论辩，其思维方式的精密和细致，对《文心雕龙》之体大思精理论体系的建构是有重要启发作用的。《论说》篇评价曹魏时期众多玄学论著，如傅嘏的《才性论》、王粲的《去伐论》、嵇康的《声无哀乐论》、夏侯玄的《本无论》、王弼的《易略例》、何晏的《道德论》等等，认为它们"并师心独见，锋颖精密，盖人伦之英也"。评价如此之高，不能不说刘勰是有所偏爱的。而所谓"师心独见，锋颖精密"，则极为准确地道出了刘勰所推崇的理论著作所应达到的境界，那就是既要有独创性，又要论说有力而思维缜密。《序志》所谓"有同乎旧谈者，非雷同也，势自不可异也；有异乎前论者，非苟异也，理自不可同也"，正是"师心独见"的最好说明。而所谓"岂好辩哉？不得已也"，则正说明刘勰所追求的理论锋芒。至于刘勰一再提到的"弥纶群言"的目标，也正是对思维精密而全面的自觉要求。所以，刘勰所谓"师心独见，锋颖精密"，不仅准确地概括了玄学的思维特点和方式，更以之作为自己的理论追求。衡诸《文心雕龙》本身，应该说刘勰是达到了这一理论目标的。

从刘勰具体的论证过程，也是可以看出玄学思维方式之影响的。王弼《老子指略》有云：

> 夫欲定物之本者，则虽近而必自远以证其始；夫欲明物之所由者，则虽显而必自幽以叙其本。故取天地之外，以明形骸之内；明侯王孤寡之义，而从道一以宣其始。故使察近而不及流统之原者，莫不诞其言以为虚言。

要论述事物的根本，即使看上去近在眼前，也必须追根求源,所谓"虽近而必自远以证其始"。要明确问题的来龙去脉,即使看起来非常明显,也必须探幽触微,所谓"虽显而必自幽以叙其本"。要明确"形骸之内"的细致问题,就要从天地之外的道理讲起;要懂得"侯王孤寡之义"这样的具体事情,就必须从最根本的"道"说起。所以,观察眼前的事情,却不能停留在眼前,而必须追本溯源。否则,那就可能成为荒诞之说、虚妄之言。应该说,玄学的这种思维方式确是较为先进的。其于认识事物的本质及其规律,是颇有帮助的。试看《文心雕龙》的《原道》篇,论述人类之文而从天地分判讲起,从天地之文讲起,从动植之文讲起,不正是"自远以证其始""自幽以叙其本"吗?这种追源溯流、探本穷原的思维方式,可以说贯穿《文心雕龙》之始终。

(2)佛学之境

《文心雕龙》与佛学的关系,"龙学"家们的意见颇不一致。已故"龙学"家马宏山先生曾认为,《文心雕龙》的前五篇乃是"全书的纲","其中一以贯之的是作为佛家思想的'道'。刘勰的指导思想是以佛统儒,佛儒合一"(《论〈文心雕龙〉的纲》,《中国社会科学》1980年第4期)。马先生的观点在"龙学"界很有名,但多数研究者却不同意他的说法。如已故"龙学"家李庆甲先生便针锋相对地指出:

"《文心雕龙》的思想体系属于儒家,书中不仅未见有什么佛学唯心主义的思想因素,而且其基本倾向是与之相对立的。"(《〈文心雕龙〉与佛学思想》,《文学评论丛刊》第十三辑)作为中国哲学史和佛教史专家的孔繁先生也认为:"刘勰作为虔诚的佛教徒,他在《文心雕龙》这样一部重要的著作中,非但没有采纳佛教思想,而且表现出明显的唯物主义无神论倾向,实在是难能可贵的。"(《刘勰与佛学》,《中国社会科学》1983年第4期)应该说,作为一部"论文"之作,《文心雕龙》不采纳佛教思想,也是可以理解的;但"作为虔诚的佛教徒",其著作却与佛学相对立,则又似乎于理难通。

从上述对《文心雕龙》思想渊源的考察已经可以看出,说《文心雕龙》"一以贯之的是作为佛家思想的'道'",显然是不能成立的。但说《文心雕龙》没有采纳佛教思想,也并不完全符合事实。众所周知,《论说》篇在谈到魏晋玄学中的"有无之辨"时说:

> 然滞有者,全系于形用;贵无者,专守于寂寥:徒锐偏解,莫诣正理。动极神源,其般若之绝境乎!

刘勰认为,"有无之辨"的双方都有偏颇。注重"有"的人,完全拘泥于具体的有形之用;崇尚"无"的人,则又坚守着空寂的无形之说:结果都没有认识到事物的"正理"。刘勰说，归根结底，大乘般若学所讲才是"有""无"问题的"正理"。这个"正理"，也就是"非有非无，非实非虚"（僧肇《般若无知论》）之"绝境"。其实，即使抛开刘勰所谓"绝境"的具体内容不论，也足以说明刘勰至少是无意于将《文心雕龙》与佛学对立起来的。当然，刘勰这里并非专论佛学，而只是顺便为论；但这只能说明，《文心雕龙》是文论，没有必要大讲佛学；而在刘勰的心目中，佛学是有着崇高地位的。

这一崇高地位，刘勰在其佛学论文《灭惑论》中作了充分的表述。《灭惑论》乃针对南齐顾欢道教著作《三破论》而作，反映出当时道、佛之间的辩难和论争。《三破论》以为，"道家之教"与"佛家之化"有着根本的不同，佛教"入国而破国""入家而破家""入身而破身"（是为"三破"），所以"中原人士"应当奉道而不能信佛（见《灭惑论》所引，本节下引《灭惑论》不注）。既然《三破论》从总体上对佛教进行了否定，刘勰也就必须从根上回答佛教的合理性问题。因此，可以说《灭惑论》较为全面地反映了刘勰关于佛学的基本思考；同时，他所要回答的《三破论》所提出的种种问题，相当广泛地涉及了世界人生的方方面面，从而《灭惑论》也是刘勰难得的哲学论文。

《灭惑论》的中心是"道"。《三破论》有云："道以气为宗，名为得一；寻中原人士，莫不奉道。今中国有奉佛者，必是羌胡之种;若言非邪,何以奉佛?"这里所谓"道",主要是"道家"之意,作者着眼的是道、佛之对立;所谓"以气为宗",则是说道家以练气为宗旨。至于说信佛者"必是羌胡之种",则就没有什么道理了。针对《三破论》的这段话,刘勰阐述了自己对"道"的观点。这个"道"已与《三破论》所谓"道"根本不同,而是刘勰用以观照道家、佛学以至世界人生的思想武器了。其云:

> 至道宗极,理归乎一;妙法真境,本固无二。佛之至也,则空玄无形,而万象并应;寂灭无心,而玄智弥照。幽数潜会,莫见其极;冥功日用,靡识其然:但言万象既生,假名遂立;梵言菩提,汉语曰道。其显迹也,则金容以表圣;应俗,则王宫以观生。拔愚以四禅为始,进慧以十地为阶;总龙鬼而均诱,涵蠢动而等慈。权教无方,不以道俗乖应;妙化无外,岂以华戎阻情?是以一音演法,殊译共解;一乘敷教,异经同归。经典由权,故孔释教殊而道契;解同由妙,故梵汉语隔而化通。但感有精粗,故教分道俗;地有东西,故国限内外:其弥纶神化、陶铸群生,无异也。

这真堪称一篇"道"论。有的研究者从"梵言菩提,汉语曰道"这八个字,断定这里的"道"就是"佛道"一词的异名,从而与《文心雕龙》之"道"截然不同;《文心雕龙》的研究中,也确实很少有人问津《灭惑论》之"道",大约就是因为这个"道"乃是"菩提",与《文心雕龙》所谓"自然之道"相左。然而,刘勰所谓"但言万象既生,假名遂立;梵言菩提,汉语曰道",其实恰恰又可以说,所谓"菩提",所谓"佛道",不过是"道"的异名。所以,《灭惑论》确是在为佛教辩护,刘勰确是给了佛学以崇高的地位,但其立场却未必仅仅局限于一个虔诚的佛徒。据牟世金先生考证,《灭惑论》撰成于《文心雕龙》之前(见其《刘勰年谱汇考》),当时的刘勰虽身居佛寺却并未出家,而是做着"随仲尼而南行"(《序志》)的美梦,所以也就说不上是虔诚的佛徒。更重要的是,《灭惑论》的论述方式显示出,刘勰实际上是站在相当超脱的立场上来为佛教辩护的;也就是说,虽然与《三破论》进行论辩的目的已经决定了《灭惑论》必须扬佛抑道,但刘勰又力求站在更高的角度对佛道之争进行审视;从而,刘勰的辩护在很大程度上是超越门户之见的。这就是《灭惑论》既是佛学论文,却又让人感觉不够内行的原因。王元化先生早就指出:"《灭惑论》在佛教义学方面并没有什么独到的见解,其中许多说法都承袭旧作,雷同前说,很难据以分析刘勰的佛学思想。"(见其《文心雕龙创作论·〈灭惑论〉与刘勰的前后期思想变化》)孔繁先生也指出:"刘勰关于佛教的著作保存下来甚少,其《灭惑论》不过是站在护法立场上为佛教作辩护，所论为大乘空宗一般见解，无甚创建。"(《刘勰与佛学》，《中国社会科学》1983年第4期)两位先生的见解自然是可信的。我们未尝不可以说，刘勰本无意于在佛学上有所建树。而这恰恰提醒我们，刘勰所谓"道"，未必是"佛道"，而只是他自己对世界人生的哲学思考。

《三破论》把"道"与"佛"相对立，刘勰却说："至道宗极，理归乎一；妙法真境，本固无二。"所以，这个"至道"，这个"妙法真境"，也就不仅指"佛道"，而是涵盖众有、包容各方。从而，所谓"空玄无形，而万象并应；寂灭无心，而玄智弥照"，既是"佛之至也"，是"佛道"，却又不仅是"佛道"，而是与包容各家的"至道"相一致。"空玄无形"与"寂灭无心"互文足义，看似虚无，实则是要求以一种清澈澄明的心境去全面而深入地反映大千世界。"空玄无形"是为了"万象并应"，"寂灭无心"是为了"玄智弥照"。客观世界的万事万物，宇宙人生的纷纷扰扰，要"应"于"空玄"、"照"于"无心"。这里的"应""照"，乃是主体对客体的反映、契合，"空玄""无心"的实质乃是要求有体"道"之心，这其实是一种独特的思维方式和方法。由此达到的所谓"万象并应"而"玄智弥照"的境界，实际上乃是体验了"道"、把握了"道"的一种境界，也就是所谓"妙法真境"。刘勰在《梁建安王造剡山石城寺石像碑》

一文中说："夫道源虚寂，冥机通其感；神理幽深，元匠（玄德）思其契。"所谓"通其感""思其契"，正是"应""照"之意；而所谓"道源""神理"，乃是"万象"之"道源"、万物之"神理"，也就是客观世界的规律。因此，这种"通其感""思其契"的契合之境，也就是主体心灵与客观世界万事万物的规律相呼应、相扣合、相统一的境界。所谓"幽数潜会，莫见其极；冥功日用，靡识其然"，一方面表现出对"道"的客观规律性尚难准确把握的带有神秘色彩的体验，另一方面却是明明白白地肯定了其不以人的意志为转移的特点。而所谓"但言万象既生，假名遂立"，则清楚地说明这个不以人的意志为转移的"道"（"道源""神理"）不是佛祖，亦非神灵，而是客观世界的规律。所谓"至道宗极，理归乎一"，所谓"道惟至极，法惟最尊"，正因为这个"道"既来自客观世界的万事万物，又高于任一具体的事物，乃是"拯拔六趣，总摄大千"的客观世界的规律。也正因此，刘勰以为"孔释教殊而道契""梵汉语隔而化通"，它们都可以"弥纶神化、陶铸群生"。所谓"梵言菩提，汉语曰道"，二者只有名称的不同，实际上乃是完全统一、一致的。

因此，刘勰的确是在谈"菩提"、言"佛道"，但其所谈、所言又只是他自己心目中的"菩提"和"佛道"，也就是能包容、涵盖各家的"至道"，而不是定于一尊、局于一隅的门户之道。在刘勰看来，佛道、儒道、道家之道等各有不同，所谓"九十六种，俱号为道"；而判断高下优劣的标准在于哪一家更能以"空玄""寂灭"之心"应""万象"，"照""玄智"，从而臻于"至道"，亦即哪一家更能体认客观世界的规律，达到"通其感""思其契"之境。所谓"至道虽一，歧路生迷"，所谓"听名则邪正莫辨，验法则真伪自分"，所谓"校以形迹，精粗已甚；核以至理，真伪岂隐"，等等，都是这个意思。在《灭惑论》中，"佛道"自然具有更为显要的地位，所谓"夫泥洹妙果，道惟常住"，所谓"涅槃大品，宁比玄妙上清；金容妙相，何羡鬼宝空屋"，对佛道确是相当推崇的。但对儒道，刘勰也并无贬低。所谓"孔释教殊而道契"，其与佛道并无根本的不同。至于道教，既是刘勰的反驳对象，则自然有所贬抑；但仍对老子表现出了相当的尊重，而谓"寻柱史嘉遁，实惟大贤"。实际上，虽然《灭惑论》"道佛之辨"的主旨决定了其必然扬佛抑道、以佛家为中心，但即使如此，刘勰从根上仍然是超越各家的。所谓"万象并应""玄智弥照"的体道境界，只是"佛之至也"；有"至"自然就有"不至"，"佛道"自然也就并非永远都是"至道"。所以，尽管刘勰对各家之道的褒贬抑扬未必准确，但其扬此抑彼的标准却是清楚明白的，那就是他自己心目中的"道"，也就是"至道宗极"之"至道"。可以说，刘勰实际上是以这个"至道"

来统摄佛、儒、道等各家之道，也就是以一"道"统众道，使众道归一；这个归一之"道"，乃是客观世界之不以人的意志为转移的规律。

刘勰论"道"的一个重要特点，是经常把作为客观世界之规律的"道"，同人们对它的体认和把握密切联系起来。所以，一方面是"道"作为客观规律之不以人的意志为转移的特性，甚至因此而带有一定程度的神秘色彩，所谓"幽数潜会，莫见其极；冥功日用，靡识其然"，所谓"道源虚寂，神理幽深"；另一方面则是人们对这个"道"的极力体任和把握，所谓"冥机通其感""玄德思其契"。从而，"道"虽显得神秘莫测而难以捉摸，实际上却又仍然最终为主体心灵所掌握、所认识。也正因此，佛道、儒道等虽不同于作为客观规律的"道"，但它们又仍然有相通的一面；在刘勰看来，它们都是有可能体认、把握"至极"之"道"的。刘勰所谓"孔释教殊而道契"，"道"和"教"看似泾渭分明，但这里的"教"与"梵汉语隔而化通"之"语"互文，主要是指孔释二教因背景、地域、国别等的不同而产生的种种内容和形式的差别，但其根本的教化作用则是一致的，也就是所谓"梵汉语隔而化通"，"道"与"教""化"实际上是密不可分的。所谓"一音演法，殊译共解；一乘敷教，异经同归"，所谓"感有精粗，故教分道俗；地有东西，故国限内外"，尽管有着语言、国别之不同，尽管有着经典精粗之区别，但"其弥纶神化，陶铸群生无异也"，其最终所要达到的境界和所要发挥的作用是完全一致的。"弥纶神化"是体"道"，"陶铸群生"是敷"教"；"道"为规律，"教"是目的，二者通过主体的中介而联系、统一在一起了。刘勰说："夫塔寺之兴，阐扬灵教，功立一等，而道被千载。"很显然，"教"与"道"是一致的，主体的愿望和目的最终要符合并体现客观世界的规律。

当然，这种主客体的符合、一致和统一乃是相当复杂的，所谓"孔释教殊"，所谓"九十六种，俱号为道"，都说明了这种复杂性。刘勰说："神化变通，教体非一；灵应感会，隐现无际。"大千世界之"道"是生生不已、变化无穷的，对它的体认和把握也就非止一途，这正是"教体非一"而有"九十六种"的原因。主体心灵乃是生动活泼、多姿多彩的，其于"道"的体验和把握也就必然是"隐现无际"而"感有精粗"的。从而，"道"与"教"虽密不可分却又判然有别了。实际上，尽管"九十六种，俱号为道"，但在刘勰的心目中，它们经常只是"似非太上"的"教"而非"至极"之"道"；但其目标应当是一致的，即都应努力体任、把握客观世界之不以人的意志为转移的规律。所以，与其说《灭惑论》在为佛家之道作辩护，不如说刘勰借以思考种种人类文化现象。其所谓"菩提"，所谓"佛道"，其实都只是刘勰自己的"道"的异名。这个"道"

披着佛学的外衣,其实与中国传统哲学尤其是《周易》之所谓"道"有着一脉相承、密不可分的联系。它是刘勰对儒道玄佛融会贯通的结果,也是对世界人生进行思索后的结论。它更是刘勰赖以建构自己庞大文艺理论体系的哲学根基,是《文心雕龙》的逻辑起点。

四 《文心雕龙》与中国文论

　　《文心雕龙》一书只有三万七千余字，然而《文心雕龙》研究却终于发展成一门显赫的"龙学"，这是颇为耐人寻味而发人深思的一个问题。何以如此？我以为，以下两点成就了一部伟大的《文心雕龙》，并因而造就了"龙学"。一是刘勰"弥纶群言"（《序志》）的理论气魄。这种"弥纶群言"，一方面是上述刘勰对儒道玄佛的融会贯通而使得《文心雕龙》扎根于中国文化的丰厚土壤，另一方面则是刘勰对六朝以前文论的全面继承和发展。二是《文心雕龙》"为文之用心"（同上）的理论中心。这一理论中心的确立，使得刘勰抓住了文章写作的根本问题，并深入文章写作的内部，总结出许多千古不易的为文法则和规律，从而使《文心雕龙》成为名副其实的"文苑之学"。可以说，《文心雕龙》基本涵盖了中国古代文学创作的全部重要问题。

从而六朝之后中国古代文论的发展,在很大程度上乃是《文心雕龙》理论体系的延伸和拓展。

1. 弥纶群言

在《序志》篇中,刘勰对"近代"论文之作多有指摘,如谓"各照隅隙,鲜观衢路","并未能振叶以寻根,观澜而索源",等等,主要是为了说明其"搦笔和墨,乃始论文"的必要和重要。实际上,刘勰对六朝之前的文论既有批判,更有继承。所谓"弥纶群言",《文心雕龙》乃是以前人和"近代"的全部文论成果为背景和基础的。除了上述对先秦文论思想的继承以外,这里就汉魏六朝文论对刘勰的影响,择其要者,略述如下。

(1)扬雄之义

扬雄生活于西汉末年,这是一个汉帝国由强盛走向没落、瓦解的转折时代。他的思想既以儒家为主,又对原有的儒家经学模式感到不满,有时便从道家那里寻找理论补充。扬雄是一个思想深刻、极富抽象思辨能力之人。他仿《周易》而作的《太玄》,企图从宇宙观上对儒家思想进行系统论证,提出了著名的"玄"的概念。扬雄的"玄",类似于道家之"道",既产生自然万物,又是自然无为的。与道家不同的是,"玄"的自然之道与儒家仁义之道是一致的。扬雄认为，儒家仁义之道完全符合自然之道，是自然而必然的，是天经地义的。

由此出发，扬雄重新阐释了荀子已肇其端的"明道—征圣—宗经"三位一体的文学观。其谓："大人之学也为道，小人之学也为利"(《法言·学行》，本节下引《法言》，只注篇名)，"好尽其心于圣人之道者，君子也；人亦有好尽其心矣，未必圣人之道也"(《寡见》)，"多闻见而识乎正道者，至识也"(同上)，"浑浑乎圣人之道，群心之用也"(《五百》)，等等。这些"道"，都是儒家圣人之道，它可以说是"玄"的社会表现。另一方面，他又说："舍五经而济乎道者，末矣"(《吾子》)，"委大圣而好乎诸子者，恶睹其识道也"(同上)，"大哉，圣人言之至也"(《问道》)，"书不经，非书也；言不经，非言也；言书不经，多多赘矣"(《问神》)，"人各是其所是，而非其所非，将谁使正之？曰：……众言淆乱，则折诸圣"(《吾子》)，等等，都说明圣人及其经典乃是通向"道"的必由之路。在扬雄看来，自然无为的"玄"产生了天地万物，而儒家孔孟之道是"玄"在社会现实中的体现，所以学道、好道、体道、识道，便是真正具有实践品格的社会政治理想。而儒家圣人之道当然是体现在"五经"之中，所以"舍五经而济乎道"，是不可能的；欲"委大圣而好乎诸子"，也是不可能识"道"的。只有"圣人之言"才称得上"大哉"，因为它最好地体现了"道";所以"书不经"便"非书","言不经"便"非言",圣人及其经典乃是衡量"众言"是非的准绳。如此,从荀子开始的"明道""征圣""宗经"的主张,至扬雄确乎是空前明确了。

但是,因为扬雄"玄"的概念具有道家之"道"的自然无为的特征,所以他所说的儒家之道又并非纯粹的"仁义"之道,而是有着更为宽泛的含义;"明道—征圣—宗经"的思想模式,又并非一个僵化的单一形式,而是具有更广泛的包容性。他说:"道者,通也,无不通也""道若途"(《问道》),"圣人之道若天"(《君子》),"道"乃是四通八达的大道、大路、天途,所以"圣人固多变"(《君子》),"圣人之辞,浑浑若川"(《问神》),变化多端而无穷无尽。这样,所谓"圣人",实际上便具有更广泛的概括性和象征意义。所谓"明道",也就不仅要求文章表现儒家的仁义之道,而是同时要求文章应当符合"自然之道"。在一定程度上,扬雄的这一思想开启了刘勰"原道""征圣""宗经"的文学观。

征圣、宗经的文学思想,是可能导向复古的。扬雄的著述大多模拟前人作品,如《太玄》模仿《周易》,《法言》模仿《论语》,《训纂》模仿《苍颉》,等等;所以,一般认为,扬雄开了拟古主义之风。但是,扬雄的拟古并非一味摹仿古人,他的模拟之中不乏创造,其复古主张亦孕育着革新的含义。他说:"或问道有因无因乎?曰:可则因,否则革。"又说:"或问新弊,曰:新则袭之,弊则益损之。"(《问道》)这里,耐人寻味的是,不仅"道"可"因""革",而且因袭的对象和内容是"新",则摹拟就未必是复古了。他还说:

> 夫道,有因有循,有革有化。因而循之,与道神之;革而化之,与时宜之。故因而能革,天道乃得;革而能因,天道乃驯。夫物不因不生,不革不成。故知因而不知革,物失其利;知革而不知因,物失其均。革之匪时,物失其基;因之匪理,物丧其纪。(《太玄·玄莹》)

这可以说是一篇充满辩证色彩的"因革"论。"道"有不得不"因"的一面,也有不得不"革"的一面。"因"是事物的连续性,割断这种连续性便没有了生命;"革"则是事物的发展性,没有发展便没有成功。"因"的关键在"理",即知其不得不"因"者;"革"的关键在"时",即随着时代的发展,知其不得不"革"者。应当说,这种"因革"论在理论上是较为全面而正确的,也说明扬雄绝不是一个守旧主义者。实际上,中国古代以复古为革新者代不乏人,这是一个较为普遍的历史现象。扬雄颇富辩证精神的"因革"论,从一个侧面说明,他的"明道—征圣—宗经"的文学模式,看上去是古色古香的,实际上蕴含着新的内容。扬雄的"因革"论,对《文心雕龙》是有一定影响的。刘勰论"通变"而谓:"参伍因革,通变之数也。"以"因革"作为文章创新的具体方法,这里的"因""革"与扬雄所论是完全一致的。《物色》篇论述自然景色的描写而谓:"古来辞人,异代接武,莫不参伍以相变,因革以为功;物色尽而情有余者,晓会通也。"这里所谓"因革"的含义,与扬雄所说的"因""革"也是完全相同的。

从明道、征圣、宗经的文学观出发,扬雄重质尚用,反对过分的文饰,以为"大文弥朴,质有余也"(《太玄·至昆》),强调自然而然,所谓"夫作者贵其有循而体自然也"(《太玄·玄莹》)。他举例说,如果有人自称孔子,且"入其门,升其堂,伏其几,袭其裳",那么他是不是孔子呢?他说:"其文是也,其质非也。"(《吾子》)尽管外表像孔子,但却不可能成为孔子,这是毫无疑问的。所以,扬雄说:"羊质而虎皮,见草而说,见豺而战,忘其皮之虎也矣。"(同上)这些生动的例子说明,内在的本质才是最重要的、根本的,是起决定作用的。但是,扬雄又是儒家文质兼备论者,他并不否定文辞的重要性,所谓"文以见乎质,辞以睹乎情"(《太玄·玄莹》),关键是"文""辞"要与"质""情"相统一。他反对"良玉不雕、美言不文"之说,认为"玉不雕,玙璠不作器;言不文,典谟不作经"(《寡见》),显然继承了孔子"言之无文,行而不远"的思想,所谓"足言足容,德文藻矣"(《吾子》)。他还说:"实无华则野,华无实则贾,华实副则礼。"(《修身》)则是孔子"文质彬彬,然后君子"之说的进一步发挥。《君子》篇有云:"或问:君子言则成文,动则成德。何以也?曰:以其弸中而彪外也。"也就是说,"君子"之行动必须符合儒家的道德规范,此乃内在品质的充实("弸中");而"君子"之语言则必须富有文采,这是外在表现的华美("彪外"):二者乃是缺一不可的。扬雄的这一思想为刘勰所继承。《程器》篇谈到文人的修养时说:"是以君子藏器,待时而动,发挥事业。固宜蓄素以弸中,散采以彪外;梗楠其质,豫章其干。"显然,这里的"蓄素以弸中,散采以彪外",正是扬雄所谓"弸中而彪外"的发挥。

扬雄经常用到"言"和"书"的概念。"言"主要指语言、言辞,成文之言则是"书",亦即各种著作。扬雄探讨了"言""书"与"心"的关系,即文辞著作与思想感情表现的关系。他说:"言不能达其心,书不能达其言,难矣哉!"(《问神》)人们的语言很难准确地表现自己的思想感情,而著作又很难完整准确地表达人们的言语。那么成文之著作与作者的思想感情、内心世界就有一段不小的距离了。这可说是"言不尽意"思想之发挥。但扬雄又以为,"捈(抒)中心之所欲,通诸人之嚍嚍者,莫如言;弥纶天下之事,记久明远,著古昔之,传千里之忞忞者,莫如书"(同上),

人们要表达思想感情、要与人交流就离不开语言文辞，要记载天下大事、阐幽传远，就不能离开著作，所以言、书就是至关重要的了。扬雄说："故言，心声也；书，心画也。声画形，君子小人见矣。声画者，君子小人之所以动情乎！"（同上）"言"是心之声，"书"乃心之画，这是一个非常生动形象的说法。通过这个"声"和"画"，便可察知君子、小人。也就是说，有什么样的"心"，就会有什么样的"言"和"书"，不同的"言"和"书"表现着不同的人之"心"。如此，扬雄所论就与"言不尽意"论的范畴和命题有了重要的区别。实际上，所谓"言不能达其心，书不能达其言"，只是就一般情况而论，而"圣人"便是例外："惟圣人得言之解，得书之体"（同上），则圣人之言和书就未必不能"达其心"了，所以有上述"书不经，非书也；言不经，非言也"之论。因此，扬雄之说不同于道家的"言不尽意"论，且其论述中心亦不在此。可以说，其"言不能达其心，书不能达其言"之论并未引起多大注意，而其"言为心声，书是心画"之说，却在中国文艺思想史上产生了深远影响，成为中国文论的传统思想之一。刘勰论述文章必须"征圣"之理而谓"百龄影徂，千载心在"，论述艺术风格而谓"各师成心，其异如面"（《体性》），论述文章鉴赏而谓"世远莫见其面，觇文辄见其心"（《知音》），等等，与扬雄"心声""心画"之论可以说是一脉相承的。《声律》篇论述文章的声韵之美则谓："声画妍蚩，寄在吟咏。"乃是直接引用了扬雄之说。

作为汉代重要的辞赋家，从明道、征圣、宗经的基本文学观出发，扬雄之创作辞赋有着明确的目的，那就是讽喻劝谏。所以，当他后来发现辞赋难以达到这个作用之时，便转而否定辞赋了。《汉书·扬雄传》说，"雄以为赋者，将以风也"，然而辞赋的创作"极靡丽之辞，闳侈巨衍"，即使其最终"归之于正"，"然览者已过矣"。事实也是："往时武帝好神仙，相如上《大人赋》，欲以风，帝反缥缥有凌云之志。"他终于明白，"赋劝而不止"，非"诗赋之正"，也就"辍不复为"了。《法言》亦说："或问：吾子少而好赋？曰：然。童子雕虫篆刻。俄而曰：壮夫不为也。"又说："或曰：赋可以讽乎？曰：讽乎！讽则已，不已，吾恐不免于劝也。"他认为，赋家尽管抱有讽谏之目的，但作品的铺陈、堆砌和雕绘、藻采，使读者往往只顾欣赏其辞采，以致目夺神移，结果作品结尾虽露讽谏之旨，但非但难达讽谏之效，反而欲讽反劝了。所谓"靡丽之赋，劝百而风一，犹骋郑卫之声，曲终而奏雅，不已戏乎"(《汉书·司马相如传》)，辞赋的劝谏之用是微乎其微的，这便是其"壮夫不为"的原因了。然则，扬雄是否完全否定辞赋的语言形式，只以讽谏为旨归呢？这又并不尽然。扬雄的名言是"诗人之赋丽以则，辞人之赋丽以淫"(《吾子》)，他把辞赋区分为"诗人之赋"和"辞人之赋",认为两种辞赋都具有"丽"的特点,其不同在于一是合乎法度的,一是烦滥过分的。也就是说,他并不一概否定"丽",而是要求"丽"而有度,"丽"不失正。这与其文质观是密不可分的,也是儒家传统文学观的进一步发挥。扬雄此论,亦成为刘勰重要的思想资料。《铨赋》篇论述辞赋创作,要求"丽词雅义,符采相胜",认为此乃"立赋之大体",与扬雄所谓"诗人之赋丽以则"是一致的。正因如此,刘勰特别提醒辞赋作家不应忘记根本,并说:"此扬子所以追悔于雕虫,贻诮于雾縠者也。"刘勰以为,扬雄之所以后悔自己写了那些属于"雕虫小技"的赋作,并以女工织薄纱为喻而讥笑那些没有用处的赋作,乃因其作品"无实风轨,莫益劝戒",这是完全符合扬雄之意的。《情采》篇有所谓"诗人什篇"与"辞人赋颂"之说,与扬雄之论也是有一定联系的。《物色》篇论述自然景物的描写而谓:"及长卿之徒,诡势瑰声,模山范水,字必鱼贯;所谓诗人丽则而约言,辞人丽淫而繁句也。"这里对扬雄之论表示了完全的赞同,同时亦有所发挥。

(2)王充之见

王充惟一传世之作乃《论衡》,主要是一部哲学著作,但其中许多有关文章的见解和主张,对《文心雕龙》产生了重要的影响。

王充所论之"文",包括各种学术著作和应用文章。他说:"心里为谋,集札为文。"(《论衡·超奇》,本节下引《论衡》,只注篇名)也就是说,凡是形诸语言文字的都可称为"文",其含义是相当广泛的。他还指出:"五经六艺为文,诸子传书为文,造论著说为文,上书奏记为文,文德之操为文。立五文在世,皆当贤也。"(《佚文》)王充以为,能够成就"五文"中的一种,就是值得称道的。显然,这里所谓"五文",并非只有五种;而所谓"文德之操为文",更是超出了文章的范畴。所以,王充所谓"文",几乎包含了所有人类精神文化。那么,他对"文"的思考和观照,也就并非限于后世所谓"文学"一途。在这点上,倒是与刘勰所谓"文"颇有相通之处的。值得注意的是,王充以为"造论著说之文,尤宜劳焉"(同上),"劳"者,慰劳、嘉奖也。为什么?他说:"发胸中之思,论世俗之事,非徒讽古经、续古文也;论发胸臆,文成手中,非说经艺之人所能为也。"他以为,"造论著说之文"体现了作者的"胸中之思",所谓"论发胸臆,文成手中",它是作者的独创,因而比那些解释"五经六艺"之文更值得尊重,这在当时确属石破天惊之论。无独有偶,刘勰在《序志》篇中明言自己无意于"注经"而有意于"论文",虽然并未像王充这样轻视"注经"之文,但其看重"论文"的创造性却是无疑的。所谓"君子处世,树德建言",与王充之见是相当一致的。

王充把当时的"知识分子"分为四种,即"儒生""通人""文人""鸿儒"。他说:"故夫能说一经者为儒生,博览古今者为通人,采掇传书、以上书奏记者为文人,能精思著文、连结篇章者为鸿儒。故儒生过俗人,通人胜儒生,文人逾通人,鸿儒超文人。"(《超奇》)在王充的心目中,"鸿儒"是最高的,他们"超而又超""奇而又奇",乃是"世之金玉"(同上)。但是,他又以为"文人"和"鸿儒"有共同之处,并无严格区别,所谓"杼其义旨,损益其文句,而以上书奏记,或兴论立说,结连篇章者,文人、鸿儒也"(同上)。很明显,王充看重的是创造性。他之所以"文人、鸿儒"相提并论,是因为二者都能"著书表文,论说古今"(同上)。所以,王充所谓"鸿儒"不是指儒家学者,而是指那些富有创造力的人,实际上包括了"文人"。也正因此,王充格外重视文人及其作品,认为"文人之休,国之符也","鸿文在国,盛世之验也",并大声疾呼"文人之当尊"(《佚文》),这在当时也属石破天惊之论。应该说,王充对文章之创造性的重视以及对"文人"的尊重,对刘勰是有重要影响的。《文心雕龙》以"弥纶群言"(《序志》)为目标,这个被刘勰多次用到的"弥纶",其实正是王充所谓"结连篇章"而"精思著文"之意。《知音》篇有"书亦国华，玩绎方美"之说，与王充所谓文人之美乃"国之符也"，可以说异曲同工。至于《程器》篇为文人鸣不平的苦心，更与王充对文人的尊重息息相通。

《论衡》一书的创作缘起和目的，王充曾不止一次地谈到，观点鲜明，毫不含糊。他说："'《诗》三百，一言以蔽之，曰：思无邪。'《论衡》篇以十数，亦一言也，曰：疾虚妄。"(《佚文》)又说："是故《论衡》之造也，起众书并失实，虚妄之言胜真美也。故虚妄之语不黜，则华文不见息；华文放流，则实事不见用。故《论衡》者，所以铨轻重之言，立真伪之平；非苟调文饰辞，为奇伟之观也。"(《对作》)王充著文的目的就是要"疾虚妄"，所谓"论衡"，乃是要为真伪立一标准。王充以为，虚妄华丽的语言盛行，便会掩盖"真美"，便有"实事不见用"之结果。所以，"疾虚妄"的目的乃是"为世用"，要"为世用"就必须"疾虚妄"。王充说："为世用者，百篇无害；不为用者，一章无补。"(《自纪》)有用于世的文章，多多益善；无用于世者，则宁可不要。

从"疾虚妄"的要求出发，王充重视"实诚"，因为只有真实才有用。他认为，孔子的《春秋》、孟轲的《孟子》、韩非的《韩非子》、陆贾的《新语》、桓谭的《新论》，都是"匡济薄俗，驱民使之归实诚也"(《对作》)。他说："故夫圣贤之兴文也，起事不空为，因因不妄作；作有益于化，化有补于政。"(同上)圣贤之文,皆有为而作,决不发空论;要有益于教化,要有补于政治。从这种重"实诚"的要求出发,王充反对文章"徒雕文饰辞,苟为华叶之言"(《超奇》),也就是只讲究文辞的修饰,而忽视文章真实的内容。他强调文章应以内容的真实为根本,所谓"精诚由中,故其文语感动人深"(同上)。他举例说:

> 有根株于下,有荣叶于上,有实核于内,有皮壳于外。文墨辞说,士之荣叶、皮壳也。实诚在胸臆,文墨著竹帛,外内表里,自相副称,意奋而笔纵,故文见而实露也。人之有文也,犹禽之有毛也。毛有五色,皆生于体;苟有文无实,是则五色之禽,毛妄生也。(《超奇》)

王充的论述是非常生动而颇具特色的。他既有对文章内容与形式之关系的一般论述和要求,更把这种要求具体到"实诚"和"文墨",要求"实诚在胸臆,文墨著竹帛",这不仅在理论上是极为正确的,而且切合文章写作的实际过程。文章写作正是情动于中、由内而外的过程,所谓"意奋而笔纵""文见而实露",所谓"文由胸中而发,心以文为表"(同上)。而创作的成功,也便是"外内表里,自相副称"的问题,即充分、完整、准确地表达作者思想感情的问题。而真正做到这点,不仅"实诚"即作者的思想感情是重要的,而且"文墨"即作者的语言文辞也便是极为重要的了。固然是"人之有文,犹禽之有毛",且"毛有五色,皆生于体","有文无实"而禽毛安生,然而有体无毛、有实无文,则"外内"之相副也是根本不可能的。王充说:"山无林则为土山,地无毛则为泻土,人无文则为仆人。土山无麋鹿,泻土无五谷,人无文德不为圣贤。"(《书解》)所以,"文采"绝非可有可无,而是缺之不可的,所谓"学士有文章,犹丝帛之有五色之巧也"(《量知》)。这种论述,比泛泛地谈文质关系,确是高明得多了。

应该说,王充从"疾虚妄"的目的出发而强调文章真实有用,主要是面对论说文而言的。他的"作有益于化,化有补于政"的主张,也就具有太强的功利色彩。然而,他要求文章写作"精诚由中"却是符合文学创作之规律的。所谓"实诚在胸臆,文墨著竹帛",可以说是千古不易的为文法则。刘勰在《情采》篇中要求文学创作要"为情而造文",强调文章必须以"述志为本",并以相当严厉的口气反问:"言与志反,文岂足征?"不仅与王充所见略同,而且其痛恨虚伪之情亦不在王充之下。

与"疾虚妄"的创作目的相关,王充在《论衡》中多处论及想象、夸张的问题。尤其是以大量的篇幅讨论夸张问题,这在古代理论著作中还是很少见的。从"疾虚妄"和"为世用"的目的出发,王充反对不切实际的想象、虚构和夸张。他说:"凡天下之事,不可增损;考察前后,效验自列。自列,则是非之实有所定矣。"(《语增》)所谓"不可增损",就是反对夸张、反对虚构,所以王充专门写了《语增》《儒增》《艺赠》三篇,反对"增"亦即夸张,而强调实事求是。他说:

> 世俗所患,患言事增其实;著文垂辞,辞出溢其真,称美过其善,进恶没其罪。何则?俗人好奇,不奇,言不用也。故誉人不增其美,则闻者不快其意;毁人不益其恶,则听者不惬于心。闻一增以为十,见百益以为千,使夫纯朴之事,十剖百判,审然之语,千反万畔。(《艺增》)

王充这种指责,不能说没有一点道理。但若以此思想衡诸文艺,便可能得出错误的结论。王充所指责的那种"誉人不增其美,则闻者不快其意;毁人不益其恶,则听者不惬于心"的情形,有时恰恰是文艺创作所必需的。事实证明,王充于此确是不甚理解的。比如,对古代神话中的一些虚构夸张之说,王充以为"浮妄虚伪,没夺正是"(《对作》);对古代一些小说性质的东西,王充以为"短书不可信用"(《书虚》),等等,都表现出对文艺之想象、虚构、夸张特点的不理解以至否定。

但是,王充彻底否定的"增"是"世俗所患",而对经书中大量存在的"增过其实"的情形，王充又有一定程度的保留。他说：

> 诸子之文，笔墨之疏，大贤所著，妙思所集，宜如其实，犹或增之。傥经艺之言如其实乎？言审莫过圣人，经艺万世不易，犹或出溢，增过其实。增过其实，皆有事为，不妄乱误，以少为多也。然而必论之者，方言经艺之增与传语异也。（《艺增》）

在王充看来，"俗人好奇"，因而好"增"，这种"增"是不可取的。诸子、大贤之类，本应"如其实"，但也时有"增"的情形出现。而圣人是最为审慎的了，但也有"增""溢"之时。他认为，圣人之"增"与俗人之"增"不同，而是"皆有事为"，即都是有切实目的的，而不是胡乱地加以夸大。什么叫"皆有事为"呢？王充举例说，《诗》中有"子孙千亿"之语，乃"美周宣王之德能慎天地，天地祚之，子孙众多，至于千亿"，而"言子孙众多，可也；言千亿，增之也。夫子孙虽众，不能千亿，诗人颂美，增益其实"（同上）。那么，王充的这个解释就是对的，对"增"的理解就是正确的。诗人为"颂美"而"增益其实"，这便是王充所认为"有事为"，即不是胡乱地"增"，而是有目的地"增"。如此看来，王充的意见就是有矛盾的了。因为"俗人"之增，其实也是有目的的，所谓"快其意""惬于心",这本身也是一种目的,为何就不值得肯定?再如,《诗》中有"鹤鸣九皋,声闻于天"之句,王充分析说:"言其闻高远,可矣;言其闻于天,增之也。"(同上)这种"增"又是如何"有事为"的呢?王充解释说:"人无在天上者,何以知其闻于天上也?无以知,意从准况之也。诗人或时不知,至诚以为然;或时知而欲以喻事,故增而甚之。"(同上)王充为诗人的辩护可谓非常体贴了,但仍然难以让人看出诗人之"增"与俗人之"增"有什么本质的不同;所谓"欲以喻事"确是不错,但难道只有诗人能用以"喻事"吗?所以,王充之论确是存在矛盾的;而其之所以存在这个矛盾,就因为其"圣人之增"与"俗人之增"的分别乃是勉强而不合理的;"诗人"原本就是"俗人",难道不是吗?

这里,"准况"二字值得注意。所谓"准况",乃推类、类比、推想之意。王充多次用到这个词,它与"想象"之义密切相关。他认为,诗人之所以说"声闻于天",是由推想为言,这就接触到了想象之于文学创作的作用。再如,他批判上天"谴告"世人之说而谓:"夫今之天,古之天也,非古之天厚,而今之天薄也。谴告之言生于今者,人以心准况之也。"也就是说,所谓上天"谴告"人,不过是人们以己之心推想而得。又如,他谈到自己"论圣人不能神而先知"时说:"非徒空说虚言,直以才智准况之工也;事有证验,以效实然。"(《知实》)也就是说,他认为圣人"不能神而先知",并非没有根据、只凭推想为言,而是有事实依据的。显然,这里的"准况"也就等于"空说虚言"了。

从总体上看,王充是不赞成想象、夸张的,尤其不赞成那些不切实际、与事实不符的想象、夸张。王充对夸张的部分赞同,乃着眼于其不违背"为世用"的原则。如上举"子孙千亿"之例,王充解释说:"夫千与万,数之大名也。万言众多,故《尚书》言万国,《诗》言千亿。"(《艺增》)也就是说,千与万并无本质不同,是可以容忍的。所以,从文艺创作的角度而言,王充虽大量地谈到了夸张问题,却并没有从正面肯定它,这是遗憾的。可以说,王充无意于论述文艺的夸张问题,谈"增"、谈"准况"不过是为"疾虚妄"扫清道路。然而,王充对想象、夸张问题的论述,却又是值得充分注意的。有些研究者肯定王充已领会了夸张的意义,这自然不符合事实。而有的研究者只指责王充不理解文艺的特征,看不到其应有的贡献,也是不应该的。我以为,王充的贡献在于,他在历史上第一次大量地论述了想象和夸张,尤其是夸张问题,这就将这个问题展开了。这种展开,对后人是一种极大的启迪。无论王充肯定它还是否定它,对它所作详细探讨的本身就已具有了极大意义,因为这不仅为后人提供了思想资料,而且必然提醒后人,注意、研究并重视这个问题,这无疑是一种开创之功。而且，王充在详细论述的过程中，必然接触到想象、夸张问题的一些带规律性的东西，虽其总体上是持否定态度的，但这些具体的论述却会成为后人直接的思想资料。如上述王充"人以心准况"之论、"誉人不增其美，则闻者不快其意；毁人不益其恶，则听者不惬于心"之论，王充本人都是持否定态度的，却阻挡不住后人从正面去理解它、利用它。实际上，《文心雕龙》专设《夸饰》一篇论述夸张问题，受到王充的启发是明显的。当然，刘勰已经完全改变了对夸张的态度，而着眼文章本身的特点论述夸张问题，认为"文辞所被，夸饰恒存"；但即使如此，我们仍然可以感受到王充的启发作用。比如，刘勰所举《诗经》夸张的例句，便与王充所举颇多相同。

王充《论衡》对《文心雕龙》的影响是多方面的。如《自然》篇对"自然之道"的论述，认为"天地合气，万物自生"，强调事物的"自然之真"，这对刘勰"自然之道"思想的形成是有一定影响的。再如《气寿》篇说："人之禀气，或充实而坚强，或虚劣而软弱。"这对《文心雕龙》的《养气》篇也是有启发的。刘勰自谓："昔王充著述，制'养气'之篇；验己而作，岂虚造哉！"王充在《自纪》中曾说自己著有《养性》之书，凡十六篇"，或为刘勰所指，但惜其不传；而《论衡》中有关"气"的言论，自然也会成为刘勰的参考。实际上，《论衡》的许多篇章，如《率性》《骨相》《本性》《物势》《程材》,等等,仅从篇名便可感受到其对《文心雕龙》有着某种有形或无形的启发。刘勰善于从各种思想资料中吸收有益的营养而铸成自己的辉煌之作,于此亦可见一斑。

(3) 曹丕之评

作为中国文学批评史上第一篇专论,曹丕的《典论·论文》(本节下引该文不注)虽篇幅不满千字,但却标志着文学自觉时代的到来,具有划时代的意义。其中主要的内容成为《文心雕龙》直接的"论文"思想资料。

曹丕首先论述了文学批评的态度问题。其开篇而谓:"文人相轻,自古而然。"并举例说:"傅毅之于班固,伯仲之间耳,而固小之,与弟超书曰:'武仲以能属文为兰台令史,下笔不能自休。'"那么,为什么会有这种陋习呢?曹丕分析说:"夫人善于自见,而文非一体,鲜能备善,是以各以所长,相轻所短。里语曰:'家有敝帚,享之千金。'斯不自见之患也。"也就是说,"文人相轻"之所以"自古而然",有着主客观两方面的原因。从主观方面说,文人们"善于自见",也就是看自己的长处多而看自己的短处少,以致"暗于自见,谓己为贤",而看不到别人的长处。不仅看不到自己的短处,而且在"谓己为贤"的情况下,即使短处也都变成了长处,所谓"家有敝帚,享之千金",这就是"不自见之患"了,即缺乏自知之明。同时,曹丕还指出:"常人贵远贱近,向声背实。"这也是造成"文人相轻"的一个主观原因。从客观上说,曹丕认为"文非一体,鲜能备善",即文体众多,而"能之者偏也",一般人只可能掌握少数文体,只可能在某几种体裁上有长处,而不可能所有文体都写得好。所谓"惟通才能备其体","通才"毕竟是不多见的,且所谓"备其体"也仍然只是相对而言。这样,在"自见"长处而"不自见"短处的情况下,也就必然"各以所长,相轻所短"了。

曹丕为什么开宗明义提出"文人相轻"的问题?这是有现实针对性的。他说:"今之文人,鲁国孔融文举,广陵陈琳孔璋,山阳王粲仲宣,北海徐幹伟长,陈留阮瑀元瑜,汝南应玚德琏,东平刘桢公幹:斯七子者,于学无所遗,于辞无所假,咸以自骋骥骤于千里,仰齐足而并驱,以此相服,亦良难矣。"一般文人的相轻尚且"自古而然",像"七子"这样"于学无所遗,于辞无所假"的人才,欲使他们"相服",确乎是相当困难了。那么,曹丕是否在批评"七子"?我觉得曹丕的目的不在这里。所谓"以此相服,亦良难矣",乃是一种表示理解的口气。"文人相轻"的一番道理,正是这种口气的铺垫。曹丕的目的在于"论文",他要对"七子"进行评论,而评论必有褒贬,这就有一个如何看待这种褒贬的问题。所以,提出"文人相轻"的问题,根本目的在于树立一种正确的批评态度。那就是"君子审己以度人",只有如此才能免于"文人相轻"之累而作"论文"。这实际上是说,自己要抛弃这种陋习而"论文",要"审己以度人"而"论文"。同时,曹丕也提醒人们尤其是文人,要做到"审己以度人",既要看到自己的长处,也不应回避自己的短处;既要看到别人的短处,也应承认别人的长处。

曹丕的上述思想,刘勰在《知音》篇中作了进一步的发挥。他把曹丕所批评的"文人相轻"的情况概括为两种,一是"贵古贱今",二是"崇己抑人"。如说:"夫古来知音,多贱同而思古;所谓'日进前而不御,遥闻声而相思'也。"这正是曹丕所谓"贵远贱近,向声背实"的申述。又如:"至于班固、傅毅,文在仲伯,而固嗤毅云'下笔不能自休'。"正是曹丕所举过的例子。刘勰说:"故魏文称'文人相轻',非虚谈也。"显然,他是非常同意曹丕之论的。

如上所说,曹丕分析了"文人相轻"之所以产生的主客观两方面的原因。其客观原因是所谓"文非一体,鲜能备善"。那么,为什么"鲜能备善"呢?曹丕的文体论大约是想回答这个问题。他说:"夫文本同而末异。盖奏议宜雅,书论宜理,铭诔尚实,诗赋欲丽。此四科不同,故能之者偏也;惟通才能备其体。"也就是说,人们之所以各有所能,而不可能兼擅众体,其中一个原因就是各种文体皆有其不同的要求,所谓"四科不同",欲"备善"就是很困难的了。我觉得,曹丕的文体论之所以这样简单,主要就是因为他并无意于论文体,而主要是想回答"能之者偏"的问题。曹丕明确指出,文人们之所以"能之者偏",原因在于"此四科不同",亦即在于文之"末异"。然而,为何"末异"就导致"能之者偏"呢?"通才"之难在哪里呢?这就不能不考虑"本同"的问题了。文之根本是相同的,但这相同的根本里,可能正有"鲜能备善"的"根本"原因。那么,文之"本"是什么?有人说,曹丕没有说文之"本"是什么。没有明说,但《典论·论文》之作正乃论述文之"本",怎能不说?我以为,曹丕所谓"文以气为主"就是对其文之"本"的具体说明,当然也就是《典论·论文》的中心思想。其云:

> 文以气为主。气之清浊有体,不可力强而致。譬诸音乐:曲度虽均,节奏同检,至于引气不齐,巧拙有素,虽在父兄,不能以移子弟。

文在根本上的相同点是什么?最重要的就是"文以气为主"。正是这个根本的相同点,使得文人们各有所长而"鲜能备善"。文之"气"是什么?"文以气为主"的命题包含了怎样的意义?由于曹丕并未作正面的阐述,所以历来理解不一。但曹丕既作为一个命题提出,而又不作具体阐述,其必以为在当时是不成问题的。然则,曹丕之论必有其深厚的思想渊源和相应的文学背景。

中国古代哲学中的"元气"论,可以说是"文气"说的哲学思想基础。《庄子》有云:"人之生,气之聚也。聚则为生,散则为死。……通天下一气耳。"(《知北游》)人之生死乃"气"之聚散,所以"气"就成了人的生命之原、之本。到了汉代,这种"元气"论得以极大发展。如《淮南子》用"气"说明世界的生成、万物之产生,《黄帝内经》用"气"解释人的生理、病理现象,成为中华民族医学的基石之一。王充则明确提出:"人禀元气于天,各受寿夭之命,以立长短之形。"(《论衡·无形》)又说:"夫人所以生也者,阴阳气也。阴气主为骨肉,阳气主为精神。人之生也,阴阳气具,故骨肉坚、精气盛。"(《论衡·订鬼》)这种以"元气"论人的思想,可以说成为曹丕"文气"论的较为直接的哲学基础。

"文气"说与孟子的"养气"说也有着重要的理论联系。"养气"说本属伦理学的道德修养问题,但如前所述,那种"至大至刚"的"浩然之气"既是对人格善的评价,又具有审美的性质,乃是个体人格善与美的统一,也是个体人格进入审美状态的一种境界。因而,"养气"又与文艺创作密不可分。从根本上说,文艺家在创作时必须进入一种审美状态,同时自己的人格也应当是美的,能否"养气",也就成为文艺创作的一个关键问题。从这个意义上说,"文以气为主"就与孟子的"养气"息息相关了。当然,"养气"之"气"与"元气"之"气"具有不同的性质。前者乃是道德修养的精神状态,后者则指人之生命的物质元素。正因如此,有人说曹丕之"气"与"元气"说有关而与"养气"说无关。其实,这两种"气"既有明显的不同,又是密不可分的。就人而言,其精神之"气"正依赖于物质之"气","至大至刚"的精神境界正来自旺盛充沛的生命"元气"。所以,"文以气为主"的命题既以先秦以来的"元气"说为哲学基础,又与孟子的"养气"密切相关。

孟子之后,荀子把"气"与文艺联系在了一起。《荀子·乐论》说:"凡奸声感人而逆气应之……正声感人而顺气应之。"这是从音乐的作用而言,音乐与人之气相互感应。《礼记·乐记》继承了这种思想,同时也谈到了音乐之产生与"气"的关系。其云:"地气上齐,天气下降……而百化兴焉。如此,则乐者天地之和也。"天地之"气"(实际上最终落实为人之"气")成为音乐之本。曹丕论"文气",也以音乐作比喻,认为"引气不齐"是决定音乐有种种不同的根本原因,可以说正受到了"乐气"论的影响。

但是,无论《乐论》还是《乐记》,其论"气"与"乐"的关系,主要着眼于"气"对"乐"的决定作用,但曹丕更在此基础上,强调"气之清浊有体",强调"虽在父兄不能以移子弟",也就是"气"的个体差异性问题,这就与东汉以来便开始流行而成为魏晋玄学之重要论题的所谓"才性之辨"密不可分了。王充曾提出:"临事知愚,操行清浊,性与才也。"(《论衡·命禄》)又说:"贫富贵贱,命也;操行清浊,性也。"(《论衡·骨相》)人的操行有清浊,这是由其天性、本性所决定的。而这种天性和本性,当然和人的"气"有关。王充说:"且孟子相人以眸子焉,心清而眸子瞭,心浊而眸子眊;人生目辄眊瞭,眊瞭禀之于天,不同气也。"(《论衡·本性》)人心之清浊本于先天之"气",则"气"自然就有清浊之分了。袁准《才性论》便说:"凡万物生于天地之间,有美有恶。物何故美?清气之所生也;物何故恶?浊气之所施也。"也就是说,不同的"气"(或清或浊)决定了人有不同的"才性","才性"之不同乃有美、恶之不同。

所以,曹丕的"文气"说在理论上乃是水到渠成的。但将上述种种思想融会贯通而"论文",则必有其文学实践上的契合点。这一契合点便是慷慨悲凉的建安文学。如刘勰所说,"自献帝播迁,文学蓬转",文学家们面对着"世积乱离""风衰俗怨"(《时序》)的社会现实,他们在创作上"慷慨以任气,磊落以使才"(《明诗》),从而造就了"志深而笔长""梗概而多气"(《时序》)的一代文学。曹丕所谓"文以气为主",正是对这种文学实践的理论概括。可以说,没有"慷慨任气"的建安文学,便没有"文以气为主"

的理论命题。

着眼"文气"说深厚的理论根基和鲜明的时代特色，则其实质和意义便可得而明。首先，"文以气为主"意味着文学乃作家生命的表现和律动。这个"气"之所以成为文之"主"，根本原因在于人，在于作家的主体；其"不可力强而致"者，其"虽在父兄不能以移子弟"者，皆因其为作家生命的"元气"和"底气"，乃是作家生命之所在，是作家生命的律动。所以，"文以气为主"的命题，实际上包含着"文学是人学"的主题在内，这是"人的自觉"和"文的自觉"时代的理论成果，而且成为"文的自觉"的理论宣言。曹丕号召人们抛弃"文人相轻"的陋习，正因为人各有其长，不同的文表现着不同的生命，不可轻忽。所谓"君子审己以度人"，正表现出对人的主体、作家主体的真正重视。曹丕论文学的地位和作用，也仍是从人的生命出发去论述的（详下）。所以，"文以气为主"当然也就成了文之"本"。其次，正因文学乃作家生命之所在，所以它表现出鲜明的个性特征。这是曹丕着重说明的问题。从"气之清浊有体"至"虽在父兄不能以移子弟"，所谈只是一个问题，即文的个性特征。曹丕认为，人有智愚，才有高下，这是"不可力强而致"的。正是这种区别，导致了文之巧拙的不同。这就犹如音乐之演奏，曲调相同，演奏的技法相同，但由于演奏者"引气不齐""巧拙有素"，便会有演奏水平的高下之分。而这种由演奏者本人之"气"所决定的水平之高下,是"虽在父兄"而"不能以移子弟"的。之所以如此,正以其乃作家本人生命的体现,它表现出鲜明的个性特征。所以,"文以气为主"的命题便包含了"文如其人"的思想。文学要表现作家的个性,这正是建安文学的时代主题。文学表现出了鲜明的个性特征,则是建安文学成功的关键所在。以此而论,"文以气为主"的命题,也自然会成为文学自觉时代的宣言。再则,从"气之清浊有体"看,文章应有什么样的艺术风格,曹丕是有所考虑的。从曹丕对建安七子的具体评论看,他赞赏作家所表现出的一种刚健之力。他说:"应玚和而不壮,刘桢壮而不密;孔融体气高妙,有过人者。"他赞赏的大约正是建安诗人"慷慨以任气"的特点,也就是后世所谓"建安风骨"。正因如此,刘勰在《风骨》篇中特别提到了曹丕的"文气"说。其云:

> 故魏文称:"文以气为主,气之清浊有体,不可力强而致。"故其论孔融,则云:"体气高妙。"论徐幹,则云:"时有齐气。"论刘桢,则云:"有逸气。"公幹亦云:"孔氏卓卓,信含异气;笔墨之性,殆不可胜。"并重气之旨也。

这里,曹丕论刘桢的"有逸气"一语,来自他的《与吴质书》。刘勰不仅肯定了曹丕的"重气之旨",而且将其纳入"风骨"论的范畴,也就更加明确了"文气"说与建安文学的密切联系,更证其为文学自觉时代的理论宣言。

实际上,"文气"说与《文心雕龙》的联系绝不止"风骨"一端。如上所说,刘勰对建安文学的评价屡用"气"字,既着眼于建安文学的创作实践,更可以视为"文以气为主"理论的深入开掘和具体运用。《体性》篇对艺术风格的论述,《养气》篇对作家写作状态的要求,都可以说以"文气"说为其理论基础,而进行重要的理论概括和升华。《总术》篇论述掌握写作方法的重要性,则对曹丕以音乐为喻而论文颇为赞赏,其云:"知夫调钟未易,张琴实难:伶人告和,不必尽窕槬之中;动角挥羽,何必穷初终之韵?魏文比篇章于音乐,盖有征矣。"刘勰说,文章写作正如演奏音乐,要使钟声和谐并不容易,而要使琴声悦耳也实在很难。有时乐师说钟声已经调好,其实声音之巨细未必都很恰当;有时琴师演奏了各种曲调,但并非自始至终都韵律和谐。其实,刘勰这里所讲与曹丕"比篇章于音乐"的用意并不相同,但他仍然指出是受曹丕之启发,则《典论·论文》对《文心雕龙》的影响,也就可见一斑了。

从"文以气为主"的认识出发,曹丕空前地肯定了文之地位和作用。他说:

> 盖文章，经国之大业，不朽之盛事。年寿有时而尽，荣乐止乎其身，二者必至之常期，未若文章之无穷。是以古之作者，寄身于翰墨，见意于篇籍，不假良史之辞，不托飞驰之势，而声名自传于后。

文章可以使人不朽，这并不是曹丕的创建，而是古已有之之论。但曹丕说得更为具体而细致，因而更有针对性，而且更重要的是，曹丕在强调"文以气为主"的基础上而论文之不朽，便因对文的全新认识而有了新的意义。文是表现人的生命之文，是有着鲜明个性特点之文，则其不朽就不是一般"立言"的不朽，而是文学的不朽，这是对文学地位和作用的一种前所未见的高度评价，是文学自觉时代的一个重要象征。同时，曹丕对文之地位和作用的这种高度评价，与"人的自觉"的历史潮流息息相关。汉末以来，严酷的社会现实使得人们朝不保夕，中下层文人表现出一种前所未有的自觉的生命意识，《古诗十九首》便非常典型地体现了这种意识和倾向。但这种意识在《古诗十九首》中是悲惋而凄凉的，表现出无可奈何的惆怅。至建安以后，建功立业的精神渗透到这种生命意识之中，使其具有了慷慨悲凉、"悲"而且"壮"的特点。人们不甘心于"生年不满百"的严酷事实，而是企图通过建功立业去延续自己的生命，去弥补生命之缺憾。这种建功立业的重要内容之一，便是文章写作方面的建树。所谓"文章"乃"经国之大业"，正是这种特定思想背景下的特定的文学观。曹丕说："故西伯幽而演《易》，周旦显而制《礼》，不以隐约而弗务，不以康乐而加思。"这与司马迁的"发愤著书"说显然有着不同的着眼点。曹丕之所以强调"不以隐约而弗务，不以康乐而加思"，是因为"古人贱尺璧而重寸阴，惧乎时之过已"，也就是对生命的充分珍惜。他提醒人们："人多不强力，贫贱则慑于饥寒，富贵则流于逸乐，遂营目前之务，而遗千载之功。"并进而指出："日月逝于上，体貌衰于下，忽然与万物迁化，斯志士之大痛也。"很显然，曹丕视文章为"千载之功"，乃是基于对个体生命的眷恋，对人生价值的肯定，对生命本身之意义的重视。这个角度可以说是崭新的了。《文心雕龙》之作，也正是采取了这样的角度。《序志》有云："岁月飘忽，性灵不居，腾声飞实，制作而已。……形甚草木之脆，名逾金石之坚，是以君子处世，树德建言。"这种"树德建言"之论，与曹丕上述说法乃是完全一致的。

（4）陆机之思

陆机的《文赋》（本节下引该文不注）不仅是中国文学理论批评史上第一篇系统的创作论，也是第一篇完整、系统的文学论文。《文心雕龙》与其有着深刻的内在联系，也就是不言而喻的了。章学诚早就指出："刘勰氏出,本陆机氏说而昌论文心。"(《文史通义·文德》)其实,《文心雕龙》与《文赋》的联系是相当广泛而颇为复杂的。

魏晋南北朝确是一个"为艺术而艺术"的时代,一个极富艺术精神的时代。在这个充满苦难的时代,文艺不是点缀升平的饰物,有时甚至也不是发幽抒愤的工具,而只是美,文艺的意义就在美本身,文艺就是美,这岂非真正的"为艺术而艺术"？当人们切实发现文艺之美、之乐时,陶醉、沉浸于其中自不必说,甚至谈文论艺的理论本身也必须是美的。不能忽略的是,全文近两千字的《文赋》本身乃是"赋",是一篇结构讲究、用心安排、精思结撰的文学作品；其用词经过精心推敲,通篇押韵,声辞并美。这是"为艺术而艺术"的明证,是前所未闻的。《文赋》是中国文论史上第一篇专论创作的文论,但更是一篇"文之赋",是一首"文"的赞歌、美的赞歌。也许应该这样说,对陆机而言,其文学创作的理论与其为文作赋的目的同等重要,甚至可以说,他更着意于对"文"的歌颂和赞美。《文赋》既是谈文学创作的原理、理论,更是对文学创作的实际过程加以描述。而文学创作过程本身也正是一个审美的过程、美的创造的过程,因而陆机采取了美的形式(赋)去描绘它。所以,严格地说,《文赋》虽涉及了不少重要理论问题,但它又不是纯粹的理论著作。这既是陆机的初衷，也是《文赋》的实际，我们决不能忽视这点。这一特点使得《文赋》的理论色彩不浓，这可以说是缺陷；同时优点也相当明显：它最大限度地切近了文学创作的实际情形，它不"隔"。陆机用美的形式描述了文学创作这一美的历程，使人切实地看到了美的诞生的真实情形。也正因如此，陆机真正重视的不是文学创作的基本原理，而是如何写出一篇美的文章；这一目的和着眼点决定了他要大量探讨文章写作实践中的种种具体情形，大量探讨许多在今天看来属于形式技巧方面的问题。

实际上，《文赋》在形式和内容上的这些特点，也鲜明地体现在《文心雕龙》中。如所周知，《文心雕龙》乃是精致的骈文，许多篇章便是出色的文学作品；"文心雕龙"这一精心推敲的书名本身亦足以说明，刘勰正以美的创造为旨归。范文澜先生曾指出："刘勰是精通儒学和佛学的杰出学者，也是骈文作者中稀有的能手。他撰《文心雕龙》五十篇，剖析文理，体大思精，全书用骈文来表达致密繁富的论点，宛转自如，意无不达，似乎比散文还要流畅，骈文高妙至此，可谓登峰造极。"（见其《中国通史简编》修订本第二编）刘永济先生亦指出："盖论文之作，究与论政、叙事之文有异，必措词典丽，始能相称。然则《文心》一书，即彦和之文学作品矣。"（见其《文心雕龙校释·前言》）这都是深得彦和用心之论。我在前面曾经指出，《文赋》的理论起点与《文心雕龙》不可同日而语，但在深入创作实践内部、展示美的创造过程方面，刘勰同样不遗余力。《文心雕龙》的大量篇幅，都着眼具体的文章写作而论述"形式技巧"问题。以此而论，其与《文赋》亦可谓异曲同工。无论表现形式还是内容特点，我们都不能简单地说《文心雕龙》是受《文赋》的影响，但其理论追求的相同之处，至少表征着所谓"文的自觉"的共同的时代特点。

《文赋》之作，陆机要解决的问题是什么？其云："余每观才士之所作，窃有以得其用心。"说得很明确，要解决为文之"用心"的问题。但重要的是，陆机所谓"用心"是指什么呢？他接着说："夫放言遣辞，良多变矣。妍蚩好恶，可得而言。"语言的运用，辞藻的铺排，实在是变化多端；但美丑好恶，仍是可得而言的。也就是说，如何写好一篇文章，陆机认为主要就是"放言遣辞"的问题；所谓"窃有以得其用心"者，正指此也。所以，《文赋》之作确乎在为文之"用心"，但必知其"用心"在如何"放言遣辞"，而不是其他。陆机要解决的中心问题，乃是把文章写好、写美的问题，而他以为写好、写美的关键在于语言的表达。这是《文赋》以主要篇幅研究所谓"形式技巧"的原因。我们不能强陆机所难，把他论述的主旨掩盖，而以研究者的"好恶"来决定取舍。陆机接下来的话仍能说明这个问题。他说："恒患意不称物，文不逮意，盖非知之难，能之难也。"这里虽有"意不称物""文不逮意"两种情形，但其最终仍要落实到一个问题，即"文"如何"逮意"和"称物"，也就是如何"放言遣辞"的问题。所以陆机说此"非知之难"，而是"能之难也"，即具体操作、表达的困难。他说："故作《文赋》以述先世之盛藻，因论作文之利害所由，他日殆可谓曲尽其妙。"很明显，所谓"述先世之盛藻"，乃是考察"才士之所作"，考察其"放言遣辞"的具体经验，考察其"放言遣辞"的"用心"。这便是"作文之利害所由"，也就是文章成败的关键所在。陆机认为，此问题解决了，"他日"为文也就可以"曲尽其妙"了。

陆机所谓创作之"恒患"，刘勰也给予了充分的注意和重视。《神思》有云："方其搦翰，气倍辞前；暨乎篇成，半折心始。"这种体会可以说更为真切而符合创作的实际情形，但刘勰并未止于此，而是要探究其中的原因。他说："何则？意翻空而易奇，言征实而难巧也。"刘勰认为，之所以会有"文不逮意"的问题，是因为"意"和"言"（"文"）有着不同的特点：艺术意象出于虚构，容易出奇制胜；语言文辞讲究实在，难以投机取巧。所以，刘勰既充分注意到了这个问题的"能之难"，又显然不同意陆机的"非知之难"之说，而是要在知其所难的基础上解决"能之难"的问题。整个《神思》篇，就是从艺术构思这一特定的角度，从理论上解决这一问题（详后）。因此，刘勰之于陆机确是有所"本"的，但其理论的广度和深度，则大为不同了。

《文赋》首先以形象、生动而准确的语言概括地描绘了文学创作的全过程，历来得到研究者的重视。但实际上，这只是一个铺垫，并非作者所要论述的中心问题。其开篇而谓："伫中区以玄览，颐情志于典坟。"一般解释为创作的准备，这是不准确的。陆机不是论创作的准备，而是描绘创作的发生；不是提出什么要求，而是说创作的冲动是如何产生的。当然，进而认为其中包含对创作的要求也无不可，但这已不符合《文赋》之思路了。陆机是说，人生天地之间，观览万物、精思细想，必有所感；而那些具备文章写作修养之人便会有创作冲动的产生。其云："遵四时以叹逝，瞻万物而思纷，悲落叶于劲秋，喜柔条于芳春，心懔懔以怀霜，志眇眇而临云。"四时之景物的变化感于人心，这是创作冲动产生的根源。又云："咏世德之骏烈，诵先人之清芬，游文章之林府，嘉丽藻之彬彬，慨投篇而援笔，聊宣之乎斯文。"物之感人是普遍的，然而欲形诸笔端却不是一般人能够做到的，而必须具备充分的文学修养。"咏世德"云云主要指此。有了感情之产生，又有了表达它的能力，创作便可以实现，也就是"援笔"而"宣之乎斯文"了。

创作冲动产生以后，便进入艺术构思阶段。陆机以极为生动的语言准确描绘了艺术构思的情形，这种描绘是前所未有的，因而它虽非《文赋》的中心，却是值得人们重视的。陆机描绘了一种典型而成功的艺术构思情形，较为充分地体现出艺术构思的主要特点。一是艺术构思要有虚静的心态。陆机说："其始也，皆收视反听，耽思傍讯，精骛八极，心游万仞，"所谓"收视反听"，乃是"内视""内听"之意，是说精神内敛、心无旁骛，进入一种虚静之境。上述所谓"玄览"，正是老子"涤除玄览"的虚静状态，也颇似庄子的"心斋""坐忘"之境。不过，陆机所讲已着眼于文章的构思了。"收视反听"的目的是"耽思傍讯"，既要心无杂念，又应深思博采；也就是说，进入虚静之境乃是为了集中精力进行艺术构思。二是艺术构思的想象特点。所谓"精骛八极、心游万仞"，"浮天渊以安流，濯下泉而潜浸"，"观古今于须臾，抚四海于一瞬"，等等，都说明艺术构思具有超越时空的想象特点。三是艺术构思的形象性。所谓"情曈昽而弥鲜，物昭晰而互进"，是说作者的思想感情越来越鲜明，所要描绘的自然景物也越来越清晰，正说明艺术构思过程中伴随着生动、鲜明的形象。四是艺术构思的创新特点。艺术构思过程中，作者不仅要"倾群言之沥液，漱六艺之芳润"，更要"收百世之阙文，采千载之遗韵，谢朝华于已披，启夕秀于未振"，也就是注重创新而超越前人。五是艺术构思的不确定性。作为创作之始，艺术构思中的意象具有飘忽不定的特点。有时文思泉涌，意象丰富；有时则文思艰涩，闭塞不通。所谓"沉辞怫悦，若游鱼衔钩，而出重渊之深；浮藻联翩，若翰鸟缨缴，而坠曾云之峻"，说的正是这种情形。陆机描绘艺术构思过程的语言不多，但确是非常准确，颇为切合艺术构思的具体情形，是一种从亲身体验出发的艺术构思论。

艺术构思完成以后，便进入"选义按部，考辞就班"的阶段，即艺术表现、传达的阶段，也就是将艺术构思的结果形诸文字而成为作品。作者当然希望把构思的结果全部传达出来，所谓"抱景者咸叩，怀响者毕弹"；并为了实现这一目的而竭尽全力，所谓"或因枝以振叶，或沿波而讨源"，等等。然而，艺术表现的过程乃是相当艰难的；或成功或失败，得失并非总是尽如人意。所谓"罄澄心以凝思，眇众虑而为言，笼天地于形内，挫万物于笔端"，既指出艺术表现和传达之难，又体现出其所以难的原因：即艺术表现之难在于须将超时空的艺术构思的结果传达出来。艺术构思时可"精骛八极，心游万仞"、"观古今于须臾，抚四海于一瞬"，而要用文字将其表达出来，显然是极为困难的；"笼天地于形内，挫万物于笔端"，本身就意味着一种极大的矛盾，这其实正是"意不称物，文不逮意"之原因。但陆机始终着眼于"能之难"，所以他重在描绘艺术传达时的种种难易之形："始踯躅于燥吻，终流离于濡翰"，是说文字表达的开始阶段总是颇为艰涩的，而历经艰难以后终有文思畅通之时;"理扶质以立干,文垂条而结繁",便是文思通畅而表现顺利的情况,这时文章中心突出,文采繁富。在这种情况下,作者当然沉浸在一种创作的激动中,所谓"信情貌之不差,故每变而在颜",真正是情动于中而形于言,作品中每一种感情的变化都表现在作者的形貌上,以至于"思涉乐其必笑,方言哀而已叹",作者沉浸于作品所表达的感情之中,随着快乐的感情而高兴,随着悲哀的感情而叹息。陆机说,艺术表现"或操觚以率尔,或含毫而邈然",成败是难以确定的。

文章的写作是艰难的,但又是快乐的;《文赋》乃文章之赞歌,其根本的着眼点当然是为文之乐。所以,在上述描绘之后,陆机说:"伊兹事之可乐,固圣贤之所钦。"这种文章"可乐"的观点确是前所未有的,是为艺术而艺术时代的理论象征之一。文章写作之乐,在于"课虚无以责有,叩寂寞而求音,函绵邈于尺素,吐滂沛乎寸心",即将无形化为有形,将丰富生动的大千世界纳诸尺素之内,将上下古今的绵绵之思发于书简之中。成功的创作,"言恢之而弥广,思按之而愈深",内容上寓意深广而开掘不尽;"播芳蕤之馥馥,发青条之森森",文辞上则丰富多彩而光华绚烂;"粲风飞而猋竖,郁云起乎翰林",终至写出一篇文采飞扬的作品,而为文坛增添一朵奇葩。陆机对文章写作之乐的这些描摹,可以说抓住了文学的审美特征,表现出文学自觉时代之"为艺术而艺术"的新观念。

从创作冲动的产生至一篇作品的成功诞生,陆机的描绘是相当简洁而概括的,又是极为生动而贴近创作实际的。其中所表现出的关于文章写作的一些重要理论,可以说都为《文心雕龙》所借鉴、吸收并发挥。如四时景物之变换对作家的感召、艺术构思的种种特点、艺术表现之特点,等等,在《明诗》《神思》《物色》等篇,刘勰都在陆机所论的基础上,进行了充分的发挥和论证。所谓"本陆机氏说而昌论文心",在这里表现得是最为明显的。但即使如此,刘勰之所"本"仍有种种不同的情况。所谓"昌论",其发挥和铺展自不必说,其多方论证更与陆机的描述有着本质的不同。如陆机有"沿波而讨源"之说,是说有时作者采用顺流探源、由末及本的表现方法,最后揭示作品的主题。刘勰亦借用其说,但却用于揭示文学欣赏的原理,其谓:"夫缀文者情动而辞发,观文者披文以入情;沿波讨源,虽幽必显。"(《知音》)这不过是一个比喻的借用和改造,但其理论的升华和创新是显然可见的。实际上,刘勰之于《文赋》,既有所"本",又有着全面的理论超越。

在概括地描绘了文章写作的一个完整过程以后,陆机集中论述"作文之利害所由"的问题。也就是说,所谓文章写作的"能之难","难"在何处呢?这是《文赋》所要解决的中心问题。陆机所找出的文章写作之"利害所由"是："体有万殊，物无一量；纷纭挥霍，形难为状。"这里的"体"是"文体"。陆机认为，种种文体之不同，决定了"放言遣辞"之不同，所谓"良多变矣"。也就是说，"体有万殊"而致文辞"纷纭挥霍"，所谓"诗缘情而绮靡，赋体物而浏亮"等等，其主旨便是说明不同的文体对文辞有着不同的要求。"物无一量"之"物"指的是作品所要表达的内容，即"意不称物"之"物"，与作者之"意"实乃密切相关。作品所要表现的内容当然也是多种多样的，"物无一量"也就产生了"形难为状"之苦，实际上仍是"意不称物，文不逮意"的问题。也就是说，文体的千变万化以及作者所要表现内容的多姿多彩，最终使得文辞变化万千，此乃"作文之利害所由"。所谓"辞程才以效伎，意司契而为匠；在有无而僶俛，当浅深而不让；虽离方而遁圆，期穷形而尽相"，等等，主要就是说作者们不遗余力、逞其所能，努力把艺术构思的成果充分表现出来，亦即尽可能做到"意称物""文逮意"。总之，解决辞和意（物）之矛盾正是作文之关键。

然则，解决这个问题的原则又是什么呢？陆机说："其会意也尚巧，其遣言也贵妍。"这便是其正面的要求了，可以说是其总的原则。郭绍虞先生主编的《中国历代文论选》对这两句的注释是："此仍分指意与辞讲。'意司契而为匠',苦心经营,能穷究物情则巧;'辞程才以效伎',尽力推敲,能曲达思绪则妍。此即意能称物,文能逮意之旨而更进一步。"此论甚确,正得陆机之旨。这个"更进一步"的要求,便是"巧"和"妍",也就是美。陆机还特别指出:"暨音声之迭代,若五色之相宣。"也就是说,"遣言"之美的一个重要内容是"音声"之美。可以说,所谓"意称物""文逮意",其标准便是"巧""妍";文辞运用之美,正是一篇《文赋》所着力解决的中心问题。

在这个问题上,刘勰和陆机既有英雄所见略同之处,又有明显的理论追求的区别。《文心雕龙》之作,在于探索"为文之用心";"用心"之处何在呢?正在"雕龙"二字。所谓"古来文章,以雕缛成体"(《序志》),没有精雕细刻之功,也就没有了"文章";所谓"文",所谓"文章",其本身就意味着美。所以,"为文之用心"所在,正是文章之美。在这点上,刘勰的理论追求与陆机的"巧""妍"标准是完全一致的。《文心雕龙》以大量的篇幅探讨语言形式的种种表现技巧,正是这种理论追求的表现。如对声音之美的认识,刘勰说:"括囊杂体,功在铨别;宫商朱紫,随势各配。"(《定势》)这与陆机所谓"暨音声之迭代,若五色之相宣"的要求别无二致。然而,刘勰之"搦笔和墨,乃始论文",又担负着解决"去圣久远,文体解散"(《序志》)的历史重任,这与陆机为"文"(美)作"赋"的心态便极为不同了。这种不同,不仅决定了其最终的理论追求有着重大的区别,而且即使在一些看起来观点颇为相近的具体问题上,也仍可能存在差异。

陆机以为,文章写作虽因"体""物"之千变万化而有文辞上的气象万千,但其"巧""妍"的原则既定,就要努力探寻变化的规律,全力达到写作的目标。所谓"苟达变而识次,犹开流以纳泉",懂得这种变化且不失时机地适应这种变化,就可以使文思泉涌、辞意相称了。实际上,"达变而识次"的问题,也就是如何具体"放言遣辞"而定"妍蚩好恶"的问题。这正是陆机所要全力解决的问题。

如何"放言遣辞"呢?陆机列举了种种情况,也提供了种种意见。一是"或仰逼于先条,或俯侵于后章,或辞害而理比,或言顺而义妨"的情况,这是说文章写作中经常出现前后不连贯以致相矛盾的情形,这种矛盾表现于意、辞两方面,或意顺而辞不顺,或辞顺而意不畅,也就是没有达到所谓"辞达而理举"的要求。出现这种情况,陆机以为"离之则双美,合之则两伤",实际上要求加以删节,使其相统一,亦即"无取乎冗长"之意。但这种"离之"却必须慎重、仔细:"考殿最于锱铢,定去留于毫芒。"而"定去留"的标准是"应绳其必当",亦即辞意双美。二是"或文繁而理富,而意不指适;极无两致,尽不可益"的情况。这是说文章辞繁意丰,而作者所要表达的主要内容却没有表现出来或不够突出，实际上是说"文繁理富"掩没了作品之主旨。"极无两致"乃承"文繁理富"而从意、辞两方面为言，是说文、理皆达到繁富之极（两致）是不会有好文章的；"尽不可益"亦承"文繁理富"而言，是说文、理皆臻于"尽"而不可再增益了。在这种情况下，解决的办法就是"立片言而居要，乃一篇之警策"，即突出文章的主旨，以条贯众流。这仍然贯穿"要辞达而理举，故无取乎冗长"之旨。三是说文章看上去写得不错，"或藻思绮合，清丽芊眠；炳若缛绣，凄若繁弦"，但却"暗合曩篇"，即与前人雷同，而这种雷同又并非直接抄袭，而是"暗合"。面对这种情况，陆机以为"虽杼轴于予怀，怵他人之我先；苟伤廉而愆义，亦虽爱而必捐"，即虽出于己意，但他人既已先我，就必须割爱。四是"或苕发颖竖，离众绝致；形不可逐，响难为继"的情况。这是说文章写作中时有佳句出现,其特出独立,难以找到与之相配的句子。陆机以为，"石韫玉而山晖，水怀珠而川媚"，佳句的出现会给文章增色添辉。也就是说，即使总体而言文章并不出色，但若有佳句突出，便仍有可取之处。

文章的"妍蚩好恶"又如何呢？陆机从五个方面作了说明。一是"或托言于短韵，对穷迹而孤兴；俯寂寞而无友，仰寥廓而莫承"。一般以为此指短小的文章，其实这主要是指文章写作中文思枯竭的情形，即没有更多的话要说，找不到合适的文词，亦难有丰富的理意。此种情形，陆机以为"譬偏弦之独张，含清唱而靡应"，即看上去较为单纯、省净，但实际上缺乏回应、唱和，因而是不理想的。二是"或寄辞于瘁音，言徒靡而弗华；混妍蚩而成体，累良质而为瑕"。这是与上一种情况正好相反的一种毛病，不是没有话说，而是说得太多，理意、辞文皆显得杂乱，富赡而缺乏提炼，也就混淆了美丑，成为作品所要表达的中心内容的累赘。陆机以为，此"象下管之偏疾，故虽应而不和"，回应、唱和的问题是解决了，但因其繁乱而失去了和谐，也是不理想的。三是"或遗理以存异，徒寻虚而逐微；言寡情而鲜爱，辞浮漂而不归"。这是说文章写作的思路误入歧途，只顾寻虚逐微、标新立异，而失去了典型性、普遍性，因而少情缺爱，文辞浮漂而不正。陆机以为，此"犹弦幺而徽急，故虽和而不悲"，即看上去文章本身似乎是和谐的，但缺乏感染力。四是"或奔放以谐和，务嘈囋而妖冶；徒悦目而偶俗，故声高而曲下"。这是说文章看上去和谐奔放，但为了迎合世俗而格调低下，所以此"寤《防露》与《桑间》，又虽悲而不雅"，即感人的目的是达到了，但其为鄙俗之曲而不够雅正。五是"或清虚以婉约，每除烦而去滥；缺大羹之遗味，同朱弦之清泛"。这是与上一种情况相对而言的，是说文章颇有清净简约之风，但缺乏令人回味无穷之效；正是正了，却"雅而不艳"，即色彩不够艳丽和华美。这样,陆机便要求文章"清"而有"应","应"而可"和","和"而又"悲","悲"而且"雅","雅"而能"艳"。实际上,陆机的这些说法未必尽合情理,对一篇文章来说,同时做到这五个方面更是不可能;但其要求文章在艺术形式上达到高度的和谐和完美,却是一种值得注意的文艺观念。

如上所说,刘勰与陆机的文艺观念既有一脉相承之处,又有重要的区别。陆机对"放言遣辞"以及"妍蚩好恶"的详细探索,充分表现出其追求"巧"与"妍"的文章观念。从这个意义上说,刘勰谓其"巧而碎乱"(《序志》),亦可谓不诬。但实际上,刘勰对艺术形式技巧的探索同样十分精细,如《声律》《章句》《丽辞》《事类》《练字》等篇,皆专门研究语言形式的运用问题。其对"巧"与"妍"的追求,可以说不在陆机之下。这里的区别就在于,《文赋》的中心问题就是如何实现文章的"巧"与"妍",可以说是彻底的"为艺术而艺术"。刘勰则既肯定文章之美,要求文章"雕缛成体",又时刻不忘《文心雕龙》之作的历史重任,那就是"极正归本"(《宗经》)。所以,《文赋》是一首文的赞歌、美的赞歌,《文心雕龙》则是一部文的哲学、文的美学。这种根本不同的理论追求和价值取向,决定了即使都是探索语言形式问题,也有细微而明显的区别。如对"声律"问题的认识,刘勰和陆机都强调语言的声韵之美,然而刘勰对声律的重视,却是基于如下认识:"夫音律所始,本于人声者也。声含宫商,肇自血气……故言语者,文章神明枢机。"也就是说,无论声律之美如何重要,都必须以表现人的思想感情为根本。从而,声律之美的最高要求就是"吹律胸臆,调钟唇吻","吐纳律吕,唇吻而已",也就是以自然的声韵之美充分表达人的内心世界。再如对偶的运用,刘勰说:"夫心生文辞,运虑百裁,高下相须,自然成对。"(《丽辞》)也就是说,对偶的产生源于人们表现思想感情的需要;对偶的运用,自然应当符合表情达意的原则,必须自然而然,并非刻意的追求和雕琢。因此,刘勰的"雕缛成体",乃统摄于他的"自然之道"的精神之下,是其"以情为本,文辞尽情"创作论体系的组成部分,而不是孤立的雕章琢句。其谓陆机《文赋》"巧而碎乱"者,正以此也。

2. 为文用心

《序志》有云:"夫文心者,言为文之用心也。"陆机《文赋》也说:"余每观才士之所作,窃有以得其用心。"这两个"用心",既有一致之处,又有重要的区别。如上所说,陆机之"用心",在于如何精心推敲语言文辞;而刘勰所谓"用心",除了这方面的含义,还包括文章要表现人的内心世界。其云:"'心'哉美矣,故用之焉。"又说:"文果载心，余心有寄。"(《序志》)这个"心"乃是文章的内容和根本，刘勰正是由此建立起"以情为本，文辞尽情"的《文心雕龙》创作论体系。这一体系的丰富内容，为中国古代文论奠定了坚实的基础。季羡林先生曾指出："我们在文论话语方面，决（绝）不是赤贫，而是满怀珠玑。我们有一套完整的与西方迥异的文论话语。"（见《季羡林人生漫笔·门外中外文论絮语》）可以说，这套完整的中国文论话语就形成于《文心雕龙》。下面从《文心雕龙》创作论的四篇即《神思》《物色》《体性》《通变》，一窥其具体的面貌。

（1）神用象通

《文心雕龙》创作论的第一篇是《神思》（本节下引本篇不注），论述艺术构思问题。以艺术构思为"驭文之首术，谋篇之大端"而作专篇论述，这是前所未有的。刘勰在陆机《文赋》对艺术构思所作简要描述的基础上，对文章写作的艺术构思问题进行了全面、系统而深刻的理论阐述；这一阐述不仅达到了时代的最高水平，更为中国古代的艺术构思论创造了基本的话语体系。

第一，刘勰准确地描绘了艺术构思的想象特征。什么是"神思"？刘勰说："古人云：'形在江海之上，心存魏阙之下。'神思之谓也。"身在江湖而心系朝廷，虽只是一个比喻,却形象地说明所谓"神思"乃是一种超越时空的思维活动。季羡林先生说:"我们中国的文艺批评家或一般读者,读一部文学作品或一篇诗文,先反复玩味,含英咀华,把作品的真精神灿然烂然映照于我们心中,最后用鲜明、生动而又凝练的语言表达出来。读者读了以后得到的也不是干瘪枯燥的义理,而是生动活泼的综合印象。"(见《季羡林人生漫笔·我的学术总结》)这确是不错的。以一个比喻来给"神思"这一概括艺术构思的概念作定义,给人的印象确乎是生动活泼的、综合的;而如果不是得其"真精神",这种做法其实是很冒险的。刘勰之所以敢于这样做,正源于他对艺术创作过程的反复玩味、含英咀华。其云:

  文之思也,其神远矣。故寂然凝虑,思接千载;悄焉动容,视通万里。吟咏之间,吐纳珠玉之声;眉睫之前,卷舒风云之色:其思理之致乎!

所谓"远",既是时间的无始无终,又是空间的无边无际。当作家静静思考之时,其想象的翅膀可以飞越上下千年;在作家容颜微动之间,其视野早已跨过万里之遥。吟咏推敲之中,仿佛已听到珠玉般悦耳的声韵;凝神注目之际,眼前早已是风卷云舒。"神思"的想象之功,确乎是"用鲜明、生动而又凝练的语言表达出来"了。这种超越时空的想象活动，正是艺术构思的典型特点。

第二，刘勰对艺术构思的形象性作了理论概括。陆机在《文赋》中只是简要地涉及了艺术构思的形象性，而刘勰则从理论上进行了准确概括，那就是"思理为妙，神与物游"。也就是说，艺术构思这种超越时空的想象活动，其特点在于作家的精神与客观的物象一起活动。牟世金先生指出："以精神与物象相结合的活动为'思理'之妙，确是（实）揭示了艺术构思的基本特征，这是刘勰论艺术构思所取得的重要成就。"（见其《文心雕龙研究》第六章）之所以可以视为"重要成就"，不仅因为刘勰以极为精练而准确的"神与物游"一语揭示出艺术构思的形象思维特征，而且因为刘勰这一概括更进一步揭示出这种形象思维的特点在于心物交融。这种心物交融的特点，陆机《文赋》已有所涉及，所谓"情曈昽而弥鲜，物昭晰而互进"，可以说已是一种极有价值的描述性提示；但由于陆机论述的中心在于语言运用问题，以及《文赋》的表现方式所限，这一呼之欲出的理论概括终于没有产生。正是在此基础上，刘勰以敏锐的理论感觉和精细的思辨能力，创造了"神与物游"这一既生动形象而又高度概括的独特用语。季羡林先生曾经不止一次地呼吁："中国文艺理论必须使用中国固有的术语，采用同西方不同的判断方法，这样才能在国际学坛上发出声音。"（《季羡林人生漫笔·我与东方文化研究》)对此,笔者深以为然。中国固有的文艺理论术语中,"神与物游"应是富有生命力的出色的一个。刘勰在《神思》篇的"赞"词中说:"神用象通,情变所孕;物以貌求,心以理应。"这可以说是对"神与物游"的进一步阐释。这也充分说明,所谓"神与物游"的艺术构思过程,正是一个心物交融、情景相合的过程。

第三,刘勰指出艺术构思的重要特点之一是化无形为有形。艺术构思之超越时空的想象性,决定了其必然具有飘忽不定的"虚"的特点;而艺术构思之生动可感的形象性,则要求构思者必须具有化虚为实的能力。刘勰说:"夫神思方运,万涂竞萌;规矩虚位,刻镂无形。"当进入艺术构思之时,无数的意念涌上心头,但这多是虚而不实的;一个成功的艺术构思还必须将这种纷繁的思绪化为具体的形象,把尚未定型的朦胧的意态尽可能具象化,使其有栩栩如生之感。陆机《文赋》曾从语言表现的角度谈到"课虚无以责有,叩寂寞而求音"的问题,是说文章写作之乐在于化无形为有形。从陆机的这两句话来看,其与刘勰所谓"规矩虚位,刻镂无形",在含义上并无大的不同。但陆机的主旨在于说明语言文辞的功用,而刘勰却用以概括艺术构思的特点,这就有了重要的区别。这个区别在于,陆机以为语言表现的任务、文章写作的乐趣在于化无形为有形;刘勰则把化无形为有形的这一任务交给了艺术构思阶段，从而艺术构思的过程便显得极为重要了。这正是陆机忽略艺术构思问题而刘勰专作《神思》篇的重要原因之一。

需要指出的是，传统的观点认为，刘勰所谓"规矩虚位，刻镂无形"谈的是艺术构思具有虚构的特点，我以为这是一个很大的误解。认为刘勰是在讲虚构，是孤立地理解这两句话的结果。如上所说，刘勰的这两句话乃承"神思方运，万涂竞萌"而言；所谓"虚位""无形"，指的是构思过程中的各种意绪、意念具有飘忽不定、虚而不实的特点；所谓"规矩""刻镂"，就是将其具体化、实在化，也就是化虚为实。所以，其与艺术创作中的凭虚构象乃是大相径庭的。应该说，刘勰之于虚构，并无明确的认识，更不可能要求作家虚构艺术形象。实际上，在明清时期小说戏曲理论大发展以前，真正的艺术虚构问题是不可能出现在以诗文为研究对象的文学理论批评中的。

第四，刘勰指出艺术构思乃是一个激动人心的感情活动过程，艺术构思的成果是"意象"的产生。其云："登山则情满于山，观海则意溢于海；我才之多少，将与风云而并驱矣。"作者一想到登山，则满腔激情贯注高山；一想到观海，则热情洋溢融入大海。作者以全部身心去拥抱大自然，与长风白云并驾齐驱。所谓"神用象通，情变所孕"，艺术构思的想象过程及其形象性，始终伴随着作者强烈的感情活动。如上所说,这是一个心物交融的过程。心物交融而深情贯注的结果,一方面是感情的形象化、物象化,另一方面则是客观物象的感情化、主观化,从而艺术意象也就呼之欲出了。

刘勰对艺术构思完成阶段的说明是:"然后使玄解之宰,寻声律而定墨;独照之匠,窥意象而运斤。"也就是说,艺术构思完成以后,作者要寻找合适的表现方式,把自己独特的艺术意象传达出来。那么,"意象"也就是艺术构思的最终成果。所谓艺术创作,也就是把这一成果表达出来。显然,"意象"的产生是"神与物游"的结果,是"神用象通,情变所孕"的产物。它既非纯粹的客观物象,也不再是抽象而单纯的思想感情,而是寄托和表达作者思想感情的生动而形象的艺术内容。需要强调指出的是,作为艺术构思的成果,"意象"这一概念包孕了丰富的内容,与后世所谓"艺术形象"是颇不相同的。这种不同主要在于,"艺术形象"一词着眼于造型艺术和小说戏曲等重视虚构的艺术形式,主要是指一种活生生的"形""像";而刘勰的"意象"乃着眼表现感情的诗文,既有客观形象性的含义,又包含孕育着意绪、意念、情感、思想等诸多内容。实际上,"意象"乃是构思过程完成以后的整个成果,它几乎是未来作品的全部内容。所以,"意象"这一概念具有极大的包容性和概括性,是极富中国特点的文论术语。

对不注重概念的建设而多为经验感悟式判断的中国古代文论而言,"意象"一词的创造和运用,是值得大书一笔的。

第五,刘勰详细研究了文思的通塞问题。艺术构思是超越时空的形象思维,其天马行空的想象特点,决定了作家的艺术构思过程具有通塞不定、难以捉摸的性质。对此,陆机深有体会,并在《文赋》中作了形象的描绘;而对其中通塞的规律,则表现出困惑和不解。其云:

> 若夫应感之会,通塞之纪,来不可遏,去不可止,藏若景灭,行犹响起。方天机之骏利,夫何纷而不理;思风发于胸臆,言泉流于唇齿……及其六情底滞,志往神留,兀若枯木,豁若涸流……是以或竭情而多悔,或率意而寡尤;虽兹物之在我,非余力之所戮。故时抚空怀而自惋,吾未识夫开塞之所由。

陆机说,作家心灵与外物的感应以及由此而来的文思的通塞,具有行踪不定、来去难以把握的特点。文思枯竭之时,仿佛影子突然消失;文思涌现之时,又如声音骤然而起。当作家进入良好的精神状态之时,思维敏捷,没有什么纷乱的思绪不能梳理;其美妙的构思犹如春风般在胸中荡漾,其优美的文辞似清泉般汩汩流出。而当作者情思停滞之时,即使勉力而为,也很难进行下去;好像兀然而立的枯木,又似干涸空荡的河床。所以,作者有时殚精竭虑反而徒增许多遗憾,有时率意而为反倒颇为顺利,让人感到文章虽由自己写,却又并非自己的意愿所能左右。面对这种情形,陆机坦承自己经常抚空怀而叹惋,搞不清文思通塞的原因之所在。

应当说,陆机虽然尚未弄清文思通塞的问题,但他以切身的创作体会,对这个问题第一次作出如此深切的描绘,可谓功莫大焉。实际上,刘勰的《神思》篇在很大程度上即是对陆机所提出的这个问题的回答。所谓"本陆机氏说而昌论文心",在这里倒是颇为符合事实的。因为陆机所谓"开塞之所由"已经不仅仅是艺术构思的问题,而是涉及了艺术传达的阶段,所以刘勰的回答也并不限于艺术构思,而是着眼于整个创作过程了。

刘勰以为,艺术构思的特点是"神与物游",因此要解决文思通塞问题,首先就必须从"神"与"物"两方面进行考察。他说:"神居胸臆,而志气统其关键;物沿耳目,而辞令管其枢机。"精神蕴藏于内心,情志、血气是统帅它的"关键";物象诉诸人的耳目,语言是表现它的"枢机"。所以,要解决"神"与"物"的问题,就要抓住其"关键"和"枢机"。所谓"枢机方通,则物无隐貌;关键将塞,则神有遁心",只要语言运用自如,则对客观物象的描摹必然形貌无遗;如果人的志气阻塞,那么其精神活动便会停滞,"神与物游"也就难以实现了。为此,刘勰要求"陶钧文思，贵在虚静；疏瀹五藏，澡雪精神"，也就是说，作家进入艺术构思过程，必须有一个清澈澄明、沉静专一的心境，给"神与物游"一个广阔的空间。同时，要从根本上解决文之通塞问题，亦即解决"志气""辞令"的问题，则需要艺术构思前的充分准备，这就是一个长期的过程了。这种准备，刘勰从四个方面予以概括："积学以储宝，酌理以富才，研阅以穷照，驯致以怿辞。"也就是积累学识以储藏宝贵的财富，思辨事理以丰富自己的才华，研磨阅历以透彻地理解人生，训练情致以恰当地运用文辞。可以说，刘勰并未找出解决文思通塞问题的灵丹妙药，但这四个方面确是从根本上解决这个问题的关键所在。

从艺术表现的角度看，文章写作同样存在"通塞"的问题。所谓"方其搦翰，气倍辞前；暨乎篇成，半折心始"，当作家开篇提笔之时，气势恢宏，跃跃欲试，似有万语千言；而当行文落墨之时，则如剥茧抽丝，戛戛独造，早已与原先所想打了对折。何以如此？刘勰说："意翻空而易奇，言征实而难巧也。是以意授于思，言授于意；密则无际，疏则千里。或理在方寸，而求之域表；或义在咫尺，而思隔山河。"文意出于想象，容易出奇制胜；而语言却是实实在在的，难以率尔成功。这是一个矛盾，但刘勰并不认为这一矛盾总是无法统一的。他指出，文意来源于艺术构思，语言则来源于文意，"思—意—言"的这一过程决定了艺术表现必然有"密则无际,疏则千里"的两种情况。但刘勰特别指出,所谓"疏则千里",却也并非真的就有"千里"之遥。有时事理其实就在心里,却要到处搜求;有时情意其实就在眼前,却又似山水阻隔。这既是对陆机所谓"或竭情而多悔,或率意而寡尤"的进一步申述,更是提醒人们注意其中之理。也就是说,必知其或"密"或"疏"的情形决定于"思—意—言"这一复杂的传递过程,方可解开其中之谜。而一旦抓住这一规律,则就不必冥思苦想而可达到成功。正是:"秉心养术,无务苦虑;含章司契,不必劳情也。"也就是说,进行艺术构思要掌握正确的方法,不应一味地苦苦思索。语言的传达则要适应艺术构思的特点,也不必一味地用力伤情。

当然,无论构思还是传达,除了上述普遍的通塞之理以外,都与作家主体的才能及文章的体制有重要关系。刘勰指出:"人之禀才,迟速异分;文之制体,大小殊功。"作家的才能高低不同,写作自然有快有慢;文章的体裁风格不一,成功也就有难易之别。他举例说,司马相如"含笔而腐毫"、王充"气竭于沉虑"、张衡十年写成《二京赋》、左思十二年写成《三都赋》,其所著固然堪称巨文,但确属"思之缓也";曹植展纸落墨就像背诵一样,王粲提笔而写仿佛早已做好一般,阮瑀在马鞍上即可写成书信,祢衡在宴席上便可草成奏章,其所写虽为短篇,但实乃"思之速也"。为什么会有如此差异呢？刘勰说：

> 若夫骏发之士，心总要术；敏在虑前，应机立断。覃思之人，情饶歧路；鉴在疑后，研虑方定。机敏故造次而成功，虑疑故愈久而致绩。难易虽殊，并资博练。若学浅而空迟，才疏而徒速；以斯成器，未之前闻。是以临篇缀虑，必有二患：理郁者苦贫，辞溺者伤乱。然则博见为馈贫之粮，贯一为拯乱之药；博而能一，亦有助乎心力矣。

刘勰认为，那些构思快捷的人，是因为对其中的关键问题心中有数，仿佛不假思索便可当机立断。那些构思迟缓的人，则是因为心中思路繁杂，犹豫不定而几经推敲方可成功。然而无论难易快慢，都必须依靠多方面的训练，从而解决内容贫乏和驳杂的毛病。他说，广闻博见可以解决内容的贫乏问题，抓住要点则可以纠正作品的杂乱问题。而如果将二者结合起来，便可取得艺术构思以及艺术传达的成功。这样，刘勰不仅分析了作家主体之于文思通塞的关系，而且提出了解决问题的方法和途径。

由上可见，刘勰既系统而深入地论述了艺术构思问题，又相当全面而细致地回答了陆机在《文赋》中所提出的"开塞之所由"的问题；从而，《文心雕龙》的艺术构思论不仅在理论上是精深的，而且具有极强的现实针对性和实践性，为成功进行艺术构思以及文章写作指明了正确的方向。正因如此，刘勰的艺术构思论在中国文论史上产生了相当广泛而深刻的影响；实际上，刘勰所创造的一系列概念和理论已成为中国古代艺术构思论的基本话语。如"神思"一词，虽在刘勰之前早已出现，但大多与艺术构思无关，更非作为专门的概念来运用。可以说，以"神思"一词作为文章写作艺术构思的专门用语，仍可视为刘勰的创造；以之名篇并作全面研讨，更表现出《文心雕龙》空前而非凡的理论意识。正如牟世金先生所指出："自刘勰之后，'神思'就成为艺术构思的专用语而普遍运用于古代的诗论、文论、画论之中了。"（见其《文心雕龙研究》第六章）稍后于刘勰的史学家萧子显在其《南齐书·文学传论》中便说："属文之道，事出神思，感召无象，变化不穷。"这里的"神思"与刘勰所论就是完全一致的了。唐代著名诗人王昌龄在其《诗格》中说：

> 诗有三格。一曰生思：久用精思，未契意象，力疲智竭，放安神思，心偶照境，率然而生。二曰感思：寻味前言，吟讽古制，感而生思。三曰取思：搜求于象，心入于境，神会于物，因心而得。

这里所谓"三格"，指的是诗兴产生的三种情况，也就是诗歌艺术构思的三种情形，所以有"生思""感思""取思"之说。所谓"生思",是说作者冥思苦想以致筋疲力尽,却仍然不得要领;而一旦放松心神,遍寻不得的意象却于不经意间油然而生。王昌龄不仅运用了刘勰艺术构思论的两个重要概念:"神思"和"意象",而且对这种所谓"生思"的描述,正合于刘勰"秉心养术,无务苦虑;含章司契,不必劳情"之论。王昌龄所谓"取思",则是指作者主动亲近大自然,与自然景物融为一体,心物交融而构成意象;这正是刘勰"神与物游""神用象通"之论的具体运用。宋元以后而至明清时期,"神思"一词更被广泛地运用(参见牟世金先生《文心雕龙译注·引论》);而"神与物游"的理论,则已成为艺术构思和文章写作的共识。如明代的王世贞说:"遇有操觚,一师心匠;气从意畅,神与境合。"(《艺苑卮言》卷一)类似对"神与物游"理论的发挥和运用,可以说不胜枚举。

至于刘勰所独创的"意象"这一重要概念,更是得到了作家和文论家们的充分重视而被普遍运用。如宋代著名诗人和诗论家黄庭坚诗云:"革囊南渡传诗句,摹写相思意象真。"(《同韵和元明兄知命弟九日相忆》)"意象"一词的运用正承刘勰之命意。明代李东阳评价唐代温庭筠的"鸡声茅店月,人迹板桥霜"之句而谓:"而音韵铿锵,意象具足,始为难得。"(《麓堂诗话》)以"意象"之有无作为诗歌的审美标准之一,其重要性是不言而喻的。明代的王世懋说:"盛唐散漫无宗,人各自以意象、声响得之。"(《艺圃撷余》)把诗歌之美分为"意象"和"声响"两端,正与李东阳见解一致。明代的胡应麟更是屡次用到"意象"一词,如:"《大风》千秋气概之祖,《秋风》百代情致之宗;虽词语寂寥,而意象靡尽。"又如:"五言古意象浑融,非造诣深者,难于凑泊。"(《诗薮》内编)可以看出,"意象"已成为诗歌审美的中心问题。不仅诗歌,戏曲也同样讲究"意象"之有无。明代的沈德符便说:"杂剧如《王粲登楼》《韩信胯下》《关大王单刀会》《赵太祖风云会》之属,不特命词之高秀,而意象悲壮,自足笼盖一时。"(《顾曲杂言·杂剧院本》)显然,与诗歌一样,戏曲的创作和欣赏也分为"命词"和"意象"两端。所以,"意象"的创造乃是文学艺术的根本问题之一,这已成为中国古代文艺理论家的共识。

(2)情以物迁

如上所说,刘勰所谓"神与物游"的艺术构思过程,实际上是一个心物交融、情景相合的艺术创造过程;但《神思》篇的主旨是论述艺术构思,更是回答陆机所提出的文思通塞的问题,所以刘勰并未充分展开这一"神用象通,情变所孕"的心物交融的过程。进一步论述文章写作的这一根本问题,并具体探索文章描写自然的规律和法则,乃是《物色》(本节下引本篇不注)的任务。

《物色》开篇,刘勰以优美的笔调有声有色地描绘了大自然对作家的感召。其云:

> 春秋代序,阴阳惨舒;物色之动,心亦摇焉。盖阳气萌而玄驹步,阴律凝而丹鸟羞;微虫犹或入感,四时之动物深矣。若夫珪璋挺其惠心,英华秀其清气;物色相召,人谁获安?是以献岁发春,悦豫之情畅;滔滔孟夏,郁陶之心凝;天高气清,阴沉之志远;霰雪无垠,矜肃之虑深。岁有其物,物有其容;情以物迁,辞以情发。一叶且或迎意,虫声有足引心;况清风与明月同夜,白日与春林共朝哉!

春夏秋冬,四季更替,寒冷的天气使人心情沉闷,温暖的日子使人感到舒畅;四季景色不断变换,人的心绪亦随之摇荡。当春天来到,蚂蚁便开始跑动;当秋色降临,萤火虫便需进食;这些微不足道的小虫尚且感物而动,四季变换对万物影响之深刻也就显然可见了。作为天地之精华的人类,其聪慧的心灵就像美玉,其清纯的气息犹如花香,面对自然景色的感召,又怎能无动于衷呢?所以,明媚的春天使人心悦情畅,炎热的夏季使人意绪烦躁,澄明的秋日使人遐想无限,如银的冬雪使人思虑深沉。一年四季景色不同,风貌各异,作家的感情随着景色的不同而变化，文章也就适应感情表现的需要而产生了。一叶落下尚能触动情怀，几声虫鸣便可引发思绪；何况清风明月之秋夜，丽日芳树之春晨呢？

刘勰不仅把自然景物对作家的感召描绘得这般如诗如画，而且上升为文章得"江山之助"的理性认识。其云："若乃山林皋壤，实文思之奥府。略语则阙，详说则繁。然屈平所以能洞监'风''骚'之情者，抑亦江山之助乎！"刘勰借用《庄子·知北游》所谓"山林皋壤"之说，认为大自然之山水田林的美景，乃是文章写作的宝库。他说，屈原之所以能够写出感人至深的《离骚》，正是因为得到楚国山川的滋养。所谓"江山之助"，大自然之于文学家的这种创作之源的意义，此后便成为中国古代文论家的共识。北宋范仲淹说："文藻凌云处，定喜江山助。"(《送谢景初廷评宰余姚》)黄庭坚亦云："诗到随州更老成，江山为助笔纵横。"(《忆邢惇夫》)只有接受大自然的馈赠，才有凌云的文采，才有纵横老成的诗作。南宋王十朋诗说："出处平生慕乐天，东坡名自乐天传。文章均得江山助，但觉前贤畏后贤。"(《游东坡十一绝》)他认为，无论白居易还是苏东坡，其创作的成功均得益于"江山之助"。著名诗人陆游诗云："挥毫当得江山助，不到潇湘岂有诗。"(《偶读旧稿有感》)为了得到"江山之助"，就必须"行万里路"；所谓"不到潇湘岂有诗"，这就是刘勰思想的进一步发挥了。

值得注意的是，刘勰叙述了这样一种关系："岁有其物，物有其容；情以物迁，辞以情发。"也就是说，自然景色的变化引动作家的情思，文章正是要表现这种由景而生之情。因此，情和景的交融便成为文章描绘自然的一个重要而关键的问题。他说："是以诗人感物，联类不穷；流连万象之际，沉吟视听之区。写气图貌，既随物以宛转；属采附声，亦与心而徘徊。"刘勰认为，《诗经》的作者之受到大自然的感召而创作，其特点在于"联类不穷"，亦即通过联想、类比、比兴等手法，使自己的情与自然的景相互生发，从而达到与大自然的交融统一。所谓"流连万象之际，沉吟视听之区"，诗人以全部的身心拥抱大自然、与大自然合而为一了。这样，其创作过程必然是"随物以宛转""与心而徘徊"，亦即做到了情景交融。有些研究者以为，刘勰尚未明确地意识到情景交融的问题。实际上，"写气图貌""属采附声"二句互文足义，已是非常清楚地显示了情景交融的原则。所谓"目既往还，心亦吐纳"，所谓"情往似赠，兴来如答"，这种情和景的相互交流和融合，可以说已经相当明确了。

正因为《诗经》很好地做到了情景交融，所以其描写自然的经验便足资借鉴了。刘勰举例说：

> 故"灼灼"状桃花之鲜，"依依"尽杨柳之貌，"杲杲"

为出日之容,"瀌瀌"拟雨雪之状,"喈喈"逐黄鸟之声,"喓喓"学草虫之韵。"皎"日、"嘒"星,一言穷理;"参差""沃若",两字连形:并以少总多,情貌无遗矣;虽复思经千载,将何易夺?

应该说,《诗经》之情景交融的程度未必尽如刘勰所说,这里所举也未必都能达到一字不易的境界;但又不能不说,其中大部分确堪称《诗经》的成功之作,这就更可以看出刘勰之明确的情景交融意识了。诸如"桃之夭夭,灼灼其华"(《周南·桃夭》)、"昔我往矣,杨柳依依"(《小雅·采薇》)、"参差荇菜,左右流之"(《周南·关雎》)、"桑之未落,其叶沃若"(《卫风·氓》),等等,对自然景物的描绘,不仅非常准确而形象,更是传达出诗人种种独特的心境,较好地做到了情和景的交融。其实,能否符合《诗经》的实际是一个问题,更重要的是刘勰从中概括出的描写自然的方法,那就是"以少总多,情貌无遗"。能够以很少的字数概括丰富的景色已属不易,何况还要做到"情貌无遗"!也就是说,既要充分表现作者之情,又能准确描绘自然之景,从而传达出情景交融的真切境界。而这一切,都必须以最为精练的语言来完成;或者说,只有做到语言的精练之极,才能真正达到"情貌无遗"之境。

其实,无论情景交融的原则,还是"以少总多"的方法,它们既来源于具体的文学创作,更具有很强的现实针对性。《物色》并非探讨自然与文学关系的一般理论,而是着眼现实文学创作的有感而发。刘勰说:

> 自近代以来,文贵形似;窥情风景之上,钻貌草木之中。吟咏所发,志惟深远;体物为妙,功在密附。故巧言切状,如印之印泥,不加雕削,而曲写毫芥。故能瞻言而见貌,即字而知时也。

这段叙述"近代以来"文学作品描写自然之特点的文字,向被认为刘勰所总结的描写自然的又一法则和规律,我以为这是有失彦和用心的。"文贵形似"之"文"乃刘勰所谓"近代以来"的"文",这句话是说宋齐以来文学作品对自然的描绘注重"形似"。作者们流连山水之间、徜徉草木之中,其作品"志惟深远",也就是作者之志深隐不露(实际上是说很难从作品中看到作者之情志),而只追求"功在密附",也就是真切地描摹自然景色。所以其作品对自然的描绘就像印章盖印一样,只求毫发不差,以至于人们能从作者的语言看到事物的原貌,能从作品的文字知道季节的不同。应当说,对自然景色的描绘,能够做到"瞻言而见貌,即字而知时",也是一种功夫和技巧。但从刘勰的文艺观念而言,这种"志惟深远""不加雕削"的"形似"之作,显然是违背其情景交融的原则和"以少总多"的方法的。所谓"瞻言而见貌,即字而知时",与《诗经》之"情貌无遗"是并不相同的。后者乃是通过"以少总多"而实现的,所谓"无遗"是作者之情和自然之景相互融合状态的"无遗";其与"不加雕削,而曲写毫芥"的原始状态的"形似",乃是大异其趣的。实际上,对"近代以来"的这种"形似"的创作倾向,刘勰早就予以批评了。《明诗》有云:"宋初文咏,体有因革;庄、老告退,而山水方滋。俪采百字之偶,争价一句之奇;情必极貌以写物,辞必穷力而追新:此近世之所竞也。"这里的"情"并非感情之意,而是指作品的内容;所谓"情必极貌以写物,辞必穷力而追新",正是"窥情风景之上,钻貌草木之中"的创作追求。所以,所谓"文贵形似",不是刘勰要总结什么创作原则和方法,而是作为与《诗经》描写自然之成功经验的对比,对宋齐以来的文风予以批评;批评的目的当然是吸取教训,以便更好地描写"物色",回应大自然对作家的感召,所谓"情往似赠,兴来如答",也就是实现情景交融。

因此,刘勰在叙述了"自近代以来,文贵形似"的情况以后,紧接着说:

> 然物有恒姿,而思无定检;或率尔造极,或精思愈疏。……善于适要,则虽旧弥新矣。是以四序纷回,而入兴贵闲;五色虽繁,而析辞尚简:使味飘飘而轻

举,情晔晔而更新。古来辞人,异代接武,莫不参伍以相变,因革以为功:物色尽而情有余者,晓会通也。

这个"然"字之转,明显地表示了对上述"形似"创作倾向的不以为然。其中之理就在于,客观景物各有相对固定的姿态,如果只追求"不加雕削,而曲写毫芥",那么作品最终只能是"五家如一"(《通变》)而缺乏创造性;相反,人的情思却是变化多端的,其与客观之景的交融也就必然气象万千,以此成篇就可能"虽旧弥新"了。刘勰说,面对大自然的景色变化,诗人要静静地予以体察,要熔铸自己的感情;描摹繁多的自然景物,用词要简洁,要"以少总多"。只有这样,作品才可有醇厚之味、鲜明之情,才能打动人。他特别指出,历代作家前后相继,无不各有自己的变化,在继承和革新中取得创作的成功;就描写自然景色而论,这种成功就在于"物色尽而情有余",这是颇为耐人寻味的。就一篇作品而言,其中描绘的景色是一定的、有尽的,而由这一定之景所生发之情却可以是无限的、韵味悠长而历久弥新的。就整个文学创作而言,尽管四季景色变换不断,但如果只追求"形似",也终有写尽之时,《通变》所批评的"五家如一"的情况便是明证;然而,"年年岁岁花相似,岁岁年年人不同",只要作家"情往似赠",以自己的一腔真情去注目大自然、投入大自然,则必然"兴来如答",必然"情晔晔而更新",必然"物色尽而情有余"。

显然,刘勰的"物色"论是以宋齐以来山水文学的发展为背景的。所谓"庄老告退,而山水方滋"(《明诗》),山水文学尤其山水诗确乎成为宋代以来文学发展的重要成就。特别是谢灵运,以富丽精工的笔墨,描摹大自然的湖光山色,其作品"如东海扬帆,风日流丽"(《敖陶孙诗评》),为文学创作开辟了一块自然美的新天地。但毋庸讳言,山水诗兴起之初,确实存在着"文贵形似"的弊端。即如被称为"元嘉之雄"(钟嵘《诗品序》)的谢灵运,其写景之作亦大多是对自然景色的客观描摹,没有做到情和景的交融。作为出色的理论家,刘勰的过人之处就在于,他不仅明确地意识到山水文学的兴起乃文学发展之必然,所谓"山林皋壤,实文思之奥府",从而以《物色》的专篇及时反映文学发展的新趋势,而且更清醒地注意到山水文学创作中的问题,并予以认真总结。事实证明,他的情景交融的理论不仅是正确而深刻的,而且是切中山水文学创作之弊端的;他由此而提出的"以少总多,情貌无遗""物色尽而情有余"等具体的创作方法和要求,可以说成为描写山水自然的不易之术。更为重要的是,刘勰之高瞻远瞩的情景交融论,实际上成为有唐一代山水文学尤其是山水诗的理论之本。如果说,谢灵运的山水诗还呈现着人与自然的分离状态，而谢朓的山水诗则向着人与自然的交融迈出了坚实的步伐，那么，唐代的山水诗便完全实现了情和景的交融而真正成为"物色尽而情有余"之作了。如此，刘勰"物色"论的远见卓识及其对中国文学发展的作用，可以说不言而自明了。

（3）各师成心

《文心雕龙》创作论的第二篇是《体性》（本节下引本篇不注），研究者一般称之为刘勰的艺术风格论。"体性"之"体"，大体上相当于风格；"体性"之"性"，指的是人的性情、个性。因而，《体性》研究的是作品风格与作家个性（性情）的关系问题。刘勰说："夫情动而言形，理发而文见；盖沿隐以至显，因内而符外者也。"先有思想感情的激动，而后发为文章，文学创作是从"隐"至"显"、由内而外的过程。显然，不同的作者会有不同的思想感情，文章自然会有不同的风貌。所以，刘勰的艺术风格论乃是其"以情为本，文辞尽情"创作论体系的基本组成部分。他接着说：

> 然才有庸俊，气有刚柔，学有浅深，习有雅郑：并情性所铄，陶染所凝，是以笔区云谲，文苑波诡者矣。故辞理庸俊，莫能翻其才；风趣刚柔，宁或改其气；事义浅深，未闻乖其学；体式雅郑，鲜有反其习：

各师成心，其异如面。

人的才华有平凡和杰出之分，人的血气有刚强和柔弱之别，人的学识有浮浅与深湛之异，人的爱好有雅正与邪僻之差，此皆由人的性情所决定，并受后天的熏陶而形成，这些便决定了文坛的波诡云谲、变化万千。刘勰认为，仔细考察，作品内容和形式的平庸或出色，总是同作者的才华相一致；作品文气和格调的刚正或柔婉，总是决定于作者的血气；作品意义的浅薄或深入，总是同作者的学识成正比；作品风格的雅正或邪僻，总是以作者的爱好为转移。作者各按自己的本性来写作，其作品的风貌犹如各自的面孔，彼此互异。

可以看出，刘勰充分认识到了艺术风格形成的复杂性，并相当准确而合理地将其概括为"才、气、学、习"四个方面，从而为说明"笔区云谲，文苑波诡"之多姿多彩艺术风格的形成奠定了基础。刘勰的卓见更在于，他以生动形象而又极为准确的语言概括了作家个性（性情）决定作品艺术风格的关系，这便是"各师成心，其异如面"。这一概括正确地回答了艺术风格之必然多样化的原因，既为文坛的异彩纷呈找到了理论根据，更提醒人们要充分理解艺术风格的多样性，从而对文章作出正确而合理的评价。西方文论中有所谓"风格即人"的论断，与之相较，刘勰之说更为生动、准确而贴近创作的实际。可以说,"我们这一套植根于东方综合思维模式的文论话语"(《季羡林人生漫笔·门外中外文论絮语》),是有着极强的生命力的。

文学作品的艺术风格固然是"各师成心,其异如面",从而形成文坛的波诡云谲;但是,就其总的趋势而言,艺术风格还是可以归类的。刘勰把艺术风格分为八类:典雅、远奥、精约、显附、繁缛、壮丽、新奇、轻靡。刘勰解释说,所谓"典雅",乃是取法儒家经典,颇有圣人之风;所谓"远奥",乃是文采不显而有法度,以谈玄说理为主;所谓"精约",乃是字句精练,细致入微而一丝不苟;所谓"显附",乃是辞义直白而显畅,能够入情入理而又易于理解;所谓"繁缛",乃是多用比喻而文采斐然,善于铺排而光华四溢;所谓"壮丽",乃是雄辩滔滔而识见不凡,豪气干云而流光溢彩;所谓"新奇",乃是追新逐异,以稀奇古怪为能事;所谓"轻靡",乃是文辞虚浮而情志柔弱,内容空泛而流于庸俗。刘勰指出,"典雅"和"新奇"相反,"远奥"和"显附"相别,"繁缛"和"精约"相悖,"壮丽"和"轻靡"相对。他以为,"文辞根叶,苑囿其中矣",也就是说,文章风格的种类,大体包括其中了。

对上述所谓"八体",研究者历来有不同的看法;尤其是刘勰对"八体"是否有所轩轾,更是言人人殊。从《体性》的主旨来看,刘勰重在研究作家个性与作品风格之关系；其对作品风格的分类，重在理论上的归纳和客观的描述，并未表现出明显的褒贬。因此，黄侃之论仍可说基本不错。其云："彦和之意，八体并陈，文状不同，而皆能成体，了无轻重之见存于其间……故知途辙虽异，枢机实同,略举畛封,本无轩轾也。"(见其《文心雕龙札记·体性》)不过，从整部《文心雕龙》而言，刘勰对"八体"中的某些风格是颇有微词的，如"繁缛""新奇""轻靡"等。《体性》乃是从理论上研究艺术风格，并非对每种艺术风格作出评价；刘勰相对客观的态度，正有助于对艺术风格作出全面而实事求是的概括。

在对艺术风格进行了较为深入的理论研究之基础上，刘勰进一步具体论述作家性情是如何决定其艺术风格的，从而使其艺术风格论的内容更为充实而贴近创作的实际，这也是刘勰一以贯之的理论追求。他说："若夫八体屡迁，功以学成；才力居中，肇自血气。气以实志，志以定言；吐纳英华，莫非情性。"这里的"八体屡迁"，从字面上看不难理解,但其真正的含义却颇可玩味。刘勰所谓"八体"，既是指所有的文章可以概括为八种风格，当然也意味着一个作家的风格类型不出"八体"的范围；但这不过是一种理论上的概括，实际创作中的情形是远为复杂的，所谓"各师成心，其异如面"，艺术风格远非"八体"可以范围。从这个意义上说，所谓"八体"就绝非一成不变的，而是处在经常变化之中。对一个作家而言，其艺术风格的形成并非一日之功，而是一个漫长的渐进的过程。在这个过程中，其每个阶段创作上的特点可能接近"八体"中的一种，但又并未形成成熟的艺术风格，而是处在经常的变化之中。刘勰认为，要想形成自己独特的艺术风格，必须经过长期的学习和培养；而作者个人的"才力"则是关键，这个起关键作用的"才力"以其先天的禀赋为基础。值得注意的是，刘勰充分注意到了后天学习的重要性，但又突出强调了个人之"才力"对艺术风格的基础作用。他说，个人先天的血气决定着其情志特征，作者的情志又决定了其语言面貌；任何出色的文章，无不来自作者的至性真情。这样，艺术风格的基本倾向便由作家的才性所决定，所谓"各师成心，其异如面"，强调的正是作家各自不同的"成心"决定了艺术风格的多种多样。

为了说明这种决定和被决定的关系，刘勰列举了不少创作实例。他说，贾谊性情豪迈，所以文辞简洁而风格清新；司马相如傲慢不羁，所以文理夸张而辞藻泛滥；扬雄性格沉静，所以作品情志含蓄而意味深长；刘向平易近人，所以作品情趣明朗而征引广博；班固温文尔雅，所以论断精审而文思细密；张衡性情博通，所以思维周密而文采细腻；王粲性急才锐，所以作品锋芒毕露而识见果断；刘桢心胸狭窄，所以文辞强硬而情难近人；阮籍性情放达，所以文风飘逸而不同凡响；嵇康豪侠不群，所以作品气势充沛而文风犀利；潘岳聪明随意，所以作品机锋突出而声韵畅达；陆机沉稳庄重，所以作品情思繁乱而文辞隐晦。总之，刘勰认为："触类以推，表里必符；岂非自然之恒资，才气之大略哉？"也就是说，作家文章的风格与其内在的性情是完全一致的，这便是作家先天资质和才气对作品风格之决定作用的一般情况了。

由上可见，刘勰的艺术风格论既有较强的理论性，是中国古代研究艺术风格之不可多得的精深之作，又充分重视文章写作的实践，具有切实的指导意义。刘勰所谓"各师成心，其异如面"的精彩论断，被后世发展成"文如其人"的命题，产生了长久而深远的影响，亦成为中国文学艺术理论的共识之一。唐代大诗人白居易说："言者志之苗，行者文之根，所以读君诗，亦知君为人。"（《读张籍古乐府》）所谓"言者志之苗"，正是刘勰所谓"志以定言"的运用；而由"读君诗"而知"君为人"，便是所谓"诗如其人"了。北宋的陈师道亦云："仆尝谓豫章之诗如其人。"（《答秦觏书》）豫章是江西诗派的领袖黄庭坚，谓其诗"如其人"乃是极高的评价。南宋的刘克庄说："苏子美歌行，雄放于圣俞，轩昂不羁，如其为人。"（《后村诗话》前集）苏子美是北宋著名诗人苏舜钦，圣俞则是北宋著名诗人梅尧臣；刘克庄对二人的比较正着眼艺术风格，其对苏舜钦

的赞赏则是"诗如其人"。对此,清代著名诗论家叶燮说得更为透彻。其云:

> 诗是心声,不可违心而出,亦不能违心而出。……其心如日月,其诗如日月之光;随其光之所至,即日月见焉。故每诗以人见,人又以诗见。使其人其心不然,勉强造作,而为欺人欺世之语,能欺一人一时,决不能欺天下后世。(《原诗》外篇上)

叶燮认为,诗乃是心之声,所以决不能违心而作。如果说心为日月,那么诗就是日月之光,由光可见日月,由诗亦可见人心。叶燮把这种"诗如其人"之论作为诗之根本,认为不能做到这点而"勉强造作",便为"欺人欺世之语"。这不仅同于刘勰"各师成心"的艺术风格论,亦与其"言与志反,文岂足征"(《情采》)之论完全一致了。

诗如此,文亦然。宋代著名文学家苏轼评价其弟苏辙之文而谓:

> 子由之文实胜仆,而世俗不知,乃以为不如。其为人,深不愿人知之。其文如其为人,故汪洋淡泊,有一唱三叹之声,而其秀杰之气,终不可没。(《答张文潜书》)

苏轼认为,苏辙之文实际上超过自己,而其文章的突出特点在于"其文如其为人";其人其文皆有"秀杰之气",所以"终不可没"。明代著名散文家方孝孺说:"昔称文章与政相通,举其概而言耳;要而求之,实与其人类。"他通过考察"战国以下"以至明代的文章,得出这样的结论:"自古至今,文之不同,类乎人者,岂不然乎?"(《张彦辉文集序》)所谓"与其人类""类乎人者",都是"文如其人"之意;所谓"文之不同,类乎人者",乃是"各师成心,其异如面"的同义语。

诗文如其人自不必说,即如书法、绘画亦同样要求"如其人"。唐代司空图有云:"人之格状或峻,其心必劲;心之劲,则视其笔迹,亦足见其人矣。"(《书屏记》)由其笔迹而见其为人,正是"书如其人"之论。北宋著名文学家欧阳修评价颜真卿的书法说:"斯人忠义出于天性,故其字画刚劲独立,不袭前迹,挺然奇伟,有似其为人。"(《唐颜鲁公二十二字帖》)所谓"出于天性""不袭前迹",正是师心为书,从而形成"挺然奇伟"而"似其为人"的独特艺术风格。清代文论家刘熙载更说:"书,如也。如其学,如其才,如其志;总之曰:如其人而已。"(《艺概·书概》)他以"如"字来解释书法艺术,认为书法要全面反映一个人的学问、才气、情志,而归根结底是要反映作者本身的人格;不仅"书如其人"之论相当明确,且其所谓"学""才""志",亦与刘勰所论相一致。清代画家王昱则说:"学画者,先贵立品……文如其人,画亦有然。"(《东庄论画》)这里的"立品",指的是人品的修养;学画先须"立品",正以"画如其人"。

(4) 负气适变

魏晋以来文学的发展,大致经历了由质而文的过程。建安文学是"雅好慷慨"(《时序》)的,内容充实饱满,感情苍凉豪壮,形成所谓"汉魏风骨"(陈子昂《与东方左史虬修竹篇序》)。正始文学仍有建安遗风,而"晋世群才"便"稍入轻绮"(《明诗》),以至"儿女情多,风云气少"(钟嵘《诗品》卷中)了。宋齐以来文学的发展,更延续这种华美靡丽之风而日益追求形式上的精雕细琢。面对文学发展的这种趋势,文论家们早已议论纷纷而有古今之争了。

西晋葛洪著《抱朴子》,便继承东汉王充的观点,提出文章今胜于古的主张。他认为,"古者事事醇素,今则莫不雕饰,时移世改,理自然也"(《钧世》)也就是说,由"醇素"而至"雕饰",乃是时代发展的必然。他坚决反对那种"今山不及古山之高,今海不及古海之广,今日不及古日之热,今月不及古月之朗"(《尚博》)的贵古贱今的论调。与刘勰同年而生的裴子野则著《雕虫论》,对竞新尚丽的文风提出尖锐的批判。他认为这种"摈落六艺,吟咏情性"的文坛风尚,乃是"匿而采"的"乱世之征"。

从《文心雕龙》"征圣""宗经"的理论主张而言，刘勰显然也是反对"摈落六艺"的，但他却认为"吟咏情性"乃是文章的根本特点；也就是说，"六艺"与"情性"并不矛盾，"吟咏情性"并不意味着"摈落六艺"。那么，对宋齐以来文学发展的趋势，刘勰便有着自己独特的观点。《通变》（本节下引本篇不注）便是集中论述这一问题的专论。

一般认为，刘勰所谓"通变"，指的是文学的继承和革新问题。应该说，"通变"确与继承和革新问题有关，但"通变"一词却不能释为"继承和革新"，《通变》篇的主旨并非谈文学的继承和革新问题。《周易》有云："《易》，穷则变，变则通，通则久。"（《系辞下》）这正是刘勰"通变"论之所本。《周易》哲学强调"变"，所谓"变动不居""唯变所适"（同上），认为"变"乃是从无到有的关键和根本，这就是"穷则变"；而只有不断地变化才能使事物得以延续，这便是"变则通"；能够通过变化而延续下去，自然可以长久，这便是"通则久"。所以，"变"为"通"之前提，"通"乃"变"之结果；这里的"通"不是向上的继承问题，而是向下的发展问题。刘勰本于此而论"通变"，与现代文艺理论中的继承和革新问题貌同而实异，是不可予以混淆的。刘勰说："文律运周，日新其业；变则其久，通则不乏。"不仅继承《周易》哲学的思想是明显的，所谓"变则其久，通则不乏"，正是"变则通，通则久"的另一种说法，其含义完全一致；而且刘勰以之论文的宗旨亦显然可见，那就是文之"变"。刘勰认为，对文学的发展而言，只有不断地变化、不断地创新，文学之树才能长绿长青，所谓"文律运周，日新其业"。可以说，"通变"的篇名既是"变则其久，通则不乏"的缩略语，更是《周易》所谓"通其变，遂成天下之文"（《系辞上》）的"通其变"之意，其要义在于一个"变"字，而并非"通和变"。

然则，"文律运周，日新其业"的道理何在呢？也就是说，"通变"之于文章的重要性是什么呢？刘勰说：

> 夫设文之体有常，变文之数无方。何以明其然耶？凡诗、赋、书、记，名理相因，此有常之体也；文辞气力，通变则久，此无方之数也。名理有常，体必资于故实；通变无方，数必酌于新声：故能骋无穷之路，饮不竭之源。然绠短者衔渴，足疲者辍涂；非文理之数尽，乃通变之术疏耳。

从体裁而言，文学创作是有一定之规的；从具体的写作方法而论，则可谓变化多端。诗歌、辞赋、书札、奏记等等，其文体的名称和要求是陈陈相因而变化不大的；而文章语言的运用以及作者情志的表达，只有不断创新才能有所发展。由于文体的名称和写作要求是相对稳定的，因而从体裁而言，文学创作就要借鉴前人的经验；创新和变化是无一定之规的,因而要特别留意新的作品、新的动向。如此,则可以在文坛上驰骋自如、左右逢源。然而,刘勰以为,创作上失败的原因,往往并非不懂体裁的各种写作要求,而在于不知如何变化创新。所以,刘勰不仅指出了"通变"之于文学创作的重要性,而且更点明"通变"有"术",疏于"通变"之"术"便难以取得创作上的成功。从而,《通变》之作不仅揭橥"变"即创新乃文章写作的要义,更进一步研究"变"之方法,亦即如何变化创新的问题。

实际上,在刘勰的心目中,"文律运周,日新其业"之理是毋庸置疑的,重要的是如何"变",亦即如何创新。所谓"非文理之数尽,乃通变之术疏耳",正说明"变"是有其原则和方法的。如果说,"变则其久,通则不乏"还是一个充满哲学色彩的理论问题,从而与《周易》之"变则通,通则久"的哲学主张一脉相承,那么,文章写作的"通变之术"就是一个有着极强的现实针对性的实践问题了。可以说,《通变》篇的主要笔墨即着眼于文学发展的历史实际和具体的文学创作,以此总结"通变"的原则和方法。

刘勰考察黄帝以来直至晋、宋历代诗歌的发展而谓:"榷而论之,则黄唐淳而质,虞夏质而辨,商周丽而雅,楚汉侈而艳,魏晋浅而绮,宋初讹而新:从质及讹,弥近弥澹。何则?竞今疏古,风末气衰也。"他认为,黄帝、唐尧时期的作品是淳厚而质朴的,虞、夏两代的作品则在朴素中透出明快，商、周时期的作品是华美而雅正，楚国和汉代的作品则文采丰富而艳丽，魏晋时期的作品不免浮浅而绮靡，宋初的作品则走上了追新逐奇而流于"讹滥"的道路。显然，从质朴到"讹滥"，文采的讲究与日俱增，而作品的滋味每况愈下。刘勰以为，这种日益衰落的文坛风气乃"竞今疏古""近附而远疏"的结果。他讲了这样一个道理："夫青生于蓝，绛生于茜，虽逾本色，不能复化。"青色是从蓝草中提炼出来的，赤色是从茜草中提炼出来的；以颜色而论，青色超过了蓝草，赤色也超过了茜草。然而，无论青色还是赤色，却都"不能复化"了，也就是不能再产生新的颜色了；而蓝草和茜草却是取之不尽、用之不竭的青色和赤色的源泉。刘勰由此得出结论："故练青濯绛，必归蓝茜；矫讹翻浅，还宗经诰。"要提炼青色和赤色，当然要找到蓝草和茜草；要矫正"讹滥"的文风，就要回到儒家经典上来。这样，"通变"论就和刘勰关于文的观念完全一致了。也就是说，"通变"是必然的，没有变化就没有发展，但变化创新的原则在于"宗经"，必须符合儒家经典的创作原则。刘勰说："斯斟酌乎质文之间，而檃括乎雅俗之际，可与言通变矣。"要在朴素和文采之间仔细斟酌，在雅正与通俗之间详加考虑，也就是要得其"中"，做到文质彬彬、辞采芬芳，这实际上仍然是要贯彻《征圣》所谓"衔华而佩实"的创作原则。刘勰认为，只有贯彻这一原则，才能真正掌握"通变"的要义。

显然，这里也有一个重要的"度"的问题。这正是刘勰的"通变"论之超越古今之争的理论建构。"吟咏情性"固然是文学的本质特点，"摈落六艺"却也并无必要；今胜于古固然有其"时移世改"的必然之理，但却未必"古者事事醇素，今则莫不雕饰"。所谓"斟酌乎质文之间，而櫽括乎雅俗之际"，就是要准确地把握这个"度"；否则，就可能差之毫厘而谬以千里了。那么，对具体的创作实践而言，又当如何处理这个"度"呢？刘勰举了这样一个例子："夫夸张声貌，则汉初已极；自兹厥后，循环相因；虽轩翥出辙，而终入笼内。"他说，对事物的形貌进行夸张性的描绘，汉代初年达到极点；自此以后，作家们便互相因袭，即使有人想跳出汉初的模式，最终也仍然落入俗套。这便是没有处理好"通变"之"度"的问题，实际上是没有注重创新的问题。从刘勰所罗列的枚乘等人的作品，我们确可以看到其"循环相因"的情形：

> 枚乘《七发》：通望兮东海，虹洞兮苍天。
>
> 司马相如《上林赋》：视之无端，察之无涯；日出东沼，月生西陂。
>
> 马融《广成赋》：天地虹洞，固无端涯；大明出东，月生西陂。

> 扬雄《羽猎赋》：出入日月，天与地沓。
>
> 张衡《西京赋》：日月于是乎出入，象扶桑与濛汜。

这些对山水相连、日出月落之景的描绘，确如刘勰所说乃"五家如一"。如此"莫不相循"而不懂得创新，正是不知"斟酌""檃括"的结果，当然不符合"通变"的精神。刘勰由此得出一个重要的结论："参伍因革，通变之术也。"既有继承又有革新，才是"通变"的正确方法。也只有在这里，"通变"才与继承和革新问题联系起来了。继承是"因"而不是"通"，革新是"革"而不是"变"，这在刘勰的用词中是分得很清楚的。它们之间的关系在于，"因革"即继承和革新乃是"通变"的具体法则。也就是说，"变"并不意味着"竞今疏古"，并非抛弃传统而一味地追新逐异，但当然更不是"五家如一"的"循环相因"，而是有"因"有"革"，有所继承又有所创新，从而臻于"衔华而佩实"的文质彬彬之境。

因此，刘勰的"通变"论既融会《周易》之"变"的哲学而强调文学新变的重要性，又立足文学创作的现实而图提出能够指导创作的正确原则和方法。正是在这种思想指导下，刘勰总结了掌握"通变"问题的根本和关键所在，这就是：

> 是以规略文统，宜宏大体：先博览以精阅，总纲

纪而摄契；然后拓衢路，置关键，长辔远驭，从容按节。凭情以会通，负气以适变；采如宛虹之奋鬐，光若长离之振翼，乃颖脱之文矣。若乃龌龊于偏解，矜激乎一致；此庭间之回骤，岂万里之逸步哉？

刘勰认为，应当从总体上规划自己的创作，抓住主要问题。首先是博览而精读，从而掌握其中的要领；然后拓展自己的思路，注意创作的关键环节，以便从容不迫地驰骋文坛。那么，这里的"大体""纲纪""关键"是什么呢？这就是"凭情以会通，负气以适变"，也就是以作者的感情和志气作为"通变"的根据。"变"是毫无疑问的，但不是为"变"而"变"，而是应当以符合作家之个性和感情、充分表现作家内心世界为"变"的终极原因。刘勰说，只有基于表现作家个性和情志的创新，作品才能焕发光彩，如虹霓之奋飞、如凤凰之振翅，成为文坛上的出类拔萃之作；而如果离开这一根本，只是局限于某种片面的认识，那就只能如庭间回步，不可能驰骋万里。这里的"偏解""一致"，正是指那种不能很好地把握"通变"之"度"的认识和做法；而刘勰把这一"度"的把握落实到"凭情""负气"，则不仅与其"以情为本，文辞尽情"的理论中心相一致，而且符合创作的实际而切实可行。《物色》有云："古来辞人，异代接武，莫不参伍以相变，因革以为功；物色尽而情有余者，晓会通也。"很明显，"变"是大方向，是不可改变的；但"变"的具体方法却是"因革"，既有继承也有创新，而其根本则是表现作者的思想感情。也就是说，只有以情为本，才能真正做到"变"；只有以情为本，才能做到"物色尽而情有余"，而不至于出现"五家如一"的情形。

刘勰的"通变"论在中国文学理论批评史上产生了深远的影响。稍后于刘勰的萧子显在其《南齐书·文学传论》中便说："习玩为理，事久则渎，在乎文章，弥患凡旧，若无新变，不能代雄。"所谓"若无新变，不能代雄"，与刘勰之"文律运周，日新其业"乃是一致的。唐代著名文学家韩愈是以"明道"自任的，但他说："若圣人之道，不用文则已，用则必尚其能者。能者非他，能自树立，不因循者是也。"（《答刘正夫书》）文章必须具有独创性，而不能"因循"。这个"因循"，正是刘勰所批评的那种"循环相因"的做法。

明代"公安派"的代表袁宏道对文学的发展问题有着相当深刻的认识，其所论与刘勰的"通变"论可以说是一脉相承的。袁宏道批判"近代文人"的"复古之说"（《雪涛阁集序》），认为文学发展由古而今，乃是时代使然，是大势所趋。其云：

> 文之不能不古而今也，时使之也。妍媸之质，不

> 逐目而逐时；是故草木无情也，而鞓红鹤翎，不能不改观于左紫溪绯。唯识时之士为能堤其溃而通其变。夫古有古之时，今有今之时；袭古人语言之迹而冒以为古，是处严冬而袭夏之葛者也。（同上）

文学的发展必然是由古而今，正像自然界的四时之美不会以人的意志为转移，而必然随着季节的变换更迭一样。所以，只有"识时之士"才能"堤其溃而通其变"，也就是顺应时代的发展，将自己的创作汇入滚滚的时代洪流。袁宏道认为，"时"有古今，文学创作也就必然有古今之别；摹仿古人之作，甚至冒充古人，就像身处严冬却穿着夏天的衣服一样，必然是不伦不类的。这里的所谓"通其变"，正是刘勰"通变"之旨。他又说：

> 夫物始繁者终必简，始晦者终必明，始乱者终必整，始艰者终必流利痛快。其繁也、晦也、乱也、简也，文之始也。……古之不能为今者也，势也。其简也、明也、整也、流利痛快也，文之变也。夫岂不能为繁、为乱、为艰、为晦？然已简安用繁？已整安用乱？已明安用晦？已流利痛快安用聱牙之语、艰深之辞？……世道既变，文亦因之；今之不必摹古者也，亦势也。……事今日之事，则亦文今日之文而已矣。（《与江进之》）

袁宏道不仅指出文学发展之由古而今乃是大势所趋，而且指出这种由古而今的趋势乃是由繁而简、由晦而明、由佶屈聱牙而流利痛快，这是相当深刻而符合文学发展规律的。"古之不能为今"乃是"势"，也就是不以人的意志为转移，是势所必至；文学创作必然随着社会、时代的发展而发展，今人不必摹仿古人，这也是"势"，是不得不然。作为今人，既然"事今日之事"，当然应该"文今日之文"。所谓"文之变"，所谓"世道既变，文亦因之"，与刘勰所谓"文律运周，日新其业"之论，乃是相当一致的。值得注意的是，在关于文学发展问题的论述上，袁宏道一反特立独行的品格，持论公允、胸怀阔大，既充分肯定"时""势"的大方向，又特别指出"古有古之时，今有今之时"，可谓放眼文学发展的历史长河，而超越一时一代的褒贬抑扬。因此，他的文学发展论的归宿是所谓"各极其变，各穷其趣"。他说："唯夫代有升降，而法不相沿；各极其变，各穷其趣，所以可贵，原不可以优劣论也。"（《序小修诗》）所谓"代有升降，而法不相沿"，所谓"各极其变，各穷其趣"，厚今而不薄古，尽其变化而又看到历史的相续相沿；与刘勰超越古今之争的"通变"论相较，在精神上是极为相通的。而所谓"古有不尽之情，今无不写之景"（《与丘长孺》），则正是刘勰所谓"物色尽而情有余"之论的发挥了。

3.知音君子

在《序志》篇中,刘勰以相同的句式概括了《文心雕龙》后面四篇的内容,即"崇替于《时序》,褒贬于《才略》,怊怅于《知音》,耿介于《程器》"。《时序》从文学与社会发展的关系,考察历代文学的盛衰兴亡。《才略》则着眼作家的才气,论述百家之文章。黄叔琳评曰:"上下百家,体大而思精,真文囿之巨观。"(黄叔琳注、纪昀评《文心雕龙》)《知音》专论文章的鉴赏和批评,《程器》则探讨作家的品德和修养。除《序志》篇外,《程器》作为《文心雕龙》的最后一篇,更有为作家鸣不平的愤懑和呼喊。纪昀评曰:"观此一篇,彦和亦发愤而著书者。"(同上)确是有道理的。如本书第一章所指出,刘勰之所以用相同的句式概括这四篇,盖因其有一个共同的角度,那就是"知音"。下面对《时序》和《知音》两篇略予探讨。

(1)时运交移

刘勰所谓"崇替于《时序》",也就是以《时序》(本节下引本篇不注)研究文学盛衰兴亡的规律。黄叔琳评曰:"文运升降,总萃此篇。"(黄叔琳注、纪昀评《文心雕龙》)可谓深得彦和之旨。本篇开宗明义而谓:"时运交移,质文代变;古今情理,如可言乎?"这里的"时运交移",正可看作篇名"时序"二字的注脚。"时运"之"运"

并非运动、运行之意,而是指运气、命运。刘勰以为,文学的命运与时代的命运紧密相连;随着时世的变迁,文学亦随之演进。所以,"时"之于文学和文学家是至关重要的。《才略》篇曾谈到这样一种情况:东汉作家之才并不亚于西汉作家,晋代文才之盛亦可与建安时期媲美;然而,曹魏时人言必称汉武,宋齐之人则崇奉建安。何以如此?刘勰说:"岂非崇文之盛世,招才之嘉会哉!嗟夫,此古人所以贵乎时也!"原因就在于汉武、建安乃是崇尚文章的盛世、广招人才的良时。《程器》篇说"是以君子藏器,待时而动"。能否得其"时",确乎关系重大。那么,这个关乎文学盛衰兴亡之"时"的具体内容是什么呢?什么样的"时"为古人所"贵",什么样的"时"又值得君子以"待"呢?

其实,所谓"崇文之盛世,招才之嘉会",已经透露出了个中消息。在皇权至上的时代,无论"崇文"之举还是"招才"之措,离开最高统治者是无从谈起的。正因如此,刘勰所谓"时序"的着眼点就自然地落到了帝王的身上。所谓"枢中所动,环流无倦",就是说,如果人类的历史是一条长河,那么以帝王为中心的政治状况便是长河的中流,文学的浪花则围绕其奔腾跳跃、旋转变化。《时序》所探讨的文学与时代的关系,其中心乃是文学与帝王政治的关系。

首先，时代政治状况以及由此而决定的社会面貌，深刻地影响着文学的内容，并最终决定文学的面貌。以早期诗歌创作为例，刘勰说："昔在陶唐，德盛化钧；野老吐'何力'之谈，郊童含'不识'之歌。有虞继作，政阜民暇；'薰风'诗于元后，'烂云'歌于列臣。尽其美者何？乃心乐而声泰也。"唐尧时期，帝德隆盛，教化淳厚，便产生了《击壤歌》和《康衢谣》这样的作品；禹舜时期，政治昌明，百姓安闲，便有《南风诗》和《卿云歌》这样的作品出现。刘勰认为，这些作品之所以和谐完美，乃是因为作者的心情舒畅而安乐，而这当然源于政治的清明。他又说："至大禹敷土，九序咏功；成汤圣敬，'猗欤'作颂。逮姬文之德盛，《周南》勤而不怨；太王之化淳，《邠风》乐而不淫。幽、厉昏而《板》《荡》怒，平王微而《黍离》哀。"当大禹治理好国土而使政治有序之后，歌颂之作就产生了；商汤圣明恭谨，《诗经·商颂》中便有赞美之诗；周文王恩德隆盛，则有《周南》诗中百姓的勤而无怨；文王之祖教化淳厚，便有《豳风》之诗的乐而不淫。而在周幽王、周厉王时期，政治黑暗，《大雅》里的《板》《荡》之诗便充满了愤怒之情；平王之时，周室衰落，《王风·黍离》则表现出悲哀之情。刘勰由此得出结论："故知歌谣文理，与世推移，风动于上，而波震于下者。"也就是说，文学创作与时代政治一起演变，时政之风吹来，文学之波荡漾漾；

政治的状况决定着文学的感情特点，文学的面貌也就反映出政治的兴衰。

其次，最高统治者对文学的态度，直接关乎文学事业的发展。正反两方面的例子，在汉代文学的发展中都可见到。从汉惠帝到文帝、景帝，虽经学渐兴，但作家未受重视，结果贾谊、邹阳、枚乘等一些重要作家都受到压抑，所谓"贾谊抑而邹、枚沉"。到汉武帝时期便大不一样了，不仅儒学为"润色鸿业"所必需，而且"礼乐争辉，辞藻竞骛"，文学艺术也活跃起来。刘勰描绘此时盛况有云：

> 柏梁展朝宴之诗，金堤制恤民之咏；征枚乘以蒲轮，申主父以鼎食；擢公孙之对策，叹倪宽之拟奏；买臣负薪而衣锦，相如涤器而被绣。于是史迁、寿王之徒，严、终、枚皋之属，应对固无方，篇章亦不匮；遗风余采，莫与比盛。

汉武帝在柏梁台上欢宴群臣而赋诗，又在黄河之堤作关心百姓的《瓠子歌》。他用蒲轮安车迎接枚乘，又以盛宴款待主父偃；公孙弘以对策作得好而受到提拔，倪宽以拟写奏文而得到称赏；砍柴为生的朱买臣作了会稽太守，洗涤酒器的司马相如成了中郎将。至于司马迁、吾丘寿王、严助、终军、枚皋等人，既善于口头应对，又长于辞采文章。文坛极一时之盛，作品则泽被后世。由此可见，帝王对文学重视与否，其结果是大不一样的。

作为最高统治者，对文学事业推波助澜而成文坛佳话的，当数汉末建安时期的曹氏父子了。刘勰说：

> 魏武以相王之尊，雅爱诗章；文帝以副君之重，妙善辞赋；陈思以公子之豪，下笔琳琅。并体貌英逸，故俊才云蒸：仲宣委质于汉南，孔璋归命于河北，伟长从宦于青土，公幹徇质于海隅；德琏综其斐然之思，元瑜展其翩翩之乐；文蔚、休伯之俦，子叔、德祖之侣，傲雅觞豆之前，雍容衽席之上，洒笔以成酣歌，和墨以藉谈笑。观其时文，雅好慷慨，良由世积乱离，风衰俗怨，并志深而笔长，故梗概而多气也。

曹操以丞相和魏王之尊而喜爱诗章，曹丕以太子之位而擅长辞赋，曹植更以公子之豪而下笔珠玉；他们对文人的空前重视，吸引了四面八方的俊杰之才。王粲从荆州来归顺，陈琳从冀州来听命，徐幹从北海来谋职，刘桢从东平来依附；应场驰骋其斐然的文采，阮瑀施展其翩翩的才华。路粹、繁钦之流，邯郸淳、杨修之辈，皆能优游诗酒之间而傲然儒雅，周旋筵席之上而从容不迫；他们下笔高歌、酣畅淋漓，挥毫泼墨、谈笑风生。上行下效，君臣唱和；一呼百应，千载遗响。建安文学的繁荣与曹氏父子的倡导确是分不开的。刘勰认为，此时社会的动荡和混乱造成"风衰俗怨",表现于作品则"志深而笔长""梗概而多气",也就是感情丰富而意蕴深邃,慷慨悲凉而浑厚雄壮。其对建安文学特点的概括不仅非常准确而深刻,而且更说明,统治者对文学的重视和提倡并非仅仅限于歌功颂德,而是同样可以表现真切的社会现实。

与建安文学的繁荣形成鲜明对照的是西晋文学。从司马懿到司马师和司马昭,西晋政权得以延续,但统治者只注重争权夺利的政治斗争,而没有顾及文学事业。结果是,并不缺乏文学人才的西晋,却没有取得相应的文学成就。刘勰说:

> 然晋虽不文,人才实盛:茂先摇笔而散珠,太冲动墨而横锦;岳、湛曜"联璧"之华,机、云标"二俊"之采;应、傅、三张之徒,孙、挚、成公之属,并结藻清英,流韵绮靡。前史以为运涉季世,人未尽才;诚哉斯谈,可为叹息!

晋代是颇有文学人才的:张华动笔可成佳篇,左思挥毫而成杰作;潘岳、夏侯湛有"联璧"之称,陆机、陆云有"二俊"之誉;至如应贞、傅玄、张载、张协、张亢、孙楚、挚虞、成公绥等人,亦都可写出文采动人、声韵华美的篇章。一方面是"不文",没有大的文学成就;另一方面则是"实盛",文学人才并不匮乏。产生这种矛盾现象的原因，就在于"运涉季世"，也就是作家们不走运，赶上了衰落的末世，实际上是不重视文学的时代。统治者对文学的轻视和忽视，使得本来充满才华的文学家"人未尽才"，实在是扼腕可叹的。

再则，学术风气的变化，亦影响于文学的面貌。刘勰举例说，战国时期，齐、楚两国颇为重视文化学术："齐开庄衢之第，楚广兰台之宫；孟轲宾馆，荀卿宰邑：故稷下扇其清风，兰陵郁其茂俗。"齐国准备了大公馆，楚国扩大了兰台宫；孟子成为齐国的贵宾，荀子做了楚国的兰陵令。于是，齐国的稷下劲吹学术之风，楚国的兰陵亦形成优良的习俗。影响所及，文学面貌为之一新："邹子以谈天飞誉，驺奭以雕龙驰响；屈平联藻于日月，宋玉交彩于风云。观其艳说，则笼罩《雅》《颂》。"邹衍因为喜欢谈天说地而享誉一时，驺奭则以精雕细刻的文采而声名大振；屈原的辞采可与日月争光，宋玉的华章堪与风云比色。以其文辞的华丽而言，可以说超过了《雅》和《颂》。刘勰由此得出结论："故知昈烨之奇意，出乎纵横之诡俗也。"也就是说，这些极富光彩的奇特之作，正来自此时纵横驰骋的非凡的学术风气。显然，屈原之作是典型的充满"暐烨之奇意"的作品；以此时学术风气的特点理解屈原作品风格的形成，应该说是一个非常重要的角度。

学术风气之深刻地影响于文学，东晋也是一个典型的例子。刘勰说：

> 自中朝贵玄，江左称盛；因谈余气，流成文体。是以世极迍邅，而辞意夷泰；诗必柱下之旨归，赋乃漆园之义疏。故知文变染乎世情，兴废系乎时序；原始以要终，虽百世可知也。

从西晋开始崇尚玄谈，到东晋则更为兴盛；其影响所及，逐渐形成一种文风和文体。如玄言诗，便是玄学影响下的产物。刘勰说，尽管此时世道维艰，但文学作品的内容却平淡而安泰，诗赋皆成为老、庄思想的发挥和注疏。他由此得出的结论是"文变染乎世情，兴废系乎时序"，那么这个"世情"，首先就是指学术风气；或者说，学术风气乃是刘勰所谓"世情"的重要内容之一。但所谓"原始以要终，虽百世可知也"，则说明此"世情"与"时序"实际上已经不仅仅是学术风气的问题，而是包括社会政治的整个时代状况了。所谓"文变染乎世情，兴废系乎时序"，乃是文学之盛衰兴亡的千古不易之理。

刘勰对文学与时代关系的这一认识，亦成为中国古代文学家和文论家的共识。唐代文学家柳冕说："文章本于教化，形于治乱，系于国风。"（《与徐给事论文书》）所谓"形于治乱，系于国风"，正是"文变染乎世情，兴废系乎时序"的同义语。柳冕还说："夫文生于情，情生于哀乐，哀乐生于治乱,故君子感哀乐而为文章,以知治乱之本。"(《与滑州卢大夫论文书》)这是从创作的角度论述时代政治对文学的深刻影响,认为文学的内容决定于社会政治的治乱状况,从而文学也就反映着时代的政治。应该说,这种认识也是"文变染乎世情,兴废系乎时序"的题中应有之义,但刘勰论述的中心不在这里,所以并未明确阐述;柳冕之论,可以说是刘勰之论的进一步发挥。唐代的梁肃也指出:"文章之道,与政通矣。世教之污崇,人风之薄厚,与立言立事者邪正臧否皆在焉。"(《秘书监包府军集序》)这种"文章之道与政通"的认识,与刘勰所谓"歌谣文理,与世推移"之论是一致的。唐代著名文学家刘禹锡也说:"八音与政通,而文章与时高下。"(《唐故尚书礼部员外郎柳君集纪》)所谓"与政通""与时高下",正是"与世推移"的另一种说法。唐代大诗人白居易论乐有云:

> 乐者本于声,声者发于情,情者系于政。盖政和则情和,情和则声和,而安乐之音由是作焉。政失则情失,情失则声失,而哀淫之音由是作焉。斯所谓音声之道,与政通矣。(《策林第四十六·复乐古器古曲》)

白居易认为,音乐之道与政治的治乱状况也是完全一致的:政治清明,人们的感情平和,则产生"安乐之音";政治动乱,人们的感情失和,则产生"哀淫之音"。所谓"安乐之音"，正是刘勰所谓"心乐而声泰"；所谓"哀淫之音"，正是刘勰所谓"幽、厉昏而《板》《荡》怒，平王微而《黍离》哀"。可以看出，无论文章还是音乐，其"与政通"乃是唐代文学家的共同观点。

很明显，这种文学"与政通"之论，其着眼点首先是人的感情。政治对文学的影响，是通过影响于人的感情而实现的。这可以说正符合《文心雕龙》"以情为本，文辞尽情"的理论中心。清代文学家朱彝尊有论："且夫诗也者，缘情以为言，而可通之于政者也。"（《忆雪楼诗集序》）可见，"缘情"与"通政"乃是并不矛盾的。耐人寻味的是，以提倡"性灵"说而著名的清代著名诗论家袁枚，也特别赞赏刘勰的见解。其云：

> 古之人"诵《诗》三百，授之以政"，政之道原息息与诗通。毳衣政严，缁衣政宽，皆于诗乎见之，故曰"诗者，持也"。持其性情，使不暴志，然后可以临民。今人界诗与政而二之，诗之废政之忧也。（《钱竹初诗序》）

袁枚特别引证了刘勰关于"诗"的定义，从诗歌与政治之关系的角度来解释刘勰所谓"持人情性"（《明诗》）之论，而反对那种将政治与诗歌对立起来的见解。实际上，刘勰对"诗"的定义未必如此明确，但若着眼"时序"之论，则袁枚的理解又是不错的。

需要指出的是,刘勰《时序》所论,虽有其独特的着眼点和中心论题,但其所包蕴的内容是相当广泛的;尤其是其中一些命题,具有较为普遍的意义而给后人以多方面的启发。如其开篇"时运交移,质文代变"之论,便是一个具有深广含义的命题。明代著名诗论家胡应麟曾有如下论断:

> 四言变而《离骚》,《离骚》变而五言,五言变而七言,七言变而律诗,律诗变而绝句,诗之体以代变也。《三百篇》降而《骚》,《骚》降而汉,汉降而魏,魏降而六朝,六朝降而三唐,诗之格以代降也。上下千年,虽气运推移,文质迭尚,而异曲同工,咸臻厥美。

无论诗歌的体裁还是诗歌的风格,皆随着时代的发展而变化,所谓"以代变""以代降",其与"质文代变"之论是一脉相承的。所谓"气运推移,文质迭尚",显然是受到"时运交移,质文代变"之论的影响。近代王国维所谓"凡一代有一代之文学"(《宋元戏曲考·序》)的著名论断,应该说也正是由此推演而出的。

(2)千载心在

《吕氏春秋·本味》载:"伯牙鼓琴,钟子期听之。方鼓琴而志在泰山,钟子期曰:'善哉乎鼓琴,巍巍乎若泰山。'

少选之间而志在流水，钟子期又曰：'善哉乎鼓琴，汤汤乎若流水。'钟子期死，伯牙破琴绝弦，终身不复鼓琴。"《列子·汤问》亦载有大体相同的故事，而结尾说："子期死，伯牙绝弦，以无知音者。"明确地指出钟子期乃伯牙之"知音"。"知音"的美谈流传千古自不必说，"知音"之难遇亦成为人们感慨系之的话题。《古诗十九首》有："不惜歌者苦，但伤知音稀。"曹丕在《与吴质书》中则说："昔伯牙绝弦于钟期，仲尼覆醢于子路，痛知音之难遇，伤门人之莫逮。"陶渊明《咏贫士》第一首云："知音苟不存，已矣何所悲。"刘勰把自己论述文学鉴赏和批评问题的专篇题名"知音"，既是一种形象而贴切的比喻，更表明对文学的鉴赏和批评同样是不容易的。

《知音》开篇便是一声浩叹："知音其难哉！音实难知，知实难逢；逢其知音，千载其一乎！"知音之难，千载一遇，钟子期之难得，由此可见；而伯牙破琴绝弦之举，亦可以理解了。那么，对文学欣赏而言，"知音"之难在何处呢？刘勰指出了两个方面：一是"音实难知"，也就是作品本身有其难"知"之处；二是"知实难逢"，也就是真正的"知音"者是很难遇到的，或者说能够深入理解作品并作出正确评判的人是不多见的。

刘勰先从"知实难逢"谈起。"知音"之所以难逢，原因就在于古往今来的文学鉴赏和批评者，往往存在着一些不良倾向。一是"贱同而思古",也就是轻视同时代的人而仰慕前代人,如《鬼谷子》所说,"日进前而不御,遥闻声而相思"。刘勰举例说:"昔《储说》始出,《子虚》初成,秦皇、汉武,恨不同时;既同时矣,则韩囚而马轻,岂不明鉴同时之贱哉?"据《史记》记载,当秦始皇读到韩非子的《孤愤》等作品时,大为赞赏,感叹说:"寡人得见此人,与之游,死不恨矣!"(《老庄申韩列传》)而当韩非入秦后,被谗入狱而死。据《汉书》记载,当汉武帝读到司马相如的《子虚赋》时曾说:"朕独不得与此人同时哉!"(《司马相如传》)而当汉武帝得知司马相如即其同时人后,确实马上召见并任以为中郎将,但汉武帝始终视其为倡优之人。刘勰说,以秦皇、汉武之"鉴照洞明",尚且"贵古贱今","知音"之难遇也就可想而知了。二是"文人相轻",以致抬高自己而贬抑别人。刘勰以班固和曹植为例:班固与傅毅为同时人,"文在伯仲"亦即作品成就相差无几,但班固却讥笑傅毅"下笔不能自休";曹植则在《与杨德祖书》中贬低陈琳,而因丁廙曾请自己修改文章,便称赞其说话得体。正如曹丕所说:"文人相轻,自古而然。"(《典论•论文》)三是"信伪迷真",也就是不学无术,信口而言,当然更谈不上对文章进行正确的鉴赏和批评了。

"知实难逢"既如此,"音实难知"亦有其客观之理。刘勰以生动形象的比喻来说明这个问题:"夫麟凤与麏雉悬绝，珠玉与砾石超殊，白日垂其照，青眸写其形。然鲁臣以麟为麏，楚人以雉为凤，魏民以夜光为怪石，宋客以燕砾为宝珠。形器易征，谬乃若是；文情难鉴，谁曰易分？"麒麟和獐子、凤凰和山鸡皆有明显的区别，珠玉和碎石更是完全不同，所谓"白日垂其照，青眸写其形"，应该是不会混淆的。然而，鲁国的官吏竟把麒麟当獐子，楚国也有人称山鸡为凤凰，魏国百姓误美玉为怪石，宋国之人则以碎石为宝珠。如此有形之物本不难鉴别，竟致错误百出，何况表现感情之文？所以，文学鉴赏与批评之难，确是有作品本身的原因。刘勰指出：

> 夫篇章杂沓，质文交加；知多偏好，人莫圆该。慷慨者逆声而击节，酝藉者见密而高蹈，浮慧者观绮而跃心，爱奇者闻诡而惊听。会己则嗟讽，异我则沮弃；各执一隅之解，欲拟万端之变：所谓"东向而望，不见西墙"也。

文章的结构、内容和语言等原本是错综交织而相当复杂的，读者又往往各有所好而难以作出全面的评价，结果是"会己则嗟讽，异我则沮弃"，也就是对适合自己欣赏趣味的作品就倍加赞赏，而对自己不喜欢的作品则弃之不理，从而形成一叶障目、不见泰山之弊端。正确的文学欣赏和批评之难，于此亦可见一斑了。

但是,《知音》之作,除了强调"知音"之难,以提醒人们尽可能公正、准确地阅读和理解文学作品外,更重要的还是探讨如何对文章进行正确的鉴赏和批评,从而做一个真正的"知音"。刘勰以为,"文情难鉴"固有其理,文情可鉴亦有其术,正确的文学鉴赏和批评乃是有章可循的。其云:

> 凡操千曲而后晓声,观千剑而后识器,故圆照之象,务先博观。阅乔岳以形培塿,酌沧波以喻畎浍。无私于轻重,不偏于憎爱,然后能平理若衡,照辞如镜矣。

刘勰说,大凡弹奏过许多首乐曲的人便懂得音乐,把玩过许多口宝剑的人也便懂得兵器,所以要想正确地理解并全面地评价作品,就必须广泛地阅读。到过高山险峰的人,土丘小山自然不在话下;见过大江大海的人,小河小沟则一望可知。在"博观"的基础上,只要读者去掉私心,不存偏见,便可以做到公正而全面地品评作品了。应该说,刘勰虽然没有找到什么方便法门,但其所论确是文学鉴赏和批评的正确途径。"博观"和"无私于轻重,不偏于憎爱",可以说是文学鉴赏和批评的重要原则。

那么,具体的"知音"之术又是什么呢?刘勰说:"是以将阅文情,先标六观:一观位体,二观置辞,三观通变,四观奇正,五观事义,六观宫商。斯术既形,则优劣见矣。"所谓"六观",也就是从六个方面对作品进行考察。一是考察作品的体裁运用,二是考察作品的文辞采饰,三是考察作品的变化创新,四是考察作品的写作风格,五是考察作品的事类征引,六是考察作品的音韵声律。刘勰认为,有此"六观",一篇文章的优劣长短便可以基本把握了。

最后,刘勰揭开了文情可鉴的谜底,也就是文学鉴赏和批评的基本原理。他说:

> 夫缀文者情动而辞发,观文者披文以入情;沿波讨源,虽幽必显。世远莫见其面,觇文辄见其心。岂成篇之足深?患识照之自浅耳。夫志在山水,琴表其情;况形之笔端,理将焉匿?故心之照理,譬目之照形:目瞭则形无不分,心敏则理无不达。

文学创作是情动于中而形于言,文学欣赏则正好相反,是由作品的文辞而深入作家之情。明乎此,读者便可从流及源,探幽索隐,最终必将豁然开朗。刘勰说,欣赏前人的作品,当然不能与作者谋面了,然而从其文章便可看到其内心世界。他认为,不必担心作品过于深奥,只怕欣赏者识见浅陋;琴声无迹,钟子期尚能从中听出伯牙之志,何况文章乃形诸笔端,作者之情又如何藏匿?所以,读者用心把握作品的思想感情,就像用眼睛来观察事物的形貌一样，目光明亮则没有不能分清的事物，心灵敏锐也就没有不能把握的幽微之情。刘勰强调，要做真正的"知音"，就必须以敏锐的心灵发现作品的独特之处，所谓"见异，唯知音耳"；而要真正发现作品之"异采"，则必须深入作品之中，所谓"夫唯深识鉴奥，必欢然内怿"。只有沉潜到作家的心灵深处，发现其独特之美，才能真正享受到文章之乐，也才能对其作出正确的评价，从而做一个真正的"知音"。刘勰说："盖闻兰为国香，服媚弥芬；书亦国华，玩绎方美。知音君子，其垂意焉。"人们以"兰为国香"而喜欢佩戴在身上，从而亦愈觉兰花之香；文章更是国之精华，只有仔细品味，才能懂得其中之美。刘勰提醒人们，要想做"知音君子"，就应当记住这点！

《知音》之作，既是关于文学欣赏和批评的理论，更是一篇满含深情的"知音"之歌；所谓"怊怅于《知音》"(《序志》)，刘勰关于"知音其难哉"的"怊怅"之情，自然会引起历代文人的共鸣。在南北朝子书《刘子》中，有《正赏》一篇，与《知音》之旨颇为相合。其云："赏者，所以辨情也；评者，所以绳理也。赏而不正，则情乱于实；评而不均，则理失其真。理之失也，由于贵古而贱今；情之乱也，在乎信耳而弃目。"所谓"正赏"，其对象相当广泛，但文学艺术的理解和批评是其重要内容。其以"辨情"为"赏"，以"绳理"为"评"，要求对文学艺术的欣赏要"正"而"均"，这与《知音》所谓"评理若衡,照辞如镜"之论是完全一致的。而其所谓"赏而不正""评而不均"的原因,乃是"贵古贱今""信耳弃目",这与刘勰所论更是如出一辙。至于"知音"之难,《正赏》有云:

> 今述理者,贻之知音君子。聪达亮闻于前,明鉴出于意表,不以名实眩惑,不为古今易情;采其制意之本,略其文外之华;不没纤芥之善,不掩萤爝之光:可谓千载一遇也。

这里的"今述理者,贻之知音君子",指的正是《知音》所谓"知音君子,其垂意焉"之句。而所谓"千载一遇"之论,与刘勰"逢其知音,千载其一乎"的说法完全相同。《刘子》一书,受到《文心雕龙》多方面的影响,其中许多论述与刘勰的思想相合;也正因如此,不少学者认为《刘子》的作者就是刘勰。

南北朝之后,历代文人对"知音"之难皆有会心之论。唐代大诗人杜甫有云:"文章千古事,得失寸心知。"(《偶题》)正可谓"怊怅于'知音'"。唐宋八大家之一的柳宗元说:"古今号文章为难,足下知其所以难乎?非为比兴之不足,恢拓之不远,钻砺之不工,颇颣之不除也;得之为难,知之愈难耳。"(《与友人论为文书》)他认为,真正的文章之难,还不在于写作之时各种艺术手法的运用以及对文章的精雕细刻；文章写作固然不容易，但文章的理解更难。所谓"知之愈难"，正是"音实难知，知实难逢"之意。正因如此，柳宗元要求："夫观文章，宜若悬衡然，增之铢两则俯，反是则仰，无可私者。"(《答吴秀才谢示新文书》)此论正是刘勰所谓"无私于轻重，不偏于憎爱"以及"平理若衡，照辞如镜"之意的申说。北宋诗人刘攽在其《中山诗话》中说"永叔云：'知圣俞诗者莫如某，然圣俞平生所自负者，皆某所不好；圣俞所卑下者，皆某所称赏。'知心赏音之难如是，其评古人之诗，得毋似之乎！"欧阳修自谓颇知梅尧臣之诗，然而其所喜恶却正与梅尧臣本人的看法相反。刘攽由此感叹"知心赏音之难"，亦由此推论后人对古人之诗的评价，当有多少不实之处！南宋诗人汪藻则说："所贵于文者，以能明当世之务，达群伦之情，使千载之下读之者，如出乎其时，如见其人也。"(《苏魏公集序》)这是刘勰所谓"世远莫见其面，觇文辄见其心"之意了。明代文学家宋濂说："为文非难而知文为难。文之美恶易见也，而谓之难者，何哉？问学有浅深，识见有精粗，故知之者未必真，则随其所好以为是非。"(《丹崖集序》)同柳宗元一样，宋濂也认为文章的理解比写作更难。之所以如此，盖以欣赏者"问学有浅深，识见有精粗"，加之"随其所好以为是非"，从而其所"知"也就"未必真"了。此论与刘勰所说是颇为一致的。明代文学家汤显祖也说:"文章之道,有尽所托。旷世可以研心,异壤犹乎交臂。"(《答钱受之太史》)这也是"世远莫见其面,觇文辄见其心"之说的发挥。

五 《文心雕龙》与中国美学

"文心雕龙"之"文",含义相当广泛,除了指各种各样的文章以外,"文"的一个重要含义是感性形式美。《原道》所谓"道之文""动植皆文",《情采》所谓"形文""声文",等等,都与文章无关,但却和"美"有缘。而所谓"文章",刘勰也首先赋予它"美"的含义。《情采》开篇而谓:"圣贤书辞,总称'文章',非采而何?"所以,无论刘勰的"文章"如何包罗万象,却总有一个共同的特点,那就是"美"。詹锳先生曾指出:"《文心雕龙》讲究文采的美,因而以'雕镂龙文'为喻,从现代的角度看起来,《文心雕龙》中所涉及的理论问题属于美学范畴。"(见其《文心雕龙义证·序例》)这是很有道理的。牟世金先生则说:"如果说《文心雕龙》的某些内容不属文学理论,美学则有更大的容量。……视《文心雕龙》为古代美学的'典型',可能给'龙学'开拓更为广阔的天地。"(见其《雕龙后集·"龙学"七十年概观》)这是完全正确的。我以为,《文心雕龙》之成为中国古代美学的"典型",在于其所体现出来的中国美学的独有风貌：它不仅蕴含着丰富的美学思想,更是中国古代美学史的关键和"枢纽"。

1. 心哉美矣

"文心雕龙"是什么意思？《序志》说："夫'文心'者,言为文之用心也。"所谓"为文之用心",其意甚明,但也用意甚深；所谓"心'哉'美矣,故用之焉",这个"美矣"并非仅仅指"心"这个词很美,更意味着心生之文是美的,也就是所谓"心生而言立,言立而文明"(《原道》)的道理。所以,"为文之用心"并非仅仅指如何写文章,更是说如何把文章写得美；而写得美的关键在于"用心",这才是所谓"文心"的含义。也因此,"文心"之后又有了"雕龙"二字。刘勰解释说："古来文章,以雕缛成体,岂取驺奭之群言'雕龙'也？"(《序志》)虽然前人曾有"雕龙奭"之称,但刘勰以为,更重要的是"古来文章"皆"以雕缛成体"；也就是说,要写出美的文章必须经过精雕细琢,像雕刻龙纹那样。所以,"文心雕龙"者,"文心"如"雕龙"也。

（1）美学视点

《文心雕龙》是一部什么书？这个看似不成问题的问题，却自"龙学"诞生以来，一直存在着不同的理解。这既由《文心雕龙》本身的复杂性所决定，更是"龙学"发展之必然。作为历史的客观存在，《文心雕龙》是不会改变了。然而面对这座古代文论的高山，人们"横看成岭侧成峰，远近高低各不同"：在"龙学"发展的各个阶段，研究者对《文心雕龙》性质的认识是颇为不同的。这至少从一个方面说明，《文心雕龙》乃是一座宝库，"龙学"是没有止境的。

早在1922年，杨鸿烈在其《文心雕龙的研究》一文中就指出："在这骈偶猖獗的时代，就暗伏着一位抱文学革新的刘彦和，可惜当时既无人唱和，后人又只以他那部极有价值的《文心雕龙》当作修辞书去读，就把他立言的宗旨失掉了。"同时又说："他这书最大的缺点，最坏的地方，就是'文笔不分'；换句话说，就是他把纯文学的界限完全的打破混淆不分罢了。"（《晨报》副刊，1922年10月24日至29日）显然，论者既以所谓"混淆"为《文心雕龙》之"缺点"，又肯定其为文学论著，认为其"立言的宗旨"在文学，而反对只把它作为修辞书去读。但如论者所说，视《文心雕龙》为修辞书却是当时较为普遍的观点。如陈延杰发表于1926年的《读文心雕龙》一文便认为，其书"可标目为二：曰文体论，曰修辞说"(《东方杂志》第23卷第18号)。至1938年，敝厂在《文心雕龙及其作者》一文中，有了更为明确的认识，其云："他的性质是介乎文学史、文学概论、文学批评三者之间，而以文学批评的成分比较浓厚，所以后人论《文心雕龙》，每每誉之以中国的第一部文学批评专著，便是因了这个原故，但实际《文心雕龙》则是一部综合论述文学的书。"(《庸报》，1938年6月14、15日)

中华人民共和国成立后至"文革"前的《文心雕龙》研究，除范文澜先生曾谓"《文心雕龙》的根本宗旨，在于讲明作文的法则"(见其《中国通史简编》修订本第二编)，以及刘永济先生曾谓刘勰是以"子书自许"(见其《文心雕龙校释·前言》)外，大多数研究者皆以《文心雕龙》为文学理论批评专著。如刘绶松先生的《〈文心雕龙〉初探》一开始便指出："产生在南齐末年(约当496——501年)的刘勰《文心雕龙》一书，是我国古代流传到现在的唯一的一部非常完整的有关文学理论和文学批评的著作。"该文通过系统而深入的研究，得出了这样的结论：

> 刘勰是我国五一六世纪的一位卓越的理论家和批评家，他的关于文学艺术的现实主义的见解，对于当

时江河日下的颓废主义和唯美主义的文学趋向执行了批判和斗争的重要任务。就是到了今天,这些见解也依然放射着晶莹透彻的光辉,是发展我国社会主义现实主义文学创作和理论批评的有益滋养。《文心雕龙》的确是我国文学理论宝库中最值得我们珍视的遗产。(《文学研究》,1957年第二期)

可以说,这番话代表了当时大多数《文心雕龙》研究者的观点。

1977年以后,《文心雕龙》研究进入兴盛时期。许多研究者仍从文学理论批评的角度,对《文心雕龙》进行深入细致的研究。同时,一些研究者也力图更为实事求是地认识这部书的本来面目,对其性质有了一些新的探索。王运熙先生在《〈文心雕龙〉的宗旨、结构和基本思想》一文中说:

> 人们一提到《文心雕龙》,总认为它是我国古代最有系统的一部文学理论书籍,其性质相当于今天的文学概论那样。我过去也是这样看的。诚然,《文心雕龙》对不少重要的文学理论问题,如文学与现实的关系、内容与形式的关系、文学批评的标准和方法等等,都作了系统的论述,发表了精到的见解,理论性相当强,不妨把它当作一部文学理论专著来研究;但

从刘勰写作此书的宗旨来看,从全书的结构安排和重点所在来看,则应当说它是一部写作指导或文章作法,而不是文学概论一类书籍。(见其《文心雕龙探索》)

同时,王先生在《刘勰论文学作品的范围、艺术特征和艺术标准》一文中又指出:"刘勰心目中的文学范围虽然很宽泛",但"可以肯定地说,刘勰心目中文学作品的主要对象是诗赋和富有文采的各体骈散文,而诗赋尤占首要地位"(同上)。在《魏晋南北朝文学批评史》中,王先生又贯通以上观点而谓:"《文心雕龙》全书,广泛评论了历代作家作品,涉及不少重要文学理论问题,论述系统而又深刻,无疑是一部伟大的文学理论批评著作。但从刘勰写作此书的宗旨看,从全书的结构安排和重点所在看,它原来却是一部写作指导或文章作法。"李森先生则从完整认识《文心雕龙》理论体系的角度,指出:"不能把《文心雕龙》说成是'文章理论'或'写作指导和文章作法',或其他什么理论,而应该明确确定是文学理论,其理论体系是文学理论体系。"(《略论〈文心雕龙〉的文学理论体》,《文心雕龙学刊》第一辑)应当说,这些力图探索《文心雕龙》之本来面目的努力都是值得肯定的。

"龙学"兴盛时期的一个重要特点,是对《文心雕龙》的美学研究。从美学角度研究《文心雕龙》,并不等于认为它就是一部美学著作；但许多研究者都在不同程度上指出了《文心雕龙》一书的美学性质，这确乎是"龙学"的重要发展。除前述周扬、詹锳、牟世金等诸先生的观点外，更出现了一些对《文心雕龙》进行美学研究的专著，如缪俊杰的《文心雕龙美学》、李泽厚和刘纲纪主编的《中国美学史》第二卷之第十七章《刘勰的〈文心雕龙〉》（本章达14万字，有类专著）、易中天的《〈文心雕龙〉美学思想论稿》、赵盛德的《文心雕龙美学思想论稿》、韩湖初的《文心雕龙美学思想体系初探》、寇效信的《文心雕龙美学范畴研究》等，这些著作为"龙学"开拓了更为广阔的天地，使之进入"柳暗花明"的新境界。

对《文心雕龙》的美学研究不是赶时髦，也并非生搬硬套，而是首先决定于其本身的美学意蕴。《中国美学史》第二卷的执笔者刘纲纪先生便指出："就美学的角度来说，《文心雕龙》也是一部具有丰富的美学内容的著作，并且在理论的系统性和深刻性上是古代所罕见的。……它所论及的许多问题都是中国古代美学的带根本性的问题，而且问题的提出和论证大都提到了中国古代哲学的高度。因此，《文心雕龙》的研究对于理解中国古代美学是很重要的。"易中天先生也指出："《文心雕龙》之所以在中国古代文论史和中国古代美学史上具有极其重要的地位……其中一个重要的原因，就在于它是中国古代唯一一部自成体系的艺术哲学著作。"这些论述，都是颇富见地的。

美学视点的"龙学"不仅要发掘《文心雕龙》所蕴含的丰富的美学思想，更要从其自身特点出发，揭示其所独具的民族特色。叶秀山先生曾指出："从传统上来说，中国没有'哲学'这门学问，也没有'美学'这门学问，但这不等于说，中国传统上没有'哲学'和'美学'问题。"（《美的哲学》，人民出版社1991年版）这一方面说明，对中国传统美学思想的发掘是必要和必需的；另一方面却也提醒我们，从现代美学的角度研究中国古代美学，必须注意其独有的民族特点。就《文心雕龙》的研究来说，虽然美学角度的研究具有更大的包容性和概括力，但如果说《文心雕龙》就是一部美学著作，则就像说它是一部文学理论著作一样，可能仍然难以符合其实际。中华民族有自己独特的思维方式，有自己独特的文论话语及其体系，有自己独特的美学思想；《文心雕龙》更是一部理论严密、有着自己的话语系统的著作，无论哪个角度的探索都是有益的，但都应当从其本身的实际出发，而不应削足适履。正如季羡林先生所说，对中国古代文论的研究需要"彻底摆脱西方文论的枷锁"（见《季羡林人生漫笔·门外中外文论絮语》），而当我们从现代美学的角度审视《文心雕龙》以及中国古代文论时，同样应该注意这个问题；也就是说，不能再套上一副新的枷锁。

（2）美的形态

考察《文心雕龙》之独特的美学思想和体系，首先遇到的一个问题就是如何认识占全书五分之二篇幅的"论文叙笔"。对《文心雕龙》的性质有种种不同的看法，主要便源于对这个问题的不同认识。

别林斯基曾指出："真正的美学的任务不在于解决艺术应该是什么而在于解决艺术实际是怎样。换句话说，美学不应把艺术作为一种假定的东西或是一种按照美学理论才可实现的理想来研究。不，美学应该把艺术看作对象，这对象原已先美学而存在，而且美学本身的存在也就要靠这对象的存在。"（转引自朱光潜《西方美学史》下卷，人民文学出版社1979年版）刘勰之所以用了极大的精力穷搜"文场笔苑"，把当时所能见到的几乎所有文体都纳入了自己的考察范围，正是从"文"的历史实际出发的理论建构。

魏晋南北朝被视为文学的自觉时代，然而，如本书第二章所指出，就文体而言，此期根本没有后世所谓"文学"的观念。有趣的是，鲁迅先生专论魏晋文学的著名论文《魏晋风度及文章与药及酒之关系》，题"文章"而不称"文学"，论述过程中则是二者并用而以"文章"为多。如说"汉末魏初这个时代是很重要的时代，在文学方面起一个重大的变化",又说"汉末魏初的文章是清峻、通脱";在引证刘勰"嵇康师心以遣论,阮籍使气以命诗"之后,鲁迅先生解释说:"这'师心'和'使气',便是魏末晋初的文章的特色。"显然,这些"文章"都是文学的同义语,而且有时主要是指诗。无独有偶,在诗歌艺术辉煌灿烂的唐代,人们恰恰是喜欢用"文章"来概括以诗歌为主体的文学创作的。陈子昂说:"文章道弊,五百年矣。"(《修竹篇序》)李白诗云:"蓬莱文章建安骨,中间小谢又清发。"(《宣州谢朓楼饯别校书叔云》)杜甫感叹:"文章千古事,得失寸心知。"(《偶题》)又说:"庾信文章老更成,凌云健笔意纵横。"(《戏为六绝句》)韩愈有云:"国朝盛文章,子昂始高蹈。"(《荐士》)又曰:"李杜文章在,光焰万丈长。"(《调张籍》)这许多"文章",大多说的是诗歌或辞赋。

值得注意的是,魏晋南北朝的文论家们也是经常以"文章"来概括五花八门的文体的。曹丕说"盖文章,经国之大业,不朽之盛事"(《典论·论文》),陆机云"游文章之林府,嘉丽藻之彬彬"(《文赋》),挚虞的著作题名即为"文章流别论"。萧子显认为:"文章者,盖情性之风标,神明之律吕也。"(《南齐书·文学传论》)萧统评价陶渊明说:"其文章不群,辞采精拔。"(《陶渊明集序》)萧纲勉励其弟萧绎云:"文章未坠,必有英绝,领袖之者,非弟而谁?"(《与湘东王书》)又论曰:"立身之道与文章异:立身先须谨重,文章且须放荡。"(《诫当阳公大心书》)至于《文心雕龙》,"文章"一词更随处可见,如:"天道难闻,且或钻仰;文章可见,宁曰勿思"(《征圣》),"洞性灵之奥区,极文章之骨髓"(《宗经》),"故言语者,文章神明"(《声律》),"丹青初炳而后渝,文章岁久而弥光"(《指瑕》),"唯文章之用,实经典枝条"(《序志》),等等。以此而论,说《文心雕龙》是文章学,可以说是不错的。但重要的是,这里的"文章"并非后世与文学创作相对而言的一般文章,而是包括所有文学作品在内甚至以文学创作为主的"文章"。鲁迅先生之所以"文学""文章"并用而以"文章"为主,正是着眼于历史的实际。因为后世所谓"文学"不足以概括当时的"文章",当时的"文章"远远超出了后世所谓"文学"的范围。

实际上,魏晋南北朝乃至中国古代的"文章",是很难截然分成后世所谓文学和非文学的。诗赋可算纯文学作品了,然而当"诗必柱下之旨归,赋乃漆园之义疏"(《时序》)时,诗赋成了阐释老庄思想的工具,也就变得"理过其辞,淡乎寡味"(钟嵘《诗品序》)了。"表"是臣下向帝王呈辞的一种文体,然而孔融的《荐祢衡表》、诸葛亮的《出师表》却成为传诵千古的文学名篇。"移"是用于政治、军事文告的一种文体,然而孔稚圭的《北山移文》历来是文学史上的名篇。《文心雕龙》文体论的最后一篇是《书记》,"书"即书信;然而一读丘迟的《与陈伯之书》:"暮春三月，江南草长，杂花生树，群莺乱飞。见故国之旗鼓，感平生于畴日，抚弦登陴，岂不怆悢！"谁又能否认其盎然诗意呢？类似之例，可谓举不胜举。所谓"真正的美学的任务不在于解决艺术应该是什么而在解决艺术实际是怎样"，鲁迅先生尚且从魏晋之"文"的实际出发而全面考察其"文章"，身处其中而欲"论文"的刘勰又怎能不放眼"文场笔苑"、详稽"笔札杂名"呢？

当然，刘勰一方面立足于中国古代"文章"的实际，另一方面又以自己"文"的观念来观照所有的"文章"。《原道》有云："夫以无识之物，郁然有彩；有心之器，岂无文欤？"在刘勰看来，形诸语言文字的所有文体种类，都是人类所创造的"美"的形态；他既然要解决文章如何才能写得美的问题，当然就要把这所有形态都纳入自己的考察范围，从而避免前人"各照隅隙，鲜观衢路"的缺陷，以达到"弥纶群言"之目的，以实现"按辔文雅之场，环络藻绘之府，亦几乎备矣"（《序志》）的理想。也就是说，《文心雕龙》的文体论看上去纷纭复杂，但刘勰考察各种文体的角度却是统一的，那就是"美"；其目的只有一个，那就是文章之美的实现。如《诠赋》对赋体的考察结果是：

> 原夫登高之旨，盖睹物兴情。情以物兴，故义必明雅；物以情睹，故词必巧丽。丽词雅义，符采相胜；

> 如组织之品朱紫，画绘之差玄黄，文虽杂而有质，色虽糅而有仪：此立赋之大体也。

刘勰说，古人所谓"登高能赋"，盖因见景生情。作者的思想感情乃是由外界景物所引起，所以其表现于作品应当鲜明而雅正；作者对外界景物的观察则渗透了其思想感情，所以作品对景色的描绘应当巧妙而华丽。华丽的文辞与纯正的内容相结合，犹如花纹之于美玉，相得益彰；正像丝麻织品讲究颜色的"正"与"杂"，绘画之作注意色彩的"黑"或"黄"，形式多变而要突出主体，色彩虽繁而以正色为本。这一所谓"立赋之大体"，正以美的创造为旨归。再如《杂文》，其所论乃"文章之枝派"，也就是不登大雅之堂的文体；其中论"连珠"体说："夫文小易周，思闲可赡。足使义明而词净，事圆而音泽，磊磊自转，可称'珠'耳。"虽其文体短小，容易写好，但刘勰仍要求内容明达而文辞省净，事理完备而音韵和谐，要像玲珑的圆石那样精美绝伦，从而与其"珠"的名字相称。又如《章表》论"表"而谓："必雅义以扇其风，清文以驰其丽。……繁约得正，华实相胜，唇吻不滞，则中律矣。"就是说，"表"的写作，既要有雅正之义，又必须做到文辞清新而华丽；要繁简得当，华实相称，音韵流畅。所谓"中律"，就是要符合文章写作之美的要求和法则。可以说，刘勰的"论文叙笔"首先便是从各种文体的具体特点和要求出发,总结其美的规律;而其"剖情析采"则是在此基础上,全面总结文章之美的规律。所以,《文心雕龙》的文体论不是现代意义上的文学体裁论,更不是后世一般的文章体裁论,而是着眼古代"文章"发展的历史,紧扣时代"文章"写作之实际,以自己美的观念放眼形形色色的文体,从而总结为文的法则和规律的美的形态学。

2. 文章之美

《文心雕龙》的中心问题,乃是研究如何"用心"使文章臻于美的境界。这个美的境界,便是《总术》篇所谓"义味腾跃而生,辞气丛杂而至:视之则锦绘,听之则丝簧,味之则甘腴,佩之则芬芳",也就是作品意蕴深厚而韵味动人、辞采灿烂而生气勃勃,看上去就像织锦彩绘,听起来仿佛丝竹管弦,品味之则觉甘甜肥美,佩带之则闻气息芬芳。刘勰说:"断章之功,于斯盛矣!"为文而达如此境界,便尽善尽美了。《文心雕龙》之作,正是为了通向这个目标。

(1)风清骨峻

上述美的境界,首先表现为"风骨"之美。《文心雕龙》创作论的第三篇便是《风骨》(本节下引本篇不注),以"风骨"并举而作专篇论述,这在中国文论史和美学史上是第一次,是刘勰的创造。我以为,"风骨"是刘勰为纠正当时文风之"滥"而开出的一剂"药方",是刘勰所确立的文章写作的"正式",更是文章之美的具体呈现,"风骨"论是刘勰的艺术理想论。

在《文心雕龙》研究中,意见最为分歧的莫过于《风骨》篇了。什么是"风",什么是"骨",什么是"风骨","风骨"论的实质是什么,等等,都难以形成一个统一的看法。之所以出现这种情况,一是因为"风""骨"等词皆以物为喻,不是精确的理论范畴,容易产生歧义;二是因为刘勰在本篇的论述,确有不少较难理解之处。这种难以理解,并非因为刘勰本身思想的幽暗不明,而是由于以骈文形式论文,行文跳跃性较大;加之刘勰随时运用一些重要范畴而又少作规定,后人理解起来也就颇感困难了。但仔细体察刘勰的用意,充分重视骈文论述的格式,并尽可能地进入刘勰的思维,则"风骨"的主旨及其含义还是可以予以准确把握的。

在现代"龙学"史上,黄侃论"风骨",对"风骨"论研究的影响最为深远。其谓:"文之有意,所以宣达思维,纲维全篇,譬之于物,则犹风也。文之有辞,所以摅写中怀,显明条贯,譬之于物,则犹骨也。必知风即文意,骨即文辞,然后不蹈空虚之弊。"(见其《文心雕龙札记·风骨》)所谓"风即文意,骨即文辞",明白无误地把"风""骨"归结为作品的内容和形式;现代《文心雕龙》的研究者亦大多循此思路,或者同意黄侃之说,或者反其道而谓"风"指形式、"骨"指内容,等等。黄侃之说,盖以《风骨》的以下论述为据:

  是以怊怅述情,必始乎风;沉吟铺辞,莫先于骨。故辞之待骨,如体之树骸;情之含风,犹形之包气。结言端直,则文骨成焉;意气骏爽,则文风清焉。

初读之下,仿佛刘勰确以"风"指作品内容、"骨"指作品形式,其实并不尽然。《文心雕龙》是文论,但也是精致的骈文作品;必知骈文经常以"互文足义"的形式说理状物,方能准确理解其含义。所谓"怊怅述情",是说作者内心情之所动而欲一吐为快,指的是整个文章写作;所谓"沉吟铺辞",是说展纸落墨而著成文章,指的也是整个文章写作。二者对举而言,互文足义,不过是刘勰为避用词重复的文章笔法,其义一也;并非一指内容、一指形式的泾渭分明之论。明乎此,则所谓"始乎风"是对整个文章的要求,而绝不仅仅指"情";所谓"先于骨"也是对整个文章的要求,而绝不仅仅指"辞"。同样的道理,"辞之待骨,如体之树骸;情之含风,犹形之包气",是说文章之需要有"骨",就像人体之需要骨架;文章之需要有

"风",就像人体之需要血气。如此,则不难理解,所谓"结言端直,则文骨成焉",是说文章刚正而有力量,便是有"骨"的体现;所谓"意气骏爽,则文风清焉",是说文章清新而能动人,便是有"风"的体现。

只有这样理解,才能准确把握刘勰下面一段话而不致产生歧义:

> 故练于骨者,析辞必精;深乎风者,述情必显。捶字坚而难移,结响凝而不滞,此风骨之力也。若瘠义肥辞,繁杂失统,则无骨之征也;思不环周,索莫乏气,则无风之验也。

懂得怎样使文章有"骨"的作者,其作品必精练;知道怎样使文章含"风"的作者,其作品必晓畅。所谓"析辞必精""述情必显",亦是互文足义而合指整个文章写作。如果一指文辞、一指感情,那么所谓"捶字坚而难移,结响凝而不滞"的"风骨之力"又如何理解呢?语言精练而一字不易,文风畅达而不艰涩难懂,这便是"风骨"在作品中所起的作用。刘勰所谓"无骨之征",是"瘠义肥辞,繁杂失统",即内容贫乏、用词拖沓,文章杂乱而缺乏条理;既有形式上的问题,也有内容上的问题,绝不仅仅是形式的问题。刘勰所谓"无风之验",是"思不环周,索莫乏气",即思路不清、内容枯燥,文章干瘪而缺乏生气;既有内容上的问题，也有形式上的问题，绝不仅仅是内容的问题。

所以，无论"风""骨"还是"风骨"，乃是对文章的总要求，并非"风"指内容，"骨"指形式，或者相反。"风""骨"与内容、形式，完全是不同范畴的问题；如果说它们有关系，那么这个关系只能是，"风""骨"和"风骨"是对内容和形式相统一的文章的要求。刘勰说："若丰藻克赡，风骨不飞，则振采失鲜，负声无力。"如果只是辞藻丰富而没有"风骨"，那么其文采、声韵也不可能鲜明而有力量。显然，语言文辞与"风骨"原本就是两个范畴的问题。刘勰的下面一段话更明确地说明了这点：

> 夫翚翟备色，而翾翥百步，肌丰而力沉也；鹰隼乏采，而翰飞戾天，骨劲而气猛也。文章才力，有似于此。若风骨乏采，则鸷集翰林；采乏风骨，则雉窜文囿。唯藻耀而高翔，固文笔之鸣凤也。

山鸡有着色彩斑斓的羽毛，然而飞不过百步，因其肉多而力少也；老鹰没有华丽明艳的外表，却能一飞冲天，因其骨骼强壮而气力雄健也。刘勰以为，文章写作亦同此理。如果有"风骨"而缺乏文采，作品便如飞翔文坛的老鹰；假若只有文采而缺乏"风骨"，那就只能如山鸡在文坛上乱跑了。只有有"风"有"骨"的作品，才是文坛的凤凰而光彩照人。

"风骨"之"风",与儒家诗论所谓"风"是有一定联系的。《毛诗序》说:"风,风也,教也;风以动之,教以化之。"又说:"上以风化下,下以风刺上。"这里的"风",是由刮风之义引申而来的一种吹动、感化、教育、讽刺等作用。刘勰既继承了这方面的含义,又赋予了"风"以新的内容。其云:"诗总六义,风冠其首,斯乃化感之本源、志气之符契也。"《诗经》之"六义",按其顺序是所谓"风""赋""比""兴""雅""颂","风冠其首"。谓"风"为"化感之本源",亦即教育、感化作用之根本,可以说正是本于《毛诗序》;而谓"风"为"志气之符契",亦即这种感化、教育作用同作者内心的情志、血气是一致的,这便是刘勰自己的解释了。这里体现了刘勰对文之本质的认识,同他的论文基本思想是完全一致的。《毛诗序》对《诗经》教化作用的强调着眼于政治目的。这种作用是外在的,是赤裸裸的所谓"诗教"。刘勰同样强调文学的教化作用,但要"原道心以敷章,研神理而设教"(《原道》),即要遵循"自然之道"的宗旨,应当是自然而然的而不是强加上去的。实际上,刘勰是要求从文章自身的特征出发而"设教",也就是以情感人;所谓"志气之符契",便是强调文学的"风化"作用要同表现作者的"志气"相一致,而不是外加上去的,不是为了"风化"而"风化"的。所以,《毛诗序》说"吟咏情性,以风其上",而刘勰说"怊怅述情,必始乎风",这是大不一样的。在《毛诗序》中,"吟咏情性"是为了"以风其上",这个"情性"乃是有严格限制的,要"发乎情,止乎礼义";而在刘勰这里,"风"乃"志气之符契",作者所表达的是"怊怅"深情,其"情之含风,犹形之包气",这个"风"乃作家的血气和生命所在。这样,"风"之重点和中心问题,实际上不再是"风化"的问题,而是与作者之"气"密不可分了。

正因如此,刘勰特别提到《典论·论文》之"文以气为主"的论断,并详细征引曹丕论"气"之语而证其"重气之旨"。其中之理就在于,曹丕所谓"文以气为主"之"气",乃作家个性之所在、生命之所在,也就是刘勰所谓"才力居中,肇自血气;气以实志,志以定言;吐纳英华,莫非情性"(《体性》),这个"气"乃是决定作者情性的根本因素;而"风骨"之"风"原本就是"志气之符契",与"气"是密不可分的。所以,刘勰一则曰"意气骏爽,则文风清焉",二则曰"深乎风者,述情必显",三则曰"索莫乏气,则无风之验也",都说明"风"不仅是"风化"作用的问题,更与作者之"气"密切相关,成为决定作品艺术个性的关键因素。因此,作品有"风",乃是指作品能够充分表达作者的思想感情和突出鲜明的艺术个性,从而具有感人至深的艺术力量。

"风骨"之"骨",歧义最为纷出,实际上其含义亦与其喻体之"骨"不可分割。"骨"是硬的、坚实的、有力的，所谓"骨劲而气猛也"。文章之有"骨"，便是说文章挺拔、劲健而有力量，与萎靡、柔弱的文风是相对而言的。刘勰一则曰"辞之待骨，如体之树骸"，再则曰"结言端直，则文骨成焉"，三则曰"练于骨者，析辞必精"，其含义应当说是十分清楚的，那就是文章之"骨"犹如人体之骨，有"骨"的文章精练、结实而富有力量。刘勰之所以要求文章要有"骨"，与《文心雕龙》的写作动机密切相关，亦与他对文之本质的认识不可分割，同样表现了其关于文的基本观念。一方面，刘勰既充分肯定文之美的合理性、普遍性和必然性，所谓"文心雕龙"之"文"首先就是"美"的同义语；另一方面他又坚决反对"爱奇""浮诡""尚画"等"讹滥"（《序志》）的文风。文"骨"之论，正是有此具体的针对性。所谓"若瘠义肥辞，繁杂失统，则无骨之征也"，所谓"捶字坚而难移，结响凝而不滞，此风骨之力也"，文"骨"的要义就是精练而有力量，刘勰企图以此矫正文章写作中"将遂讹滥"（《序志》）的风气。

其实，"风骨"可以分而言之，更应合而观之。"风"和"骨"的含义确是各有侧重，但"风骨"更是作为一个整体概念而成为《文心雕龙》之重要的美学范畴。刘勰之所以时而言"风"、时而称"骨"，时而以"风"与"情"相连、"骨"与"采"合说，时而把"风"与"辞"并提、"骨"

与"义"同称，更是常常"风骨"并用，以致使人大有不可捉摸之感，既是由于骈文格式的需要，常使文辞变幻而把文章作得花团锦簇，更是因为在刘勰的心目中，无论"风""骨"还是"风骨"，都是对文学创作的一个总要求。可以说，"风骨"论乃是刘勰关于文的基本观念的具体化，即将其"以情为本，文辞尽情"之文具体化为一个可见的目标。刘勰说："若能确乎正式，使文明以健，则风清骨峻，篇体光华。能研诸虑，何远之有哉？"他就是要确立一个文章写作的"正式"，这就是作品要有"风骨"，也就是要"文明以健"，既要充分地表现作者的思想感情、突显作者的个性，又要使作品坚实而有骨气，从而产生激动人心的艺术力量，所谓"刚健既实，辉光乃新"。

因此，"风骨"乃是刘勰对文章写作的总要求，是其关于文的美学理想，"风骨"论是刘勰的艺术理想论。这一艺术理想论既充分重视了"为艺术而艺术"的时代倾向，充分重视了作家艺术个性的张扬，又毫不含糊地批判了"习华随侈，流遁忘返"的"文滥"之风，从而成为文章写作的一个"正式"。这个"正式"，得到了中国历代文论家的一致赞同。略晚于《文心雕龙》的钟嵘《诗品》，便以"风骨"作为重要的审美标准衡量五言诗作。如评价曹植，谓其"骨气奇高，词采华茂"；评价刘桢，谓其"真骨凌霜，高风跨俗"；评价陶渊明，谓其"又协左思风力"。这些所谓"骨气""风力"等等,与刘勰所谓"风骨"的含义是相同的。初唐四杰之一的卢照邻说:"两班叙事,得丘明之风骨;二陆裁诗,含公幹之奇伟。"(《南阳公集序》)这里的"两班"指的是班固、班昭兄妹,"二陆"则是陆机、陆云兄弟。卢照邻认为,"两班"之叙事风格颇有左丘明之"风骨",而"二陆"之诗则具刘桢的奇伟之风,可见"风骨"已成为初唐重要的理论术语。稍后的陈子昂更是举起"汉魏风骨"的旗帜,扫荡六朝以来的绮靡文风。其云:

> 文章道弊五百年矣。汉魏风骨,晋宋莫传,然而文献有可征者。仆尝暇时观齐梁间诗,彩丽竞繁,而兴寄都绝,每以永叹;思古人常恐逶迤颓靡,风雅不作,以耿耿也。(《与东方左史虬修竹篇序》)

陈子昂以"风骨"为武器,批判齐梁时期"彩丽竞繁,而兴寄都绝"的文风,并希望以此振兴文章的"逶迤颓靡"之风,挽救"风雅不作"的文坛,则显然把"风骨"视为文章之"正道",正是全面接受了刘勰的"风骨"论。此后,"风骨"一词成为历代诗人和文论家最为常用的概念之一。如:

> 蓬莱文章建安骨,中间小谢又清发。(李白《宣州谢朓楼饯别校书叔云》)

> 东道有佳作,南朝无此人。性灵出万象,风骨超

常伦。(高适《答侯少府》)

开元十五年后，声律风骨始备矣。(殷璠《河岳英灵集序》)

既多兴象，复备风骨。(殷璠《河岳英灵集》卷上)

昌龄以还，四百年内，曹、刘、陆、谢，风骨顿尽。(同上卷中)

下笔证兴亡，陈辞备风骨。(孟郊《读张碧集》)

黄初之后，惟阮籍《咏怀》之作，极为高古，有建安风骨。(严羽《沧浪诗话·诗评》)

《易水歌》仅十数言，而凄婉激烈；风骨情景，种种具备。(胡应麟《诗薮》内编)

……优柔婉丽，意味无穷，风骨内含，精芒外隐，如清庙朱弦，一唱三叹。(同上)

夺魏晋之风骨，变齐梁之俳优……(王士禛《带经堂诗话》卷四)

可以说，"风骨"一词成为中国文学理论批评最富生命力的概念之一；"风骨"论更是一剂"良药"，它为中国文学的发展做出了难以估量的贡献。

不仅诗文，中国古代其他艺术形式也特别讲究"风骨"。稍晚于《文心雕龙》的谢赫《古画品录》评三国时期的画家曹不兴云："不兴之迹，殆莫复传；唯秘阁之内，一龙而已。

观其风骨,名岂虚成。"谢赫以为,曹不兴所画之龙颇有"风骨",名不虚传。这是以"风骨"评画的开始。唐代张怀瓘《画断》之佚文有云:"夫象人风骨,张亚于顾、陆也。"(张彦远《历代名画记》引)这是对顾恺之、陆探微和张僧繇三家人物画的评论,认为张的人物画"风骨"不够完备。至于书法,对"风骨"的要求就更为普遍了。如张怀瓘《书议》说:"以风骨为体,以变化为用。"便以"风骨"为书法艺术之主体和根本。唐代书法家徐浩在其《论书》一文中,更直接引用了刘勰论"风骨"之语:

夫鹰隼乏彩,而翰飞戾天,骨劲而气猛也。翚翟备色,而翱翔百步,肉丰而力沉也。藻耀而高翔,书之凤凰矣。欧、虞为鹰隼,褚、薛为翚翟焉。

遗憾的是,徐浩并未说明其所引用乃是刘勰之论,这是颇不公平的。再如宋高宗赵构《翰墨志》评价米芾之行草云:"芾收六朝翰墨,副在笔端,故沉著痛快,如乘骏马,进退裕如,不烦鞭勒,无不当人意。然喜效其法者,不过得外貌,高视阔步,气韵轩昂,殊不究其中本六朝妙处酝酿,风骨自然超逸也。"他认为,米芾行草艺术的"妙处",就在于"风骨自然超逸";也就是所谓"沉著痛快",其犹骑乘骏马而进退自如。这与刘勰"风骨"之意乃是一致的。又如清初书法家宋曹所谓"筋力老健,风骨洒落"(《书法约言·论行书》),清末书法家周星莲所谓"波折钩勒一气相生,风骨自然遒劲"(《临池管见》),等等,都视"风骨"为书法艺术的关键问题。不仅文学艺术,即如做人,也讲究要有"风骨"。可以说,"风骨"论早已成为中华民族的优秀文化传统之一。

(2) 即体成势

文章之美的另一具体要求,乃是"定势";《文心雕龙》创作论的第五篇便是《定势》(本节下引本篇不注),集中论述文章的"体势"之美。《序志》所谓"图风、势",我以为正是刘勰对文章之美的境界的两个具体规定。"风骨"之美侧重于对作家主体的要求,刘勰以之解决文风之"滥"的问题;"体势"之美侧重于适应文体的要求,刘勰以之解决文风之"讹"的问题。一部《文心雕龙》,从正面说是要探讨文章如何才能写得美,从反面说则是要纠正"离本弥甚,将遂讹滥"(《序志》)的文风,《风骨》和《定势》乃是集中论述关于文章之美的理想和原则的两个篇章。

在《文心雕龙》研究中,《定势》的研究并不引人注目,但意见却同样颇为分歧。尤其是对"势"的把握,其难度可以说不亚于"风骨",甚或过之。首先需要明确的是,作为一个专门概念,"势"早已广泛存在于中国传统文化之中(参见涂光社《势与中国艺术》,中国人民大学出版社1990年版)。兵家讲"势",政论家讲"势",哲学家讲"势",艺术家也讲"势"。尤其是书法艺术,对"势"的讲究更是不遗余力,所谓"古人论书,以'势'为先"(康有为《广艺舟双楫》卷五《缀法》),确乎言之不虚。应该说,"势"的传统文化,对刘勰形成"定势"思想肯定是有影响的,但其契合点在哪里呢?或者说,刘勰何以引入"势"的概念而"论文"呢?这就要看刘勰自己的论述了。

《定势》的第一段是:

> 夫情致异区,文变殊术,莫不因情立体,即体成势也。势者,乘利而为制也。如机发矢直,涧曲湍回,自然之趣也。圆者规体,其势也自转;方者矩形,其势也自安:文章体势,如斯而已。是以模经为式者,自入典雅之懿;效《骚》命篇者,必归艳逸之华。综意浅切者,类乏酝藉;断辞辨约者,率乖繁缛。譬激水不漪,槁木无阴,自然之势也。

刘勰说,作者的情志各有不同,文章的写作手法也多种多样,但无不根据自己所要表现的感情特点确立某种文体,并依据这种文体的特点形成作品之"势"。那么所谓"势",也就是顺应文体的特点而进行创作。刘勰举例说,这就像弩机射箭必然直线而出,山间小溪必然迂回曲折一样,乃是自然而必然的趋势;又如圆形的物体自然可以转动，方形的物体自然稳稳当当一样，文章之"体势"亦无非如此而已。具体而言，取法经书的作品，必然具有庄重雅正之美；摹仿《离骚》的作品，必然具有艳丽飘逸之风；内容浅显的作品，一般缺乏含蓄的韵味；简明扼要的作品，大抵不具繁富的辞采。应该说，刘勰所谓"文章体势"，并无难解之处。这里首先需要注意的是，"势"与"体"密不可分，所谓"即体成势""文章体势""形生势成"，等等，这个"势"乃是由文体决定的，所以"定势"也就是要根据文体的特点进行创作，要顺应文体之"势"。就此而言，刘勰的"势"有着书法理论的明显影响。书法之讲究"势"，总是离不开书之"体"。如西晋书法家卫恒所撰《四体书势》，其中所谓"字势""篆势""隶势""草势"等，皆以书之形体成"势"，正所谓"即体成势""形生势成"。所以康有为说："盖书，形学也。有形则有势。"（《广艺舟双楫》卷五《缀法》）由书法之以形体为"势"发展至文章的以文体为"势"，可以说是较为自然而直接的运用。

从"因情立体，即体成势"着眼，许多研究者认为刘勰的"势"指的就是文体风格。应该说，把这个"势"解释成文体的风格在一定程度上是可以讲通的。但从全篇来看，把"势"翻译成文体风格又总觉不太妥当而心有未安。何以如此呢？问题就在于，一方面，刘勰的"势"有文体风格的内容，却又是文体风格所不能完全包容的；即使就

"即体成势"而言,它也主要是指由文体而决定的文章的一种基调、趋向、特点。实际上,文体对"势"的决定,一个重要的内容便是以其风格特点而决定文章之大势;也就是说,"即体成势"之"体",本身即暗含风格之义。严格地说,《文心雕龙》中只有《体性》才是谈风格的篇章,刘勰也没有在艺术风格中明确区分出"文体风格"。如《体性》所谓"八体",第一便是"典雅";而《定势》则说"章、表、奏、议,则准的乎典雅",这正说明刘勰是将文体的风格纳入一般的风格论中的。另一方面,更重要的是,刘勰并非纯粹从理论上研究文体风格问题,而是有着很强的实践性和现实针对性;这既是《定势》篇的特点,也是一部《文心雕龙》的特点。这正是我们要注意的另一个问题,那就是刘勰对"自然之势"的强调。所谓"即体成势""乘利而为制""因利骋节,情采自凝",等等,既要求按照文体的特点写作,同时也包含着自然而然之意。刘勰一则曰"自然之趣",再则曰"自然之势",其对"势"之自然而然的强调是显然可见的;也就是说,这个"势"与"自然之道"乃是一致的,是不以人的意志为转移的规律。

那么,文章写作怎样才能符合所谓"自然之势"的要求呢?刘勰说:"是以绘事图色,文辞尽情;色糅而犬马殊形,情交而雅俗异势。镕范所拟,各有司匠,虽无严郛,难得逾越。"可以看出,刘勰的"势"虽有书法理论的影响,却时刻紧扣文章的特点立论,乃是一种相当成熟的"文章体势"论。刘勰说,绘画讲究设色,文章重在抒情。不同的颜色描绘出或犬或马的不同形象,不同的感情表现出或雅或俗的不同风格。一旦选定某种体裁,就应按照其要求进行创作;其间虽有相通之处,却是不能混淆其区别的。又说:"括囊杂体,功在铨别;宫商朱紫,随势各配。"也就是说,文章的体裁多种多样,作者必须注意辨别其不同的特点;语言文采的运用,应当与其文体的要求相一致。这种要求的具体情况便是:

> 章、表、奏、议,则准的乎典雅;赋、颂、歌、诗,则羽仪乎清丽;符、檄、书、移,则楷式于明断;史、论、序、注,则师范于核要;箴、铭、碑、诔,则体制于弘深;连珠、七辞,则从事于巧艳。此循体而成势,随变而立功者也。虽复契会相参,节文互杂,譬五色之锦,各以本采为地矣。

"章、表、奏、议"要以庄重雅正为标准,"赋、颂、歌、诗"要以清新华丽为基调,"符、檄、书、移"要以明快决断为准绳,"史、论、序、注"要以真实扼要为典范,"箴、铭、碑、诔"要以宏大精深为原则,"连珠、七辞"则以巧妙艳丽为能事。刘勰说,这就叫"循体而成势,随变而立功",也就是按照文体的特点而决定作品的风格倾向,随着所用文体的不同而创作出符合各种文体风格规范的作品。需要注意的是,这里的"准的""羽仪""楷式""师范""体制""从事"等,皆为标准、规范之意,却并非只有"典雅""清丽""明断""核要""弘深""巧艳"等这几种风格。刘勰所要求的,乃是以之为基本的规范,所谓"譬五色之锦,各以本采为地矣",就像五颜六色的锦缎,都是以其本色为基础染成的;而染成之后,毕竟又是五颜六色、丰富多彩的。就文章写作的过程而言,乃是"契会相参,节文互杂"的,也就是说文体风格的规范还要与作者主体相契合,作品具体的音韵文采更是变化多端,较之染成的锦缎,可以说更为五彩缤纷。

正因如此,刘勰同时指出:

> 然渊乎文者,并总群势:奇正虽反,必兼解以俱通;刚柔虽殊,必随时而适用。若爱典而恶华,则兼通之理偏;似夏人争弓矢,执一不可以独射也。若雅郑而共篇,则总一之势离;是楚人鬻矛誉楯,两难得而俱售也。

这里,同样有一个"度"的严格把握问题。刘勰说,精于文章写作之人,应当把握各种文体之"势"。比如,新奇和雅正虽然相反,但必须都能理解而予以融会贯通;刚健和柔弱虽然悬殊,但应当能根据不同的情况而加以运用。如果只喜欢典雅而讨厌华美,那就不能做到融会贯通;就像夏朝人的"弓矢之争",无论"弓"有多良或者"矢"有多善,只执其一是难以发射的。但在具体的写作中,则又必须保持所谓"总一之势",也就是使作品适应其文体要求的风格特点,保证作品风格的完美统一。这个"度"的把握,实际上就是如何理解"定势"之"定"的问题。刘勰提醒我们,"文章体势"有定,在于"因情立体,即体成势""循体而成势",这是自然而必然的,是不能违背的;文章风格无定,文章之"势"就必须"随变而立功""随时而适用",从而又是丰富多彩的,所谓"契会相参,节文互杂"。

"势"之须"定",有着很强的现实针对性。刘勰说:"自近代辞人,率好诡巧。原其为体,讹势所变;厌黩旧式,故穿凿取新。"他认为,近代以来的作家,大多爱好奇巧。这种"诡巧"之作的产生,正是违背了"即体成势"原则的结果;他们厌弃原有的文体风格,企图创新而流于穿凿附会。这个"讹"字,正是《定势》之作的现实原因。什么叫"讹"?刘勰说:"察其讹意,似难而实无他术也,反正而已。故文反'正'为'乏',辞反正为奇。效奇之法,必颠倒文句;上字而抑下,中辞而出外;回互不常,则新色耳。"所谓"讹",也就是一反常态。比如把"正"字反写成"乏"字,把平常的文意反用为奇辞僻句,把上面的字放到下面，等等。那么，为什么会有这些颠倒次序而违反常理的新奇之作产生呢？刘勰说："夫通衢夷坦，而多行捷径者，趋近故也；正文明白，而常务反言者，适俗故也。"大道通衢是有的，但人们大多喜欢走捷径；通晓明白的表达方式是存在的，但世俗之人往往喜欢标新立异。实际上，一般而言，喜欢走捷径、喜欢标新立异，并不一定就是错误；但刘勰所列举的上述种种创作上的"适俗"倾向，却会造成"失体成怪""逐奇而失正"的文风，并最终导致"势流不反，则文体遂弊"的后果。这正是《序志》所批评的那种"离本弥甚，将遂讹滥"的文风，也正是《文心雕龙》之作的现实原因。正因如此，石家宜先生指出："《定势》篇在《文心雕龙》谨严的理论体系中，是一发牵全身的、具有特殊意义的章节。"并认为这种特殊意义就在于"刘勰'正末归本''矫讹翻浅'的努力在此坐实"（见其《〈文心雕龙〉系统观》），这是很有见地的。

我以为，"定势"的特殊意义，除了其与"风骨"一道作为矫正不良文风的武器外，还在于其与"风骨"一起构成了刘勰关于文章之美的完整见解。如上指出，"风骨"是刘勰的艺术理想论，但刘勰所论侧重于作家主体，因而其与"文气"密不可分；也就是说，这种艺术理想论带有强烈的个性色彩和时代色彩，具有矫正柔弱文风的现实针对性。作为一种艺术理想论，"风骨"还需要进行补充，这便是"定势"所提出的文章的"体势"之美。作为"风骨"的补充,"体势"之美充分注意了文章风格的客观因素,强调文章写作必须把文体的特点作为一个重要根据,也就是说不能脱离各种文体的规范进行创作,所谓"各以本采为地"。所以,刘勰特别指出:"文之任势,势有刚柔;不必壮言慷慨,乃称势也。"这正是提醒人们,"壮言慷慨"的"风骨"之力既是刘勰的艺术理想,同时又是有着现实针对性的;着眼文章本身,则"势有刚柔",文章之美是多姿多彩的。但这种多姿多彩又是有"度"的,所以"文之任势"而又"势"必有"定",也就仍然归结到"因情立体,即体成势"的总原则,从而最终回归《文心雕龙》之"以情为本,文辞尽情"的创作论体系。

如涂光社先生所说,"刘勰是系统讨论文学之'势'的第一人"(《势与中国艺术》,中国人民大学出版社 1990 年版)。《文心雕龙》之后,唐宋时期对诗歌之"势"多有讨论。如唐代诗僧皎然在其《诗式》中多处论及诗之"势",并于开篇列"明势"一题:

> 高手述作,如登荆、巫,觌三湘、鄢郢,山川之盛,萦回盘礴,千变万态,文体开阖作用之势。或极天高峙,崒焉不群,气腾势飞,合沓相属,奇势在工。或修江耿耿,万里无波,欻出高深重复之状,奇势互

发。古今逸格,皆造其极妙矣。

皎然欲明之"势"有三种情况:一是由文体(诗体)所决定的"势",因"体"的不同而有"势"的"千变万态";二是腾飞之"势",如耸立不群的山峰,气势飞动;三是含蓄之"势",如长江万里,平静中孕育着波澜。实际上,后两种"势"属于艺术风格的范畴,而第一种"势"则正是刘勰之"定势"思想的运用。皎然评价曹植之诗而谓:"不拘对属,偶或有之;语与兴驱,势逐情起,不由作意,气格自高,与《十九首》其流一也。"认为曹植之诗不讲究对仗之工整,而是全凭诗兴,任情而发,没有矫揉造作之感。这里的"势逐情起",与刘勰所谓"因情立体,即体成势"是相通的;不过,借用刘勰的话说,皎然的这个"势"可谓"颇亦兼气",与"定势"之旨略有不同。

明清时期,以"势"论文艺者亦不乏其人,尤以明清之际的伟大思想家王夫之最为著名。"势"首先是王夫之哲学思想的重要范畴,如谓"顺必然之势者,理也;理之自然者,天也",又说"天者,理而已矣;理者,势之顺而已矣"(《宋论》),这个"势"乃是不以人的意志为转移的客观规律。以之论诗,"势"则成为王夫之诗学的重要范畴。其云:

把定一题、一人、一事、一物,于其上求形模,求比似，求词采，求故实，如钝斧子劈栎柞，皮屑纷霏，何尝动得一丝纹理？以意为主，势次之。势者，意中之神理也。唯谢康乐为能取势：宛转屈伸，以求尽其意，意已尽则止，殆无剩语；夭矫连蜷，烟云缭绕，乃真龙，非画龙也。（《姜斋诗话》卷下）

王夫之认为，诗之关键不是局限于具体的人或事而运用文采的问题，也就是不能以诗论诗，而是必须"以意为主，势次之"。即是说，把握了"意"和"势"，才抓住了诗歌的根本问题。这个"意"也就是作者的思想感情，而"势"则是"意中之神理"；那么"势"虽为"次"，却是"意"的灵魂。什么叫"意中之神理"？王夫之以为，谢灵运是能"取势"的，谢诗之"宛转屈伸"在于充分表达作者之"意"；能够把"意"充分表达出来了，目的也就达到了。那么，所谓"能取势"，也就是不加雕琢而任其天然之态、自然之情；所谓"真龙"而非"画龙"，也正是这个意思。也就是说，诗歌要"以意为主"，但这个"意"并非矫揉造作的，而是必须为作者天然、自然之"意"，因而要以"势"为其"神理"。所以，"意"与"势"密不可分，"意"为诗之中心，"势"乃"意"之灵魂。王夫之这个诗论之"势"，与刘勰所说的"自然之势"乃是完全一致的。所谓"意中神理"，所谓"宛转屈伸，以求尽其意，意已尽则止"，与刘勰所谓"因情立体,即体成势"之精神正是息息相通的。

清代著名文论家包世臣亦把"势"作为一个重要理论范畴,从书法之"势"到诗文之"势",皆有相当广泛的论述。如其《艺舟双楫·文谱》有云:"是故讨论体势,奇偶为先:凝重多出于偶,流美多出于奇。体虽骈必有奇以振其气,势虽散必有偶以值其骨。"这里,不仅对文之"体势"问题的讨论与《定势》有着一致之处,而且还吸收了《文心雕龙·丽辞》之"奇偶适变""迭用奇偶"等思想,并以之与"体势"相联系;同时,又把"体势"与"气""骨"联系在一起。可以说,包世臣糅和了刘勰多方面的文论思想。又如其《再与杨季子书》谈到唐宋八大家之"优劣"时说:"八家工力至厚,莫不沉酣于周、秦、两汉子史百家,而得体势于《韩非子》《吕览》者为尤深。"这个"体势",显然也是由文体所决定的某种风格倾向或趋势。

3. 语言之美

文章写作最终表现为语言运用问题,所谓"方其搦翰,气倍辞前;暨乎篇成,半折心始"(《神思》),纵有再好的艺术构思,不能落到语言的实处,作品就没有成功。所以,刘勰对文章语言的运用问题,给予了空前的关注,进行了极为详细的研究。这种研究,有三点值得注意:一是刘勰非常清楚地认识到,语言的运用最终是为了表达思想感情;

所谓"暨乎篇成,半折心始",已经说明了这点。《神思》还明确地指出:"意授于思,言授于意;密则无际,疏则千里。"语言的问题归根结底是表情达意的问题,这是刘勰研究语言问题的出发点。比如《练字》篇,纯粹是如何用字的问题,但刘勰说"心既托声于言,言亦寄形于字",则用字正是为了传情。二是刘勰对文章语言的探索,抓住了汉语言文字的特点,从而为中国古代文学创作的语言运用做出了不可磨灭的贡献。诸如《声律》《丽辞》《比兴》《夸饰》《事类》《练字》《隐秀》等篇,乃是从汉语言文字特点出发的系统的文学语言论。三是文章语言的运用,是所谓"雕缛成体"(《序志》)、"雕画奇辞"(《风骨》),也就是要充分地表现出语言之美。所谓"文心雕龙",这"雕龙"二字正是强调语言的运用必须精雕细刻,最大限度地表现出汉语言之美。

我觉得,对刘勰在文章语言运用方面的理论贡献,我们估计得很不够,研究得还远不充分。本节仅以《声律》和《比兴》两篇为例,略予探索。

(1)刻镂声律

只要想一想诗词曲赋在中国古代文学中的地位,就不难明白声律问题之于中国古代文学的重要。其实,不只诗词曲赋,中国古代众多的文体也都讲究声韵之美。这对当代文学来说似乎不可思议，却也值得思索。人们往往习惯于将声律问题看成是形式美的问题，这当然有道理，但它又不仅仅是形式美的问题。对中国古代文学而言，声律甚至不仅仅是"有意味的形式"，有时简直就是一首诗或词的生命。古诗词声律的讲究有时极为繁琐，但正是这种繁琐的讲究造就了中国古诗词的朗朗上口，造就了其无与伦比的声音谐和之美。今人读古诗词一般不去分析其音韵的具体情形，但却可以感受到其舒适畅达的和谐的音乐之美，而这正来自那些繁琐的声律要求、讲究。为何唐诗妇孺皆喜，人人背得几首？原因自然是多方面的，但如果没有其声韵上的精雕细琢，它就不可能这样易诵易记，更不可能如此声情并茂而美不胜收。刘勰用"刻镂声律"（《神思》）概括文章写作中声律的运用，正可谓"深得文理"。

中国古代声律论的自觉研讨，始自魏晋南北朝，但中国古代诗歌对音律的讲究则可以说由来已久。《诗经》中大部分诗都是押韵的，其中又有许多双声叠韵的词，这都是自觉注意音律的明证。但一方面，这种注意还是较为一般的，音律的讲究还比较粗糙；另一方面，当时的诗还是合乐的，诗句本身对音律的讲究大致是为了配合音乐的节律，因而与后世对诗歌声律的重视还不完全相同。随着六朝"为艺术而艺术"时代的到来，对文章声韵之美的要求也便突出出来。晋代陆机就说："暨音声之迭代，若五色之相宣。"(《文赋》)要求文章语言的声音要抑扬顿挫,有一种和谐之美。宋齐以后,佛经"转读"之风日盛,大大促进了音韵学的发展,声韵的分辨趋于精密,"四声"之说由之产生。陈寅恪先生有云:"中国入声,较易分别。平上去三声,乃摹拟当日转读佛经之三声而成。……于是创为四声之说,撰作声谱。借转读佛经之声调,应用于中国之美化文,四声乃盛行。"(《金明馆丛稿初编·四声三问》)音韵学的发展、"四声"的确立及盛行,使文学创作中声律的讲究进入一个自觉阶段。《南齐书·陆厥传》说:"永明末,盛为文章,吴兴沈约、陈郡谢朓、琅邪王融,以气类相推毂。汝南周颙善识声韵,约等文皆用宫商,以平上去入为四声,以此制韵,不可增减,世呼为'永明体'。"所以,"永明体"的产生乃是诗歌创作自觉讲究声律的一个重要标志。"永明体"的主要实践者可以说是谢朓,而永明声律理论家则是沈约。

　　永明声律论的具体内容,历来有所谓"四声八病"说。"四声"即平上去入,"八病"是指平头、上尾、蜂腰、鹤膝、大韵、小韵、旁纽、正纽。"八病"之名,并不见于沈约的有关论著,《梁书》《南史》等著作中也无记载,因而"八病"说是否为沈约提出,历来意见不一。"八病"一词,隋唐时人多有提及,而上述具体名目,则是宋人的说法;至于每一名目的含义,则颇有不同理解而歧义纷出,此不赘述。《南史·陆厥传》说:"永明时盛为文章,吴兴沈约、陈郡谢朓、琅邪王融以气类相推毂,汝南周颙善识声韵,约等文皆用宫商,将平上去入四声,以此制韵,有平头、上尾、蜂腰、鹤膝。五字之中,音韵悉异;两句之内,角徵不同。不可增减,世呼为'永明体'。"这里,提出了"平头、上尾、蜂腰、鹤膝"四项,但并未言"病";相反,据这段文字之义,四项与"平上去入"相关,似是他们所制具体之"韵",而并无贬义,并非所要避免的什么"病"。钟嵘在其《诗品序》中也说:"至平上去入,则余病未能;蜂腰鹤膝,闾里已具。"这里所谓"蜂腰鹤膝",显然也具有正面的意义,是对诗歌音律的一种要求。又沈约《答甄公论》称:"作五言诗者,善用四声,则讽咏而流靡;能达八体,则陆离而华洁。"有的研究者以为,此"八体"就是"八病";但细玩其义,此处"八体"并无贬义,而是与"四声"具有同等意义。所以,据上述推测,沈约等人的声律论除要求诗歌创作运用"四声"外,可能还根据"四声"提出了一些具体要求,但这些要求大致也是正面的,而不一定是所谓"病"。

沈约的声律论还有许多重要的原则,反映了其重视声律的实质所在。如沈约《宋书·谢灵运传论》对诗之音律的要求是:"欲使宫羽相变,低昂互节,若前有浮声,则后须切响。一简之内,音韵尽殊;两句之中,轻重悉异。"

看上去相当严格,并以为"妙达此旨,始可言文"。但仔细分析起来,这些要求仍不外抑扬顿挫的和谐问题,其实并不如何繁琐。而且,沈约同时指出:"至于先士茂制,讽高历赏……并直举胸情,非傍诗史,正以音律调韵,取高前式。"他以为,前人作品的成功在于"直举胸情,非傍诗史",而这又与音律上的成功密不可分;也就是说,音律上的讲究是和"胸情"之抒发密切相关的。所以,所谓"音韵""轻重"等等,也就不仅仅是形式的问题了。沈约还说:"至于高言妙句,音韵天成,皆暗与理合,匪由思至。"那么,音韵的讲究要以自然天成为原则,而不是刻意地雕琢以致失去自然之美。

刘勰的《声律》(本节下引本篇不注)正是紧承沈约的声律论,集中探讨文章写作中"声律"之运用的专篇。他首先从理论上阐明了"声律"之于文章的重要性。其云:"夫音律所始,本于人声者也。声含宫商,肇自血气,先王因之,以制乐歌。故知器写人声,声非学器也。故言语者,文章神明枢机;吐纳律吕,唇吻而已。"音律的产生离不开人,乃是从人的声音开始的。人的声音本就具有"五音",而这来源于人的先天的血气;所以先王创制乐歌,不过是本于人声而已。刘勰以此而谓,乐器应当模拟人的声音,而不是相反;语言文辞之所以成为文章的关键,乃因其以表现人的内心世界为根本,所谓"声萌我心",所谓"内听为难，声与心纷"，"声"与"心"是密不可分的。因此，文章写作之讲究"声律"，其根本问题是为了表情的需要而使语言韵律协调，所谓"吹律胸臆，调钟唇吻"。刘勰的这种声律论，一方面肯定了"声律"之于写作的重要意义，所谓"音以律文，其可忽哉"；另一方面又并不违背其以情为本的基本文学观，其实质乃是如何更好地以"声律"而"尽情"的问题。

在此基础上，刘勰较为详细地探索了写作过程中的声律运用问题，强调文章声韵的和谐之美。如上所说，沈约的"声律"论并未直接言及"声病"问题，而刘勰倒是从声律运用之"病"谈起的。他说："凡声有飞沉，响有双叠。双声隔字而每舛，叠韵离句其必睽；沉则响发如断，飞则声飏不还：并辘轳交往，逆鳞相比。迂其际会，则往蹇来连；其为疾病，亦文家之吃也。"刘勰所谓"飞""沉"，是指声音之"扬"和"抑"，也就是后世所谓"平仄"，此乃文章声律的基本问题。他认为，"沉"声的运用容易间断而不能连贯，"飞"声的运用则容易高亢而缺乏回旋。所以，应注意让二者如"辘轳交往"，既不能间断又要有节奏，也就是要有抑扬顿挫之美。同时，刘勰还注意到了"双声"和"叠韵"的问题。他认为，"双声"和"叠韵"词犹如"逆鳞相比"而不能分开，否则便不能协调，也就失去了声韵的和谐之美。刘勰说，文章声律运用的错误犹如文人之"口吃",是缺乏美感的。他特别指出:"夫吃文为患,生于好诡,逐新趣异,故喉唇纠纷。"也就是爱好诡奇而追新逐异,以致步入语言运用之误区。这正是刘勰所一再批评的"辞人爱奇,言贵浮诡"(《序志》)之风,可见其"声律"论同样贯彻《文心雕龙》之作的基本出发点。

那么,如何解决文人之"口吃"的毛病呢?刘勰说:

> 将欲解结,务在刚断。左碍而寻右,末滞而讨前,则声转于吻,玲玲如振玉;辞靡于耳,累累如贯珠矣。是以声画妍蚩,寄在吟咏;滋味流于字句,风力穷于和韵。异音相从谓之"和",同声相应谓之"韵"。韵气一定,故余声易遣;和体抑扬,故遗响难契。属笔易巧,选和至难;缀文难精,而作韵甚易。

他认为,要解决声律之"纠纷",必须当机立断,也就是彻底摒弃怪异之风,以语言声韵和谐之美作为自己的追求。刘勰特别指出,要"左碍而寻右,末滞而讨前",也就是左顾右盼、瞻前顾后,全面考虑而达到声律的和谐。这种和谐之美,吟诵起来犹如金声玉振,仔细倾听则感觉珠圆玉润。刘勰说,作品的滋味要通过语言文字表现出来,所以文章之美丑,作者所用气力,最终都通过声律体现出来。刘勰把文章声律的运用,概括为两个概念:"和"与"韵"。所谓"和",也就是解决上述"声有飞沉"的问题,要求不同的声调要调配适当而错落有致，其实质正是声律的和谐问题。所谓"韵"，则是"同声相应"，也就是文章押韵的问题。刘勰认为，一旦选定韵脚，押韵并不很难；但要做到文章的抑扬顿挫而前后呼应，就不是容易的了。应该说，这是符合文章写作实际的甘苦之言。刘勰还指出，文章之"和"的问题，不仅押韵的"文"要讲究，不押韵的"笔"也要讲究，而且更难，这就是所谓"属笔易巧，选和至难"；就此而论，韵文之难，并不在于押韵，而同样在于"和"，这就是所谓"缀文难精，而作韵甚易"。由此可见，刘勰的"声律"论并非仅仅针对有韵之文，而是面向所有的文章。所谓"声得盐梅，响滑榆槿"，要像精心调和味道那样，使文章的"声""响"咸酸适中、味美可口，也就是要求文章语言的声韵具有高度的和谐之美。

《文心雕龙》之后，文论家们对声律问题有着不同的认识。稍后于刘勰的钟嵘在其《诗品序》中说：

> 昔曹、刘殆文章之圣，陆、谢为体贰之才，锐精研思，千百年中，而不闻宫商之辨、四声之论。……尝试言之：古曰诗颂，皆被之金竹，故非调五音，无以谐会。……今既不被管弦，亦何取于声律耶？……王元长创其首，谢朓、沈约扬其波。三贤或贵公子孙，幼有文辩。于是士流景慕，务为精密，襞积细微，专

相陵架。故使文多拘忌,伤其真美。余谓文制,本须讽读,不可蹇碍;但令清浊通流,口吻调利,斯为足矣。

显然,钟嵘对南朝以来的声律论颇不以为然。他说,古诗"皆被之金竹",因而要讲究五音的调和;后世之诗"不被管弦",也就不必讲究声律。他认为,永明声律论所要求的那种对声韵的精推细敲,给文章带来诸多"拘忌"而破坏了"真美"。但他同时也指出,文章"本须讽读",声律上也就不能滞碍难通,而是应当"清浊通流"而"口吻调利"。所以,钟嵘实际上并不一概地反对文章的声律,而只是从强调文章之自然美的角度出发,反对那种过分的精雕细琢。就此而论,其与刘勰关于声律的见解又是有相通之处的。所谓"清浊通流,口吻调利",与刘勰之"吐纳律吕,唇吻而已""吹律胸臆,调钟唇吻"等说法,应该说是非常接近的。

实际上,一些文论家对声律的不同意见,其出发点大多与钟嵘相同,而并非完全否定文章的声韵之美。至于像刘勰一样,充分认识声律之于文章的重要性,并进行认真探索的理论家,南北朝以后就很多了。如唐代的殷璠在其《河岳英灵集集论》中说:"昔伶伦造律,盖为文章之本也。是以气因律而生,节假律而明,才得律而清焉。预于词场,不可不知音律焉。"其于音律之于文章的作用,是极为看重的。但他也同时指出："夫能文者，匪谓四声尽要流美，八病咸须避之……但令词与调合，首末相称，中间不败，便是知音。"这与刘勰声律论的精神是颇为一致的。明代文学家艾南英认为，"诗之有律，犹兵之有法也"，"老于法者"要"不为律所缚而终归于律"，如此之作方"能传于世"（《张龙生近刻诗集序》），既肯定声律的重要性，又要求"不为律所缚"，与刘勰、钟嵘之论都有相通之处。清人薛雪则谓："作诗家数不必画一，但求合律，便可造进。"（《一瓢诗话》）把"合律"作为诗歌创作之共同而普遍的要求，正可看出声律之于中国古代诗歌的独特意义。正如清人张问陶论诗所云："五音凌乱不成诗，万籁无声下笔迟；听到宫商谐畅处，此中消息几人知？"（《论诗十二绝句》）对中国古代诗歌来说，"五音凌乱不成诗"，也就是没有诗美可言。所以，必须了解音声之美的"消息"，才能探得中国古诗的奥秘。

不仅是诗歌，汉字的特点决定了声律之于中国古代文学的各种体裁皆有重要意义。清代著名戏曲理论家李渔说：

> 宾白之学，首务铿锵。一句聱牙，俾听者耳中生棘；数言清亮，使观者倦处生神。世人但以"音韵"二字，用之曲中；不知宾白之文，更宜调声协律。世人但知四六之句，平间仄、仄间平非可混施叠用；不知散体

之文,亦复如是。"平仄仄平平仄仄,仄平平仄仄平平",二语乃千古作文之通诀,无一语、一字可废声音者也。(《闲情偶寄·声务铿锵》)

这段话不仅道出了声律的讲究之于戏曲有着重要意义,更是极为生动地点明了音韵之美乃是中国文学的重要特点。所谓"无一语、一字可废声音者也",这个"声音"指的正是对声音的讲究,也就是声律的运用问题。清代散文家刘大櫆也说:"文章最要节奏。譬之管弦繁奏中,必有希声窈渺处。……近人论文,不知有所谓音节者,至语以字句,则必笑以为末事。此论似高实谬。作文若字句安顿不妙,岂复有文字乎?"(《论文偶记》)这种"字句安顿"之"妙",正是音律节奏的讲究,也就是声律的和谐之美。

(2) 萌芽比兴

在《文心雕龙》创作论中,刘勰对文章写作的一些重要艺术手法进行了较为全面的总结,对后世产生了深远影响,"比兴"便是一例。《神思》概括文章写作的具体过程是"刻镂声律,萌芽比兴",这里的"萌芽"具有开端、产生、创新等含义,可见刘勰对文章写作中"比兴"手法的运用是非常看重的。

正如清人姚际恒所说,"诗有赋比兴之说,由来久矣"(《诗经通论·诗经论旨》)。东汉的王逸在其《离骚经序》

中便指出:"《离骚》之文,依《诗》取兴,引类譬喻。"在王逸的概念中,"比"和"兴"乃是一体的,皆有比喻、寄托之意,诸如"恶禽臭物,以比谗佞"、"虬龙鸾凤,以托君子"等等。稍后的郑玄在其《周礼注》中则指出:"比,见今之失,不敢斥言,取比类以言之;兴,见今之美,嫌于媚谀,取善事以喻劝之。"虽然"比""兴"分而言之,但皆以事物为喻,只不过一为讽刺一为赞美而已。《周礼注》还引郑众之说:"比者,比方于物也;兴者,托事于物。"其与郑玄之说亦大致相同,略有区别的是,郑众以"比"为比方而以"兴"为寄托。晋代的挚虞在其《文章流别论》中说:"比者,喻类之言也。兴者,有感之辞也。"对"比"的认识与前人相同,对"兴"的认识则强调诗人之"感",乃是由寄托之义发展而来的。

在上述基础上,刘勰第一次以《比兴》(本节下引本篇不注)的专篇对这一问题作出了较为完整而系统的阐述。他说:

> 故比者,附也;兴者,起也。附理者,切类以指事;起情者,依微以拟议。起情,故"兴"体以立;附理,故"比"例以生。"比"则畜愤以斥言,"兴"则环譬以托讽。盖随时之义不一,故诗人之志有二也。

刘勰把"比"解释为比附,即对事理进行比附,也就是用类似的例子来说明事理；把"兴"解释为兴起，即兴起感情，也就是由某种微小的事物引发作者的思想感情。他认为，触物而生情，也就产生了"兴"的表现手法；缘事而说理，也就产生了"比"的表现手法。他特别指出，《诗经》中"比"的运用，乃是作者心怀愤激之情而有所指斥；"兴"的运用，则是作者以委婉之辞寄托讽谏之意。不同的环境下诗人有着不同的思想感情，所以也就有了两种表现手法。显然，刘勰对"比""兴"的解释充分吸收了汉人之说，但同时贯彻了自己"论文"的宗旨而有着重要的发展。

关于"比"，刘勰以"附"来解释，包括了汉人"比方于物"之意；但他强调这种"比方"必须贴切，所谓"附"正是此意。《物色》有所谓"体物为妙，功在密附"，虽并非刘勰的正面主张，但却说明这个"附"不是一般的"比方"，而是"密附"。所谓"切类以指事"，这个"切"字正是对如何比附的明确要求。所以，刘勰说："故'比'类虽繁，以切至为贵。"只有十分贴切而恰如其分的比喻，才是值得珍视的。更重要的是，刘勰进一步明确指出，这种"切至"之"比"在于"写物以附意，飏言以切事"，也就是说，要通过描绘事物的形象而寄托思想感情，并运用夸张的语言表现事物的本质。这就不是一般的比喻，而是着眼于艺术创作而强调艺术的效果了。这里值得注意的有两点，一是"比"的运用要"写物",也就是要通过描绘形象来作"比",则其结果就不仅是贴切,而且具有形象性了。刘勰谓之"切象",也就是要用贴切的形象作比喻。二是"比"的运用要"飏言",也就是要运用夸张的语言,所谓"惊听回视,资此效绩"。刘勰强调比喻之"切至",却又以为这种"切至"的艺术效果可以通过夸张的手段来达到,确为"深得文理"之言。如其所举《诗经》中"麻衣如雪""两骖如舞"等例,皆为夸张之喻而有着很好的艺术效果。至于深入作品的内部而详细研究"比"的种种变化,更是刘勰所长了。如谓:"夫'比'之为义,取类不常:或喻于声,或方于貌,或拟于心,或譬于事",等等,可以说概括了作品中运用"比"的种种情况,而文章语言的生动、形象之美正是借此实现的。

关于"兴",刘勰以"起"来解释,也吸收了汉人"托事于物"之论;但他强调其与感情的联系,所谓"起情,故'兴'体以立",乃是把"兴"的运用纳入了其以情为本的创作论体系。正因如此,刘勰特别重视"兴"的运用,认为汉魏以来"日用乎'比',月忘乎'兴'"的倾向乃是"习小而弃大,所以文谢于周人也",也就是说后人创作难以赶上周人的一个重要原因就是不知运用"兴"的表现手段。那么,"兴"何以如此重要?刘勰说:"观夫'兴'之托谕,婉而成章;称名也小,取类也大。"也就是说,诗人用"兴"来寄托讽喻之情,往往委婉而言;所举多为微小事物,却蕴含深广的意义。又说:"炎汉虽盛,而辞人夸毗;《诗》刺道丧,故'兴'义销亡。"这是说,汉代的创作虽然兴盛,但辞赋家们缺乏独立的人格,丧失了《诗经》讽刺的创作传统,"兴"的意义也就逐渐减弱以至消亡了。所以,刘勰看重"兴"的表现手段,在于其以委婉含蓄的风格寄托作者的讽喻之情而使作品发挥重大的批判力量。诚然,刘勰也说"比则畜愤以斥言",但这主要是对郑玄之说的概括。整个《比兴》篇以大量篇幅研究"比"的运用,但除了这句话以外,实际上并未涉及这个问题。从刘勰所列举的大量作品实例来看,所谓"畜愤以斥言",实在也算不上"比"的重要作用。所以,真正与此有关的乃是"兴",所谓"《诗》刺道丧,故'兴'义销亡",便明明白白地说明了这点,这也正是刘勰特别重视"兴"的一个重要原因。在这里,刘勰关于"兴"的思想就与孔子的"兴观群怨"说一脉相承了。这也证明,所谓艺术手段、艺术形式等等,其实与内容永远是不可分离的。从艺术语言和形式的角度说,"兴"的运用给人以含蓄蕴藉、意味深长之美,而这与思想感情的深厚寄托是密不可分的。

在对《比兴》篇的研究中,有一个重要的问题需要略予辨别,那就是"赞"词中的"拟容取心"之说。王元化先生的《文心雕龙创作论》有《释〈比兴篇〉拟容取心说》一篇,对《比兴》篇的理论意蕴作了深入开掘,其中许多见解是颇为精到的。但对"拟容取心"一语的解释，笔者感到与刘勰的原意未尽相符。其云："'拟容取心'这句话里面的'容''心'二字，都属于艺术形象的范畴，它们代表了同一艺术形象的两面：在外者为'容'，在内者为'心'。前者是就艺术形象的形式而言，后者是就艺术形象的内容而言。'容'指的是客体之容，刘勰有时又把它叫做'名'或叫做'象'。实际上，这也就是针对艺术形象所提供的现实的表象这一方面。'心'指的是客体之心，刘勰有时又把它叫做'理'或叫做'类'；实际上，这也就是针对艺术形象所提供的现实意义这一方面。'拟容取心'合起来的意思就是：塑造艺术形象不仅要模拟现实的表象，而且还要摄取现实的意义，通过现实表象的描绘，以达到现实意义的揭示。"这一见解为一些"龙学"著作所接受。

众所周知，《文心雕龙》的"赞"词皆为一篇之总结，"拟容取心"一语也不例外。然而，《比兴》篇却并无"通过现实表象的描绘，以达到现实意义的揭示"这一思想。刘勰不可能在没有论述的情况下，突然在"赞"词中提出这一重要的理论主张。其实，所谓"拟容取心"并不深奥，它不过是对本篇篇题的概括。如上所说，刘勰对"比"的解释是比附，是"写物以附意"，这就是"拟容"；刘勰对"兴"的解释是"起情"，也就是"取心"。所谓"拟容取心，断辞必敢",乃是说作者无论以物貌为"比",还是引发感情以"兴",都必须做到明确而贴切;这是对《比兴》之旨的基本概括,如此而已。所以,刘勰所谓"比兴",主要还是语言运用的一种手段;这种手段基于魏晋南北朝时期文章写作的实际,与后世所谓艺术形象的刻画不是一个问题。如果说其与"形象"有什么关系的话,那么这种关系主要是:"比兴"手法的运用体现了艺术构思的形象思维特点,《神思》的"赞"词特别点出"萌芽比兴",正是此意。毛泽东曾指出:"诗要用形象思维,不能如散文那样直说,所以比、兴两法是不能不用的。"(《给陈毅同志谈诗的一封信》)应该说,这一理解是颇为符合中国古代"比兴"论的实际的。

作为艺术表现方法的"比兴"论,在中国古代有着悠久的传统。刘勰所论,乃是一个关键和枢纽,具有承前启后的历史作用。稍后于刘勰的钟嵘在其《诗品序》中说:"故诗有三义焉:一曰兴,二曰比,三曰赋。文已尽而意有余,兴也;因物喻志,比也;直书其事,寓言写物,赋也。宏斯三义,酌而用之,干之以风力,润之以丹采,使味之者无极,闻之者动心,是诗之至也。"一些研究者颇为看重"文已尽而意有余"这一对"兴"的解释,其实它不过讲出了运用"兴"的艺术效果。这与刘勰所谓"婉而成章""称名也小,取类也大""攒杂咏歌,如川之涣"等说法是一致的。值得注意的倒是钟嵘把"兴"摆在了"三义"之第一,可以看作对刘勰强调"兴"的一种回应。唐代的陈子昂在其著名的《修竹篇序》中则感叹:"仆尝暇时观齐、梁间诗,彩丽竞繁,而兴寄都绝,每以永叹。"正是继承了刘勰所谓"《诗》刺道丧,故'兴'义销亡"之说;而把"兴"规定为"兴寄",同样吸收了刘勰关于"兴"的思想。诗人白居易称张籍"风雅比兴外,未尝著空文"(《读张籍古乐府》),这里的"比兴"主要就是"兴寄"之意,与刘勰对"兴"的重视乃是完全一致的。唐代诗僧皎然在其《诗式》中说:"取象曰比,取义曰兴,义即象下之意。凡禽鱼、草木、人物、名数,万象之中义类同者,尽入比兴,《关雎》即其义也。"这里的"取象",也正是刘勰所谓"写物""拟容"之意。所谓"取义""义即象下之意",则是刘勰所谓"托谕"之意了。唐代的孔颖达对《毛诗序》所谓"六义"的解释影响很大,其论"比兴"云:

> 郑司农云:"比者,比方于物。"诸言"如"者,皆比辞也。司农又云:"兴者,托事于物。"则兴者,起也;取譬引类,起发己心。诗文诸举草、木、鸟、兽以见意者,皆兴辞也。……比之与兴,虽同是附托外物,比显而兴隐,当先显后隐,故比居兴先也。《毛传》特言"兴也",为其理隐故也。(《毛诗序正义》)

尽管孔颖达一再引证汉代郑众之论，其实他的见解主要来自刘勰。试看《比兴》开篇之论："《诗》文弘奥，包韫'六义'；毛公述《传》，独标'兴'体。岂不以'风'通而'赋'同，'比'显而'兴'隐哉？故'比'者，附也；'兴'者，起也。"很明显，孔论的许多话都是刘勰的；其不提刘勰之名，实在是存在某种偏见的。

在漫长的中国古代文艺理论史上，"比兴"之论不绝如缕，甚至被视为"诗学之正源，法度之准则"（杨载《诗法家数》)，但其基本思想可以说不出刘勰所论的范围。如：

> 文有二道：辞令褒贬，本乎著述者也；导扬讽谕，本乎比兴者也。（柳宗元《杨评事文集后序》）

> 取类曰比，感物曰兴。（贾岛《二南密旨》）

> 叙物以言情谓之赋，情物尽也。索物以托情谓之比，情附物者也。触物以起情谓之兴，物动情者也。（李仲蒙，见胡寅《致李叔易书》）

> 诗莫尚乎兴……盖兴者，因物感触，言在于此，而意寄于彼，玩味乃可识，非若赋、比之直言其事也。（罗大经《鹤林玉露·诗兴》）

> 比者，以彼物比此物也。……兴者，先言他物以引起所咏之词也。（朱熹《诗集传》卷一）

> 诗有三义，赋止居一，而比兴居其二。所谓比与

兴者,皆托物寓情而为之者也。(李东阳《麓堂诗话》)

比兴之旨,讽谕之义,固行人之所肄也。纵横者流,推而衍之,是以能委折而入情,微婉而善讽也。(章学诚《文史通义·诗教上》)

诗重比兴,比但以物相比,兴则因物感触,言在于此而义寄于彼。(方东树《昭昧詹言》)

上述历代之说虽从不同方面予以发挥而更趋精细,但关于"比兴"思想的基本精神,皆与刘勰《比兴》所论一脉相承,乃是显然可见的。